时 代 三 部 曲

红星闪闪

RED STAR SHINING

陈家桥 著

南方出版传媒
花城出版社
中国·广州

图书在版编目（CIP）数据

时代三部曲.红星闪闪 / 陈家桥著. -- 广州：花城出版社，2019.9
ISBN 978-7-5360-9051-4

Ⅰ.①时… Ⅱ.①陈… Ⅲ.①长篇小说－中国－当代 Ⅳ.①I247.5

中国版本图书馆CIP数据核字(2019)第197873号

出 版 人：肖延兵
责任编辑：黎　萍　夏显夫　蔡　宇
技术编辑：凌春梅
装帧设计：吴丹娜

书　　名	时代三部曲.红星闪闪 SHI DAI SAN BU QU. HONG XING SHAN SHAN	
出版发行	花城出版社 （广州市环市东路水荫路11号）	
经　　销	全国新华书店	
印　　刷	佛山市浩文彩色印刷有限公司 （广东省佛山市南海区狮山科技工业园A区）	
开　　本	787毫米×1092毫米　16开	
印　　张	16	
字　　数	235,000字	
版　　次	2019年9月第1版　2019年9月第1次印刷	
定　　价	59.80元	

如发现印装质量问题，请直接与印刷厂联系调换。
购书热线：020－37604658　37602954
花城出版社网站：http://www.fcph.com.cn

目 录
RED STAR SHINING

第一部 1929 ★ 刘行远说 / 1

第二部 1942 ★ 汪孝之说 / 47

第三部 1986 ★ 刘宜强说 / 101

第四部 1949 ★ 李能红说 / 149

第五部 1951 ★ 刘宣洋说 / 201

第一部

1929 刘行远说

★
☆
☆
☆
☆

如果起义失败，我们要杀掉你，但是，汪孝之不同意，她信任你是个可靠的人……他一直絮絮叨叨地讲，直到他掉转枪口，对着自己的头开了枪，翻过木头，扑通一声，从桥上栽入河水中……

1

你在写书,所以你来问我,你也是我们这个地方的人对吧?你是从这个地方走出去的,现在你回来了,你来打听我这个老家伙当红军的事情,那我就跟你讲。我当红军那时候的这个广城畈,跟现在没有什么不同,你不要大惊小怪的。我讲这个没有什么不一样,虽然都这么多年了,但广城畈就这么个场子,没有什么变化,下边那个丰乐河也就是那个样子,南边的天龙庵、金寨也没变,往西霍山,往北六安城,往南往东棠树新街,都没有变化。你想一想,自古以来,这个场子就这个样子。有人讲大炮来轰过,不过我跟你讲,大炮算个屁,大炮在广城畈轰一下,最多掀几块土,能有什么变化?我跟你讲,你要写那时候,那时候跟现在没有什么两样。田也还是那个田,菜园也是那样的,那时有个沟坎,现在也都还有。你不要以为你写的是过去的事,你就写得跟今天完全不一样,这一点我是不同意的。

我种田不是后来有人讲的那么苦,况且人家讲的是,种田的苦还在于他们种了田,他们要交租子,这个倒也是实际情况。在我们广城畈倒是有几个地主,其中有一两个地主是很大的,还有几个小地主,说是畈上的地好,所以这里边的有些小地主,又是老西边山里边的那些大地主们的小地主,他们是替他们那些山里的大地主头儿管着畈上的地。这个情况有点复杂,这讲几天几夜你未必听得懂,或者讲我还不晓得能不能讲清楚。说畈上有大地主,那最大的地主也就在我们庄上,就在我们河嘴庄。不用讲,你晓得这地主就是老刘家的,跟我家是出不了几代的,这种情况在那个时候,即使往上多少代都是清楚的,可以讲你跟地主在多少年以前是一家。当然要讲多少代以前,那不是一家的问题,那就是你本人的老祖宗,所以地主就是这么回事。

我种田，种的就是这个本家的老刘大地主的地，其实也没有怎么多想。种地本身就很辛苦了，这个倒是光就种田从劳累来讲。我说过确实有苦的地方，但这么苦你还要想着去跟地主计较，这在当时不大可能。我跟你讲这个，是说我跟地主没有那么大仇；有的人家可能跟地主仇很大，但我不是。那时我已经成家了，家里有了好几个小孩，并且我媳妇那时候还要继续生小孩。可以讲，事情都很明白的，就是说日子得过下去，而且也确实没到你日子过不下去的场子。我就讲这个，跟你说，就是这么回事。但我没有想到，这时候，离我当红军已经很近了，我不像别人容易招人注意，我对广城畈、河嘴庄、丰乐河、界河，我对这一块地方，从下地起就清清楚楚，哪家哪户什么情况也都明白得很。

我是想不到自己要去当红军的，并且那时候即使有过一个李家的李老六来跟我讲过话，我起先也没有注意。李老六的父亲是个大地主，这人不光是大地主，而且在省城上有熟人，在县城里有家业。叫李朗斋的这个大地主，我没有见过，但我们广城畈那块儿有点头脑的人都知道这个人，他是西边太平街那块的大地主，在我们畈上的西头靠青龙嘴那一块儿有地。不过这个李老六，跟我本来也不认得，大概是她跟我们河嘴庄边的秧塘庄上史家的一个丫头是同学，她们都在县城念书，所以这个李老六就到畈上来。这个史家我倒是很熟，因为我到他家那边做过活儿，他们待人很不错，那个读书的叫老八的丫头是个很爱笑的人。于是，这个李老六有一天就跟老八到我干活儿的田边来，她俩来跟我讲话。她们那个年龄，也就十几岁，我不晓得她们读书有什么用，但她们找我讲话，我又不好回绝，毕竟史家的八丫头多少也还是后庄上一个叫得响的丫头。我就听她们讲，但起初她们什么也没讲，后来那个李老六单独到我家门口坐着，先跟我媳妇讲她要到我家来喝茶。我媳妇讲家里只有粗茶。

这个李老六当然不是喝茶，后来我媳妇就听出来了，李老六是要问我做衣裳的事情。不过我不是那种专业的裁缝，我只是一个在年底会为穷人家做点衣裳的人。对啦，就是穷人家，像自己差不多的人家；至于地主家，我是从不会为他们做衣服的，而且也只有为地主家做衣服的，才算是裁缝。

我这个人不叫裁缝，虽然我会做衣服，但平时，我自己都不当自己是个裁缝。对了，你听好了，我讲我是裁缝，是为了跟你讲明白，李老六为什么要来找我。要不是为了讲清楚这个事，我都不想讲我做衣裳的事情。当然如果说只有为地主家做衣裳的人才叫裁缝，像我这样给穷人家做衣服的人就不叫裁缝，即使现在我也是不同意的，所以我还是称自己是一个裁缝的好。但首先我是个种田的，李老六来找我，不是因为我种田，这个你听到了，对吧？她一个在县城上学的女丫头怎么会要找我讲什么种田呢？对，她是讲裁缝的事情。

哎呀，你这烟真不错。但是，我抽烟抽不出什么好坏，我快一百岁了，我抽烟没什么见识，反正就是抽出来有味道没味道，没有什么好抽不好抽的。你不要给我点烟，我不想让你看到老家伙没有用，点烟手都发抖，还在这儿讲什么红军的事情。我没有什么本事了，现在就这样了。我不是说了吗？别人找我，我也就讲这些。我现在跟你讲，虽然那么多年过去了，但是事情我总是记得清楚的。我这么讲，是跟你这个后生掏点心里话，因为我看你对我不错，你人很和气，听得也很认真。我虽是怕你听得受不了，但我看你还行，那我就接着跟你讲。不就是那个李老六吗？她要跟我讲裁缝的事情，却又把那个史家的八丫头给抛开了，那我就跟你讲，她这就是来试我，试我这个裁缝了。怎么试我？她就问我做衣裳的事情了。

2

她家是大地主，她自己在城里念书，从她那个样子，我看出来她根本不会叫我做衣裳，再说地主家的衣裳我根本做不来，而且她穿的比农村地主穿的要好，她父亲是李朗斋，那么大的地主，她有哥哥在省城，她怎么会要我这种裁缝做衣裳呢？我不想多讲，她就又问我做衣裳是不是有模子啊。我讲我是有模子，这个倒是肯定有的，模子就是那些样子：有些是纸糊的，有些是木牌子，也有竹架子。反正农村人衣裳就那些样子，我能当裁缝，就是我手巧。我小时候，我阿老，对，阿老，就是父亲的意思，你是广城畈人你应该听得懂，我阿老就叫我跟月店庄的一个人学，我那时候不想学，但我阿老打我，讲你种田是本事，做衣裳也是本事。你不晓得我们那时候跟现在也没有什么大不一样，做衣裳反正也不是什么很高的事情，基本上比种田恐怕还要差一些。可以讲就是不怎么正经。我阿老跟别人不一样，他虽然跟我一样，是种别人家田的，但他自己读过不少书，他自己以前跟我讲他对皇上都有认识，他都知道。皇上虽然也认为天下人种田重要，但他讲，很早很早以前，古人都讲过农村人要会很多手艺。对了，我阿老就讲皇上就是站到你面前，他也不会讲去学做衣裳是件什么丑事。

所以我就到月店庄去过几次。后来我就学会了做衣裳，主要就是会用剪子，你要把袖筒、褂角都能剪出来就行。所以我讲我这个人没有别的什么本事，就是学东西时候，凡是自己心里有点谱的，上手就快，我犁田也是这样，做农活儿我就不说了，我还是说做衣裳。这个李老六跟我讲模子，我媳妇在外边听着就刺耳了，说一个城里读书的大地主丫头跑来跟干农活儿的土裁缝讲什么模子？后来这个李老六就讲开了，她问我，为什么对种田就没有怨言。今天，我跟你讲真话，她那时跟我讲这个，我差点没有翻脸。但她这个人做工作有点水平呢，她讲那话的意思就是说既然你能做衣裳，那你为什么还要种田犁田耕地，你就当个裁缝不好吗？我是这么理解她的话的，所以我心里也就在想她这个人要是自己不做衣裳，却来找我，有什么道理？我就说我要出去把牛拉到大堰那边去。牛是大地主家的，我去放牛也不是必须的，但我不想再跟她绕了。

这时那个史家的老八也来了，她跟李老六两个人在我家大门口的稻场上笑。我不晓得她们搞什么鬼。原来八丫头是从她家什么地方找了个模子，是做女人夹袄的，这个模子我没有见过，因为穷人家很少做这种夹袄，她俩在那儿比画，我就有些糊涂了。我到牲口棚牵牛时，刘大地主的三少爷就在那儿抽烟，他见我过来，就问我现在来搞牛干什么，还不如跟他到河边上去看水。那时在发水，我跟这个三少爷没有什么话头，我又有些生八丫头和李老六的气，所以我就冲这个三爷讲："三爷你到河边干什么，河边水大，你又胖，当心你掉水里去。"这个三爷听我讲话这么冲，他也就不跟我讲了,他远远看到在我家稻场那儿的两个丫头。我去大堰放牛。那个八丫头跟李老六在我家稻场那边又站了很久,我媳妇好像跟她们在那儿讲话,我看她们应该差不多走了,我才往回走。

  我在拴过牲口后,从西边的田头过那排阴森的榆树林时,看到一把油纸伞在树下边晃荡,下边人在招手。雨有点大,我起先没有认出来,后来我看见了,还是那个李老六。这下子我就很生气了,我心想这个读书丫头,喝了墨水,怎么比我媳妇还要笨,讲个事情怎么就没个完呢。我就躲到榆树下,树大,叶子密,雨落得不多,她举着伞。天色有点暗,主要是从这个地方能看到河水,可以讲河水不小,水是才发上来的。她见我躲到树下,她就有点激动了。她讲,你会做衣裳,那你就会做旗子。我讲什么叫旗子。我是不明白她讲什么旗子。她讲就是旗子。我讲,人家死人时,我做过旗子,是那种跟被面、被单差不多,可以举起来,拴在竹竿上的旗子,但你讲的旗子是干什么的?她讲,我讲的旗子,我讲出来你不要害怕。我讲,你现在倒真跟我讲正事了,我看你这样子好,不像之前在我家那里讲东讲西的。她又讲,要你做一面旗子,在埠塔寺那块儿有人要用。我听得有点糊涂,没头没脑的,什么埠塔寺有人要用,那为什么要我来做?我又不晓得那个场子要旗子干什么。

  她问,你怨不怨种田。我说,你问我这个,我没有办法讲,什么怨不怨呢?谁能怨?不种田吃什么?她说,那你没有想过你种的是别人的田,你种的是田,交的是租子。我说,古往今来都这样,你家老头儿不就是个大地主,亏你到城里念书,你现在说这种话,还以为你不晓得农村是怎么一回事。她把伞在上边晃了晃,伞把悠悠的。她讲我怎么讲你都解不开这个理啊。她讲,自己家是个地主,但亏得是个地主家,才能到城里念几天书,我就明白点事,我来跟你讲,你就是不怎么听得进去。我家让别人为我们种田,我都晓得别人应该怨,而你自己种田,你还不怨?你帮别人种田你不怨?我讲,六姑娘,你讲话我不能当回事,喝墨水未必是好事,我种的是我刘家大地主的田,我也可以讲是种自己的田,田是哪家的也不重要。幸亏有田,要是没有田,也就没得种,也没得吃,再说我又没种你太平街李朗斋的地,我怎么跟你讲我怨不怨呢?她说,我问你怨不怨也不是白问,你讲得也对,虽然你种的不是我家的田，你要是种的我家的田，我气得都还不想给你种呢，因为你头脑跟这榆树一样，就是榆木疙瘩。她有什么学问？我看她也不见得，她这比方也没有什么意思，我倒是想知道她那时绕那么多，到底要讲什么。后来她就不讲种田怨不怨的事了，因为她多少是有些失望了。所以，我就讲你还不如讲做衣裳的事情。她讲，不是做衣裳，我先前不是讲了么，我是要你做旗子。是你要我做？我问。她讲，不是，不是，我是问你能不能做，是埠塔寺那里要。现在我终于明白了，她是要我为埠塔寺那边的什么人做旗子。

3

中午你请我喝烧酒，真是难为你。吃饭时你讲，酒这个东西不是什么好家伙，我倒不这么看。我跟你讲，讲远一点了啊，广城畈这一带一直喝烧酒，所以我这岁数了，也不怕多喝几口。你没有劝我多喝，你是嫌我年纪大，对吧？我跟你讲，我喝这么一点酒，一点也不耽误我把事情跟你讲清楚。你找我讲，我是这样讲；别人找我讲，我也是这么讲。喝了酒这么讲，不喝酒也这么讲。跟你讲，那时候烧酒跟现在没有什么两样，那时候烧酒可能没有什么牌子。你中午叫我喝的酒是有牌子的，对吧？那时候没有什么牌子，但味道也不错，我这老家伙喝了一辈子酒，不过我没有喝出什么区别，我就喜欢喝我们广城畈的酒。广城畈的酒是怎么回事，我心里清楚，你今天中午请我喝的不是广城畈的烧酒，但口味也还不错。我跟你讲，我没有喝醉过，这么讲，不是说我吹牛自己酒量有多大，我就是不会喝醉。当然，你也看出来了，我不会醉的原因就是我从不多喝，我就喝那么几下子，就是喝的时间长也不要紧，我自己掌握那个量，所以我讲我不会醉。别人可能比我能喝，但他们会醉，因为他们喝得多，喝得多你再能喝，你也会醉。酒就跟水一样，在我们广城畈从来都是这个样子，所以你要是敞开肚子喝，怎么可能不醉？好在，你这个后生没有死劝我喝酒，所以我中午没醉。当然，你看我这么大岁数，你要是把我喝倒了你自己不划算，你想想把我喝醉，你怕是更听不懂我讲的事情了。

好了，还是讲事情，我前边讲到那个李老六在老榆树下边跟我讲叫我做旗子的事情，又问我怨不怨替别人种田。我都跟她讲了，我心想你自己是大地主家的小姐，却到我们畈上来跟我讲埋怨种田的事情。我是实打实讲，我没讲我怨什么田，怨什么地，我就是没有这种埋怨。但是，李老六，一个大姑娘，学生，鬼头鬼脑地叫我做旗子，我还是不明白。这个李老六从榆树林那边上了墩子，就是河嘴庄往西快到河边上那块的一个大土墩，那里几朝几代都是河北沿官道的一个驿站，这个我知道，只是到民国，改道以后，大墩闲掉了。她在大墩那儿站住，可能还要见什么人。我呢，也不清楚，就回家去了。我没有跟我媳妇讲我要做旗子的事情，我媳妇挺着个肚子，生产还有几个月。但是，她对于李老六来找我完全蒙住了，她问史家八丫头，这个李老六来跟我讲什么，但史老八只是笑，好像不愿意跟她多讲。我媳妇于是就等我开口，但我就是没有办法跟她讲李老六找我做旗子的事情。于是我媳妇就不高兴了，她讲李老六是不是叫你种她家的田？她家在畈上有田。我讲她老头儿李朗斋的田在青龙嘴那块儿，不可能叫我去种，再讲她在县城念书，她叫我做她父亲的事干什么？我媳妇问，那你去放牛，她还要绕到大堰那儿去找你干什么？我见我媳妇这么纠缠，我就跟她讲，我讲李老六是问我种田怨不怨。我媳妇很吃惊，她没有想到李老六会这样问。这话有点不懂事啊，不懂事你懂吧，后生，你晓得不懂事，在农村不怎么讲，但一讲出口，就说明这事情很反常。她李老六，地主家的千金，在县城念书喝墨水的，怎么不明白，自古以来，哪有讲种田还怨人的？再讲了，念几年书，也不能这样跟人讲话吧？

我媳妇认为问题很严重，一个城里的念书人到农村来讲种田的怨恨，这是非常严重的。不过我媳妇马上就转过脑子。她问，那为什么她单单要跟你讲呢，跟你刘行远讲这个有什么意思？你是她什么人？你又不是种她家的田，你老刘家自己就有大地主，虽然没有李朗斋大，但在广城畈也是首屈一指的。她个李朗斋的千金怎么要对你讲这个？我讲你就不要问这么多，我怎么晓得？我媳妇后边还是问到做衣裳的事情，她讲那还是做衣裳，对吧？对，做衣裳。还讲史家八丫头那边有模子。我媳妇本来不想讲做衣裳，因为讲这个就会讲到李老六会找我做衣裳。她自己一方面是不相信，另外她也认为这很不正常，一个大姑娘，在城里念书，找一个土裁缝，或者讲一个为穷人做衣裳的人，做什么衣裳？她倒不会想李老六对我有什么想法，她只是不想自己把自己给绕到这个糊涂的问题里去。我见我媳妇跟我讲这么多，我是不想让她以为我有什么要瞒她的，所以我就讲，她同学里有家里穷的，就是穷学生。为什么有穷学生？因为她在县城念书的同学里，基本上是地主家的小孩，但问题是有些地主也有折本的，或者当了田地的，基本上是小地主，所以有落魄了的，所以她就要为她同学，怎么讲呢，做几件衣裳。你看，这不是穷人家的衣裳么？

我媳妇听我这话以为不错，再讲她看史家八丫头也一起来家里，心想都是同学，反正有个照应，再讲别人找来做衣裳总不是件坏事。我好不容易把我媳妇给对付过去了，但天黑以后，我又到大墩那块儿去，当然早就没有李老六的影子了。我在大墩上看丰乐河发上来的水，简直是铺天盖地，水里的旋涡看着怕人。拍打土岸的水浪里有时有从山里边冲下来的死猪、死狗，有的还没有死透。我就看见一只很大的山雀，就在浮草上没有死透，有时还扑棱翅膀。这时我在想李老六叫我给埠塔寺人做旗子，那我做不做？她又没跟我讲价钱，也没讲布料；当然，还有模子，我没有她讲的埠塔寺那块要的旗子的模子，那我怎么给他们做？她只不过跟我讲种田不好，然后她就跟我讲不下去了，她这人也是，念书念出毛病来了吧，讲话有一句没一句的。

后生，你听我跟你讲李老六，我跟你讲，那时候的人跟现在也没有两样。地主家的小孩人是要灵些，就像现在哪家手头宽裕一点，哪家的孩子也好像要灵一些，这个道理都差不多。因为人不穷，心就闲，一闲了就会多想些事情吧；那念书也是这个样子，不闲，怎么去念书啊？我跟你讲，我之所以不跟我媳妇讲实话，就是因为李老六讲做旗子的事情之前，问了我怨不怨种田，所以我就不能跟我媳妇讲旗子了，但我可以跟她讲埋怨种田，我就是这样的。我想李老六一定有李老六的一套，人家地主家孩子，又有文化。她后面有东西，所以我不能跟媳妇讲做旗子的事情。我心想别人不问，一概不讲。至于做不做旗子，我当时就决定了，既然一个念书人来跟你讲做旗子，那你就做。因为你本来就是个做衣裳的人，承蒙别人晓得你会做衣裳，也就推而及之晓得你会做旗子，那么你就不能讲自己明明会做却不去做旗子。

　　李老六在第六天的时候又来找我，没错，你可能想得到吧，见面的地点就在大墩上。时间是早上，天刚亮，她前夜是在史家住的，这样她来找我，在大墩上见，就不显得特别；而且前一天史家八丫头到我牛后边跟我讲了，讲第二天天一亮就到大墩去，李老六在那儿等我。我知道史家八丫头是个很懂事的姑娘，我是看着她长大的，我信她。于是我就跟李老六在那大墩上见面，那时河水已经发到最高处了，基本上淹到大墩的底座。河水涨这么高，你就看不出它有多凶，反而很平。我照例是牵着牛来的，牛在大墩下边，靠拐角那块菜地边吃草。我上到大墩上，东边还没发白，是青色的，我看见李老六从秧塘庄那边走过来，她是空手的。她远远就看见我，向我挥手——我们农村人没有这一套，这完全是县城的做法。我没有向她挥手，我反正是看见她上大墩来了。

　　她站到我边上，她讲，刘行远，你比我来得早，你真行。我想她这姑娘真不简单。她望着河水又问我，你看这水好大，你看河水这么大，有没有想到人应该总要干点事情？我想她这是要跟我说事情了，不过我不认为做事情跟河水有什么关系。李老六讲，我老早就认识你了，我好小时候，到你们广城畈来玩，就看到过你。我讲你那时才多大？她说，也没多大，你比我也大不了几岁吧？我心想我总比她大个七八岁吧。但是，她李老六是地主家的人，她是李朗斋家的，她要是我们老刘家的，也就不分什么地主不地主了。她又讲，我那时看你，就看到你有头脑。我摇了摇头，我想她这么讲话一点没有意思。我就问她，你还是来跟我讲做旗子的事情吧。她点了点头。我讲，那行，就讲做旗子，不要讲什么种田，不要讲别的什么。她却摇了摇头，她讲，你不是榆木脑袋，你很清楚，不然你不会瞟学都能学成个裁缝。我马上反对她，我讲我不是裁缝，我只是个给穷人家做衣裳的。她讲，你头脑要改一改，我跟你讲，你就是裁缝，这是很了不起的。我想她这么讲就是为了我给她做旗子。当然，不是给她做，而是给埠塔寺做。我说，你不要讲我有本事,你叫我做旗子,那我就做。我想好了,你从太平街跑下来,叫我做旗子,我总不能讲我不做吧。她讲,你做旗子,不是为我。我讲,你讲过了,是为埠塔寺那边的人做。她讲,你不要榆木脑袋,对不住,我又要讲你了。我不讲你不行,都讲做旗子了,所以我跟你讲种田,为别人种田是不对的,你要有个认识,你不是糊涂人。我说,你讲做旗子跟为别人种田有什么关系?她讲,不是什么关系,而是你一件事情一件事情分开看。就讲种田,为别人种田交租子,你想想,凭什么?为什么是这样子?我说,李老六你不能跟我讲这个,你不是我们刘家大地主的小孩,我不跟你讲这个,还是讲做旗子。她往河边走了一点点,下边就是水,水面很平静,水很浑黄,我晓得水里边的劲道很大。我喊了她一声,我讲,老六,你回来,站过来,你就讲做旗子。

她看着我,我看见她眼睛很亮,她不是畈上人,但太平街跟广城畈也就几座山头、几个山冲相隔,可以讲我们都是一个场子的人。她这个丫头,你这么近,一看,就能看到她跟别人是不一样的。她不像一般人,这我早就看出来了,她很慢很慢地在我前边晃着。我讲,干什么用?她讲,埠塔寺那边有人要用,他们是为你们做的。我头皮有点发麻,我问她,他们干什么用?怎么讲为我们干事情,干什么事情?她说,他们要的是这样的旗子,你听好了,他们是做大事情的人,他们为你们做事,为穷人做事情。她讲我是穷人,这个我承认,我是个种田的穷人,也许祖上多少代是富人,但现在是穷人。那他们到底干什么?我问。她讲,他们就是为你们穷人做事,为你们穷人,他们什么都能做。我听她讲话,知道她是认真的。她扭过脸,现在天色亮一些了,她又说,我小时候看见你在大路上走,我就看见在广城畈这一块儿,不光你们河嘴庄,就是整个畈上,也就你跟别人不一样。我不知道她说的不一样是什么。她看着我的脸,她问我,你念过几年书?我讲我没念过。我在刘大地主家的私塾外边玩,那是几岁时,我不识字,但我听得懂。她看着我的牛在那儿低头吃草。她讲,你是不会写字,认得些字吧?我说,那是,我认得些字,私塾那边,我看到过。她说,你听到了吧,我讲的,他们在埠塔寺,为你们穷人做事,而你这个人,可以做一面旗子。你要记住,他们是为你们做事,所以他们要旗子。我看你能做,我就请你做一面旗子,送到埠塔寺去。

我把旗子做好的时候，丰乐河的大水已经退去，天空显出那种要干裂的样子。我跟你讲我们广城畈这一块就是这样，天色跟人脸色不一样，没有什么大规矩，总是这个样子，先是大水，很可能后边就会大旱，而且那时候天气要是干，你就没有办法。不过这么多年过去了，我还记得我做好了旗子，我到大堰那块儿去了一趟，我是路过地主刘天阁家，他算是我的远房叔父吧，我没有看见他。我要看见他，他总要跟我打招呼，他在庄上的时候，他总是转转，碰到什么人，也会拉拉家常。我对刘天阁一般不多话，因为他晓得我小时候在他家私塾那里偷偷瞅过字，他以前还考过我，问我能不能做门对，就是对联。我有时斗胆跟他讲副对子，他就会很认真。总之，他要讲对子我自然讲不过他，但他不是你讲不过他就放过你，他会讲你讲的对子有点意思，还要请先生来，硬是让你在塘埂上站着跟先生一起把那对子继续讲下去。有一次，我讲福来千亩丰，还有一句什么我记不太清。他先是夸我，晓得农事农活儿要靠天，下边一句他就讲不好，特别不适合贴到门上去，具体什么我已经记不得了。

我到大堰去，没有看到刘天阁，但怎么会想到刘天阁呢？特别是在做好旗子的时候。我想可能是跟叫我做旗子的李老六讲到的种田怨人的事情有关系，不过我自己还没有把这个前后头绪理出来。我是准备晚上往埠塔寺送。为什么要晚上送，这个倒是李老六这个丫头跟我交代好的。她讲你往埠塔寺送旗子，你只能晚上送，晚上送才安全。她也交代过我，做旗子的事情不要跟任何人讲。所以我做旗子我媳妇也不知道，我是瞒着她在晚上做的。我零零碎碎做了好几天，又没有模子，我自己要摸着做，白天还要把那旗子埋到屋后小房子的土里去——那是个堆杂物的地方——晚上取出来。我媳妇只有在后半夜才会睡得死，等到快天亮时，她又会醒得早，加上我那几个小孩都挤在一块儿，所以每天能做旗子也就夜里那一两个钟头，好在我还是把旗子做好了。

那个下午，我在大堰看到天倒在水里头，就是那个蓝影子，看得有些怕人。天上没有一块云彩，明晃晃的，但倒在水里头的天，又像一个窝一样。我没有放牛，空手在大堰那块儿晃荡，我是在向东北方向望，我晓得去埠塔寺的路不好走，而且我要在夜里必须把旗子送到。我在看东北方的时候，大堰里有些鱼在水中间跳，跳得老高，看着好像很高兴，因为前边下了那么多天雨，现在大旱了，水面要往下降。丰乐河水退下去后，河滩露出来，上边的芦草长得很高，在那儿绿油油地飘着。我看鱼在跳，庄上的人有的在赌钱，有的在做篾匠活儿，我能看见家家都在瞎忙。我想如果晚饭后马上就走，可能好些，就跟人讲自己是到霍山去。因为在霍山那块儿我有一个远房亲戚，不过为何早也不说，突然在这个大旱天要到霍山去，别人会不会讲什么话，我就管不了那么多了。不过我跟我媳妇不能讲我到霍山去，因为我媳妇多少也还是有些头脑的，她不会相信我到霍山去。我就跟我媳妇讲，我讲我要到东边去。她问我到东边去干什么？我就讲我到东边去，往新街那块儿去进布料，九十铺也要路过，那边有麻。我媳妇晓得我到那块儿去是干正事，她才会答应。但我又交代我媳妇，要是有人问我到哪儿去，你就讲我到霍山去。

后来我想我之所以跟别人和我跟媳妇讲我去了不同地方，并且要我媳妇跟别人也讲我是去霍山，那可能是因为我总觉得即使是对媳妇，你还是要讲一点点真话。我是想到我讲到东边去，我媳妇会知道九十铺、新街那一块儿跟埠塔寺大致是同一个方向，无非是稍稍有点区别而已。至于我为什么要晚上出发，我没有办法跟我媳妇交代了，我怎么也讲不清楚。

吃晚饭的时候，我那三个孩子就站在桌子前，我有些不想去了。我看他们眼巴巴地望着我，没有人问我一句话。我媳妇还像以往一样，跟他们讲吃饭要快，不要拖拖拉拉。吃的是熟菜，其实也就是顿顿吃的那种，小孩们虽然嘴上不讲话，但他们晓得如果他们嘀咕几句，我可能就要骂他们，说不定还要打他们。我那个岁数时就是那个样子了，每逢我心里有事，或者讲我真有些怨什么的时候，我就会打他们。我一打他们，他们就不作声，我知道他们就会退到屋角那里去，这样我就能想干什么就干什么了。当然，那天我没有打他们，我想如果我打他们，我在夜里走路，我心里就会慌，我就会想我这几个小孩跟着我不容易。就像李老六讲的，我在农村跟别人不怎么一样，我偷瞟过几年书，所以人家把你看得跟别人不一样。晚饭吃完了，我跟我媳妇讲，我先前在大堰那块儿看鱼在跳。我媳妇问我，有几条鱼在跳。

我讲，总有十来条吧。我媳妇就到厨房去捣鼓，过一会儿，她过来跟我讲，她讲没有事，我看过了，十来条鱼不要紧，要是几十条就不好了，我始终也不晓得为什么十来条鱼就没有事，而几十条就会有事。我媳妇把我几个小孩都喊到里屋去了。这时我跟我媳妇在大门口那块儿又讲了几句话，我讲我最怕到霍山去了。我媳妇晓得我这是讲给风听的，她是个老实人，她没有办法接话，她就讲走夜路你不要乱讲话，小心野物。我就跟我媳妇讲，你瞎讲什么东西。我媳妇就回里屋去了。

我这时候往后边小房去，取了东西，没再跟家里人打招呼，也没有到前边那进房子去。我父亲住在那一头，我想我最好不跟他讲一个字。于是我马上就加快步子，没有从大堰走，而是绕到庄子后头，向秧塘庄沿子走。我知道只要过了那个庄沿子，天就会黑定，那时候，我才能从秧塘的北沿绕回到三月潭，从三月潭下那个河湾，然后从河湾上杨水圩，我才能踏上去埠塔寺的路。

4

那晚走夜路，我心情起初很愉快，后生，你知道吧，我就不讲大道理了吧，我们那时候的人跟现在也没有什么两样。先前你跟我讲，叫我讲真实的心里话，我跟你讲，我们广城畈人不大讲心里话。我以前还不晓得心里话讲的是人的心情，我那时候以为心里话就是讲实话；后来我才晓得讲心里话，就是把平时不大讲的话讲出来。承蒙你对我不错，给我好烟抽，请我喝酒，还把我当个人物。这个我倒是不含糊，我这一生虽然没有做什么大事，但你讲我是个人物，我也可以担待。还有就是在大河边上，下午我俩走路时，你讲你也把我当个朋友。虽然我们俩年龄差这么大，我都是个老朽的人物了，你还把我当朋友看，我晓得你是看得起我的，不然你写书也不来找我了，对吧？但我又想，我都快一百岁的人了，我还要你们这些后生把自己当朋友干什么呢？我们还能处几天呢？不是讲别的，光就讲活着，我还有什么活头呢？也就几年吧，说不定也就几月几天就报销了。但是，你下午又说人还是要留点东西下来，后生，我晓得你的意思，你就是在鼓励我讲实话，对吧？我就不讲心里话了吧，我讲实话，但刚才我怎么又会讲我心情有点愉快呢？我怎么会讲那时候我愉快呢？其实你也知道这一切还是因为这个李老六她跟我交代的事情，要是别人交代，我未必会去做，但李老六这丫头叫我做旗子，我就想我这个人到底也还有用。人家还说了，她从小看见我，就觉得我这个人跟别人不一样，我会做衣裳，我认得字，写不了字，但我听得懂别人的话，所以我就有用处了。她有事，或者讲别人有事，她就会想到我，把这事交给我，她这是看得上我，她是什么人？大地主李朗斋的丫头，千金小姐，才十六七岁吧，她叫我做旗子，这还不是事情吗？为了这事情，我是豁出去的。

所以我从杨家水圩往上走到墩子湾那片深山时，我就感到很明确的是，这件事情不一般，就因为是走夜路，所以你头脑跟平时不一样。这时候已经不在家里了，不在庄上了，也不在广城畈上了，你可以把很多事情拎出来想一想了，所以我就走山路时，一边提防着野物——我倒不是怕野物，而是担心野物会咬坏我兜里的旗子。另外，我想起了李老六跟我讲的，他们是在为我们穷人做事，我心里在琢磨的倒不是他们为我们穷人做什么事，而是她说的穷人的事情。是啊，以前我没怎么想过，为什么我是一个穷人，或者讲我们穷人怎么了。我是穷人，就是有说头的，如果我不是穷人，我为什么要在心疼我小孩的时候反而要打骂他们呢？如果我不是穷人，我为什么对我媳妇都不能说实话呢？不能说实话不说，我为什么还要叫她跟别人也讲我是去霍山呢？如果不是穷人，为什么我的小孩在吃饭时，都要站着呢？仅仅因为我们穷人，吃饭站着，就跟干活儿一样，是有个样子的？如果不是一个穷人，为什么李老六找我做事，我会有点激动？如果不是一个穷人，为什么我一直还害怕刘天阁大地主不拿我当回事呢？还有就是，如果不是一个穷人，为什么我不能白天把这旗子送到埠塔寺去，却要在晚上送去呢？我记得李老六讲过，他们是在为你们穷人做事，如果不是为我们做，那我会不会就不做这个旗子呢？

我想，走在这山路上，没有别的，我找到了做一个穷人的感觉。我想到了我的小孩们眼巴巴的,他们都不晓得,他们可不像我小时候能到私塾边上去瞟几眼。他们更老实,就像小牛、小猪一样的,只能在房子的土墙边畏畏缩缩地站着。他们只有在生病的时候才会喊我,因为在平时,他们即使喊我,也担心我会打他们。他们不晓得我一心疼他们的时候,我就要打他们。我还想到我媳妇,她在地里边弯腰干活儿,她从不埋怨。是啊,李老六问我怨不怨,我什么也讲不出。但我媳妇或者有那么一点怨,因为我听见她讲过梦话,她讲她也想要一件好裣子,但我晓得我这个裁缝做不起那样的裣子,唯一的原因不是别的,就是因为我不是地主。如果我是地主,我媳妇她就是地主婆,她就能穿那样的裣子。可我不是地主,我是穷人。对,就是因为是穷人,我们才是这个样子的。可是,我在走路时,想到我是穷人,我媳妇、我小孩们都是穷人,但这时我不想骂我媳妇,也不想打我小孩,因为一个人在这黑夜里,我抬不起手。我一个人,我就不要装了,我心疼他们——我媳妇、我孩子。就是怨我没有本事,就是怨我生下来不是一个地主,而是一个穷人,所以我只能心疼他们,我没有别的办法。

5

就从这河嘴庄到杨水圩,进墩子湾,再到半个店,然后一直向东向北插,绕许多山头的山路,我跟你讲,我是都在想我怎么一下子就有了穷人那种心情了。这是照今天的话来讲的,你要写书,你问我这些事,我都原原本本讲给你听。你看,你上午要我在我家门口指给你看去埠塔寺的路,你从这畈上,往东北方向看,被王家榜后边的第一个山头挡住了视线,所以你是看不到的。你自己是广城畈人,但你恐怕也没走过这种山路,因为除非特殊,从这个场子到那埠塔寺的这山路是没有人走的。人家是不走这个路的,就是向东沿大路走,走到曹丕塘才有另外的路通向埠塔寺。

所以从王家榜那后山走,从一开始我就是要走这个没有人走过的路,虽然李老六,这个六丫头没跟我交代要走哪条路,她自己可能也不认得从这个场子到埠塔寺要走的别人不认得的路,但她跟我讲,叫我晚上送去,那我就晓得我要自己找路走。上午,我指给你看那个方向时,你嘴巴冒出一些话,我晓得你可能多少有些吃惊。但我不是跟你讲了吗?我在路上就有了穷人的心情,并且我想我孩子、我媳妇,我是担心我媳妇在家里头说不来话。虽讲她会跟别人讲我去了霍山,但她又是晓得我去的不是霍山,而是往东边进布料去,到九十铺,到新街,这路她晓得;但要是我走这山路,让她晓得,她就不会同意我去,想必她会想到即使不出别的事,光是豺狼就可能把人吃了。对了,我在那晚是听到狼叫的,我晓得狼都不是一个两个的,一般都有六七只以上,我在畈上都遇到过,但在这山路上,我带着旗子,没有点火把,我就是晓得,我什么也不能让人看见。我就是指望反正在天亮之前我得赶埠塔寺,因为我心里慌,我又很冷,虽然是夏天,你晓得光是天上的星星就能照见这长着松树的山路。

  我在想着心疼我小孩的时候,我就不怕狼了,我怀里有一把刀,我就想要是狼来咬我,我要么杀掉狼,那么我自己割自己一刀,我不能让狼一口一口咬我。我记得我阿老以前跟我讲过,说走山路时,你无论如何不要回头,不是讲有人喊你不要回头,而是你始终都不能回头。因为你头皮发麻时,有时你不晓得你后边有什么,而往往,你肩膀上很可能趴着一只狼,所以你一回头,它就把你脖子咬断了,你就一点办法都没有了。只要你不回头,只要脖子不被狼咬断,你就还有气,还有气,你就能往埠塔寺赶。我在路上也没有给自己鼓励,但我想我小孩们都在家里,如果不是要送旗子,我至少能跟我小孩们在一块儿,即使我打他们,他们以后长大了都会晓得。但是,我现在却要往埠塔寺送旗子,我就想我是送旗子,才走了这个山路,以及我还有被人看见的危险。但是,是李老六让我送旗子的,我想这本来是件好事,她叫我送旗子,怎么不叫别人送呢?她也讲了,她讲在广城畈只有我看起来还像是个跟别人不一样的人。就是信她这个话,加上在今儿个晚上,我在送旗子啊,我知道我是穷人啊,别的不讲,如果我不是穷人,恐怕我也不会送旗子;一是李老六不会叫我送;二来我不是穷人,那我也不会给穷人送。我把这个道理想通了,那些为穷人办事情的等我旗子的人,他们也是穷人,如果不是穷人,干吗要偷偷摸摸的呢?地主做事就不会偷偷偷摸摸的,他们做事都是正大光明的,他们都摆在明处,哪会在晚上还要送旗子呢?这所有事情都是我们穷人做的。

我这时候把这些事情都想到了,所以我想既然我出来了,我对狼就没有什么好怕的了。我记得我阿老的话,只要不回头,你一路走到底,没有哪只狼会对你有什么办法。我从半个店过去之后山比前边要小一些,但好像更阴森,中间有许多坟场不说,土也有点泛红。我晓得这一块儿自古以来都讲很孤,这个意思你晓得吧,就是讲这个场子,许多年来,都是没有人来,因为这个场子很特殊,夹在八个大山头之间,听讲一般人进来有可能出不去。在那块地方,我不仅看见了豺狼眼中的凶光,在夜里忽闪忽闪的。我还看见那种更高一点的野物,眼睛是凹在里边的,我不认得这野物,但很可怕,很孤单,也就一两只,有时就站在松树下边,看着你,有时也叫,声音就跟哭一样。我记得我母亲以前跟我讲过,从半个店往里去,有一大片场子,因为从来没有人敢去,那个场子最孤。我想我就到了这个场子,这个时候我是有点害怕的,但我总在摸我兜里的旗子,我是把它叠好放在内褂的大布兜里,那个大布兜也是专门为了装旗子而缝上的。

我心想我能从这个凹窝走出去,跟这旗子有关系,我跟别人不一样,我有一面旗子,我要送旗子到埠塔寺去,我不怕野物。后来我过阶儿岭东边那一片山区时,我感到自己像在飞一样。那时我就晓得我们穷人也会有一些本事,比如我们会飞,我们大人小孩都会飞,我们没有什么东西,我们干任何事情都是想干就干。我们只要被人讲到,你去干一件事情,我们就去干。就像李老六叫我做旗子,那我就会做;并且她叫我送,我就会送。我也很少抬头看天,因为在有些下山坡的路上,本身你就看到天是歪的。我心想,这都是没有办法的事情,我这个穷人,我就是有三头六臂,我也没有别的法子把旗子送给需要的人,我只有我自己。我只有自己把旗子给送去。那天夜里,我确实没有遇到一个人,没有讲一句话,我一直在走路,在天亮前赶到了埠塔寺。

6

　　我现在跟你讲吧，我天亮前是到了埠塔寺，李老六、六丫头跟我讲的是让我到油场去。油场在埠塔寺的东头，那地势也有点凹，我不晓得到油场去要讲什么话，她也没讲油场是个什么情况。她就讲反正你天亮之前到油场去，从山底下那个门进去，油场是在一道山坡上，坡上有栗树。油场我以前也没去过，但我晓得有个油场。李老六跟我讲到那儿，有个人会等我。其他就没有了。所以我从山底门那儿摸进油场，是个大院子，里边还有一道小门。我推门进去，发现里边很香，是堆油饼的，油饼码得都是成垛的了。我进屋后，只能从窗子那儿照进来一点点夜里的亮光。天始终没有真正黑净，在埠塔寺我感到比在山路上又要亮一些。

　　我看见从成垛的油饼堆里站出来一个人，我一点也不害怕，因为这个人手里拿着麻绳，腰上也系着麻绳，我不明白他拿麻绳干什么。他见我愣在那里，就跟我打招呼，他讲你是从广城畈来的吧？我讲我是从广城畈来的。他讲你终于到了。我不晓得他这样讲干什么。他也没叫我坐到凳子上去，他就讲你路上走得还不慢。当然我也没讲我是走了一夜走到埠塔寺的。这个人腰上的麻绳跟他手上的麻绳不是连在一块儿的，腰上系的麻绳要粗一些，手上的要细一些，但也都不长。他靠在油饼堆上，我以为他会跟我讲旗子的事情，但他没有说，之后他就讲那你就在这儿等着。我不晓得等在这油场的油饼房里是干什么。但他叫我等，我就只好等。这时候，我发现穷人就是这样，你现在清楚了吧？我说的这个意思就是这个意思，就是你没有条件跟人家讲你自己，你什么也说不出。再说你还不晓得对方是什么人，但我唯一知道的是这一切都是李老六跟我安排的，是她看得上我，也看准了我，知道我这个穷人可以为另一些穷人干点事情。不过眼前这个人，我又不觉得跟自己有什么相像，也不觉得跟自己有什么关系，甚至我都难以相信他也会是个穷人，尽管他看着也一定是一个穷人，否则他也不会夜里在油场等我。但他那样子，一脸的没有熟识相，我都不晓得该怎么讲，他手上的麻绳也不怎么动，但他偶尔会看着那个通向外面的窗户。我闻到油饼的香味，我感觉这香味如果时间久了，会把自己熏得头昏眼花，所以我想长久地待在这个地方肯定不是好办法。

这时我有一点难受，因为既然是叫我送旗子来，那见我的这个人却不跟我说旗子，让我待在这个油坊里，这算怎么回事呢？这个人跟我在一块儿站了大概有半个钟头，我把他的样貌给记下来了，我看他不那么像家门口人，至少我不认为他会是广城畈人。当然这是在埠塔寺，跟广城畈自然是不一样。他问我昨天晚上吃得怎么样。我就讲我晚上吃了东西。他问我扛到今天晚上行不行，我就知道他是不想让我以为在即将开始的这个白天会有饭吃。其实，穷人就是这个样子，穷人容易被人关心到是不是有饭吃了，或者说后边还有没有饭，但说心里话，我没有想过我到埠塔寺有没有吃的，我饿上几天是没有问题的，这个我倒是可以办到的。他见我没有什么大惊小怪的，他就跟我讲，你就蹲在这个油场里，要晚上才能走。因为他不提旗子的事情，所以我也不张口。他那在黑夜里拿麻绳的样子让我很是有点不舒服，但我又不敢张嘴讲。他又讲，你待在这里不要站起来。其实他讲话时，我还是站着的，他没有叫我蹲下去，那意思我明白，就是等一会儿，他这个人恐怕要出去，那我就必须蹲在这个油饼房里，直到晚上，我才会离开这里。

然后这个系麻绳拿麻绳的家伙就从屋子里退出去了。我本来以为我是记住了这个人的长相的，但我在他走后，又马上模糊了，我想这完全是因为当时是黑夜。在那个白天，因为很漫长，所以我就想到很多事，但都没有什么明确的东西。因为白天，我就不怎么担心我的小孩们，我晓得他们就那个样子，无忧无虑，就是在庄上转来转去，要么就是到河湾的沙滩去。反正在白天，我就是有点懊恼，我想我那么千辛万苦，一夜从广城畈赶上来，却在这个大白天被藏在这个装油饼的房子里。中间，有人往这个房门口来过，但没有进来。油场还在榨油，能听见轰隆隆的声音，我一直没有站起来，我想我这不是老实，也不是因为那个系麻绳的人的交代，而纯粹是因为我晓得事情还没开始。因为旗子还没有交出去，现在站起来，要是给人从窗户外边看见了，那我不是犯错了吗？我想，单从这一点上说，我就不能站起来。

7

我跟你讲,虽然这么多年过去了,但我一直都记得那个油场的香味。跟你讲,我讲香味你们就听不懂,因为那一天,一大个白天是那么长,所以我对那香味就感觉不是那么回事,但为了你能听得懂,我还是讲那是香味。但我心里也明白,我这是来干什么的,因为别人看重你,一个念书的千金小姐、一个喝墨水的人看重你,那么总没有错;再说了,你正在被别人考虑着,我晓得虽然我蹲在油场里,但外边的人在想着我。不过我也有一点焦急,因为我晓得我媳妇总会在想,我到九十铺买好了布料没有,她晓得买布料的钱都是那些穷人的,他们抵在这个地方,让我去带料子。我自己没有钱,我自己也买不起布,穷人们也买不起,他们的钱是凑在一块的。他们要买的布其实也就是一小点,后边要缝在领子上的那几条,其他的布料都是自家种棉花纺出来的。那个时候就是这个样子,但自家纺线染的布做不成领子,立不住不说,主要是没有这个规矩——广城畈就是这样,有个几十年了吧,衣领子布都是要从九十铺买的。可是,我现在蹲在埠塔寺,我一想到我媳妇还在担心我能不能买到布料,心里就发抖。我想我媳妇她真是能想象吧,她会想到我在街上转来转去,就是要挑那么几条衣领子布料,然后我就朝窗户瞪眼。

后来我自己也不晓得天怎么黑得那么快。我是有点饿了,但我又晓得如果你不在家里边,你就只能挨饿;只有回到家,你才能有吃的;在家里,即使没有吃的,你看到你小孩在吃,或者我的小孩在我旁边站着,你就能放心,因为你反正在家里就不会有事。不过,我又想既然人已经出来了,那就把事情办完了再说。还是那个系麻绳的人来接的我,他讲现在要去的场子也不远,是一个叫孙岗的山头,就在埠塔寺界内。后生,你晓得吧?他这个人跟我这么一讲,我就明白他们现在办的事情不能让人知道,如果让人知道不仅这事办不成,而且后果不堪设想。我是从这个系麻绳的人的口气中听出来的,因为之前李老六、六丫头跟我讲话,我没有很绝对地往这方面想,但这个人讲话,我就明白这个意思了。

后来，我们就到了孙岗这个山头。在北山头往北矮一点的一个竹园里，有一个大院子，院子里有两进房子。也就是在那里，我吃上了饭，给我饭的人手上拿着一顶草帽，那个系麻绳人坐在堂屋拐角，手上没有拿麻绳，而是拿了一把刀子，我看见他在那里磨着石头。我没多看，那个拿草帽的人，我一看就知道是我们这块地方的人，跟广城畈人有那么一点像，但也像东河口，或是丰乐河南边的人。反正我吃不准。他让我吃饭时，一直看着我。他这人肯定能看出我的年岁，他比我要大，他跟我讲从广城畈走上来不容易。我倒讲走路不难，难就难在在油场里蹲了一天。他呵呵笑了起来，他讲办事情就是这个样子。我感到他会要跟我讲旗子的事了。他让我吃饭，不要急。我看院子里还挂了盏灯，这个地方没有什么神秘的，因为外边有很大的竹林，所以晚上你能听到风刮过来时竹林的声响，还有鹊子在竹林里叫。

他见我吃上了，他就把门闩插上了。他回过头来时，我马上从他眼神里看到了跟我一样的穷人的目光，那目光很温和，很正，就好像我庄上人一样的，并且看起来就像是亲戚一样的。他伸着手到了桌角，他很想握我手的样子，但他是个穷人，跟我一样，似乎还不太会怎么跟人家握手，因为在我们那时候，即使就在今天吧，你也很难看到广城畈的人互相握手，这不是我们这个地方的样子啊。但他又很急切的样子，我知道他想的是什么，所以我就伸手掀着我的外褂，向内褂那边掏去。他说，拿来了。我说，拿来了。

这时候，不知为什么，我却没有把旗子给拿出来，因为我发现他的手已经退下去了。他就那样站在桌角，他的草帽放在桌上，我的手还在内褂那里，没能掏出来。那个系麻绳的人这时不在屋内，屋里光线柔和，点的是桐油灯。屋子的中堂上有裱的大画，但我没有细看。他怔在那里，我敢肯定他跟我一样，是个穷人。所以，我在想，假如李老六，六丫头真的懂我的话，她就不应该不把事情说得稍微清楚点，至少她要明明白白跟我讲，既然埠塔寺要旗子，那我该把旗子交给谁呢。我们可以说是僵持在那块儿。他过了好一会儿才坐下去，在凳子上他掏出烟末子来，放在手心上揉了揉，他又对我说，还是再吃碗饭。我心想多吃人家的不好。但他这么说后，便就拿着我的碗，剥开门闩，打开大门，给我添饭去了。我是个穷人，这时我就有点难受了，我想这不对啊，人家对你不错，人家添饭，让你吃饱，不就是因为李老六交代了，是要送旗子来的嘛。所以他进来时，我就把旗子从内褂的大布兜里掏出来，我是用双手捧着的。他看见了，没有和我眼睛对视。他显得非常庄重的样子，接过我这旗子，我没想他会怎么办。但他没有把它打开，可以讲动都没有动一下。这时我发现他拿着那旗子，又眼睛盯着他自己的草帽，就这样，他好像向外看了一下。

这时我也才发现大门是没有插上的。我没有吃饭，我停在那儿。我看见他腾出一只手来，那捧旗子的手还是那样托着旗子，我看着我带来的旗子在他的手上，我感到还是很有含义的，也感到我自己像那么回事。这个人用他腾出来的手拿起他放在桌上的草帽，然后就走到左手的里间去了。我不太明白为什么到里间去，却要拿起他的草帽呢？我马上就吃完碗里的饭，坐在那儿，我能听到这个人在里间屋子里的响动，不大，但一会儿这样，一会儿那样。我坐在桐油灯下，感觉这个夏夜已经有那么一点凉，正因为有那么一点凉，我也才又感到凉中有那么一点暖。我看到小虫子在桐油灯外边晃啊晃，我周身都在那种又凉又暖的感觉中发抖似的，但我又有些激动，甚至可以说，我的人生从来没有这样的经历，没有这样一种从未有过的感受。

8

中午，你又跟我喝酒，你来了都好几天了，我俩讲的话也不少了。我看你这个后生跟别人还是不一样的，我想你是听得懂的，不然中午你劝我喝酒时，也不会看出我心里边有一种差不多也叫心情的东西。你看我是老了，我说你们那些新潮话是有难度了，我跟你们不一样，人家讲人是一代一代的，在我们之间都不知要差多少代了。不过讲实话，我是讲我当红军时候的事情，要是回到那时候，我是没有想到有朝一日，会有一个后生坐在我面前，开一个录音机要我把话都讲透。我想过可能政府会要打听这些事情，但想不到你这个年轻人，从广城畈走出去的年轻人，会要打听这些事情。中午吃饭，喝第三杯酒时，你跟我讲你是一个写书的人，你还讲了不少你写书的事情，我晓得你是拿我当朋友，这也是一件不容易的事情啊。我接着往下讲吧。我就不讲你劝我喝酒让我起心情的话了，我都这个岁数了，我还是赶早把那时候的事情都讲给你听吧。你不简单啊，后生，你现在还能写书，你自己没经过那些事情，但你能写书，这不一般啊。

好了，我不讲你写书的事情，我就讲我在孙岗的山头的事情吧。我跟你讲，我在那个地方，对那个系麻绳的人印象不好，倒不是因为他在油场里让我困了一天。对那个拿草帽的人，我没有什么认识，可以讲他让我感到有点奇怪：不光是他把旗子拿到里屋去时，听到他那种怪里怪气的响动，还有他那样子跟我脑子里很熟的某种东西有一种相通。所以我总是在揣测，他在哪个地方，我或者见到过，又或者我们在河南沿岸的张母桥街上遇到过。这个印象一旦有了，我就难以抹去，但我晓得这个人跟我自己很像，因为即使不是广城畈人，但我们基本上有一种差不多的感觉。因为他把旗子收去了，我想我差不多是把事情办好了。我讲过我是个穷人，穷人都是老实人吧，我送了旗子，但接旗子的是这个拿草帽的人，他没有跟我交代什么话，所以我不相信我把旗子交给这个人就算完了。老实人就是这样，我没有想到我马上要离开这个地方，因为我觉得事情不会这么简单啊，不会是只把旗子交给这么一个拿草帽、跟我在田里头差不多一样的人。如果这样的人，是为我们穷人办事情的话，我想他恐怕也办不了什么大事。

我就在那个孙岗山头竹园的大院子里待了一个晚上，我就睡在堂屋的一个木架上，我听到那个拿草帽的人从里屋到外屋走来走去，我不知道这是不是他的家，我也不好意思打听。在夜里，我听到大门也打开过，好像有人进来，还有人低声讲话，但我都没有抬头。堂屋一直点着桐油灯。我确实是个老实人，不然我应该抬头看一看，是什么人在夜里头到孙岗山头来，这样我多少会知道一点他们要办的事情，但我躺在那里，想的倒是假如那个李老六，六丫头来，我心里就会有数，要是她来，我不用抬头，也能感觉出来。

这时我才明白，我信的人不是别人，我信的就是李老六，六丫头。事情的起头是她，那现在我能想到的也还是她。当然夜里她没有来，我还没有办法把事情理清楚，她是太平街人，她在县城念书，她跟广城畈史老八是同学，她小时候常到广城畈来玩，我知道具体的她的情况就是这样。至于她在我头脑中的那个印象，那是另一回事，这个东西我不用想象，我觉得我见到李老六才算是一回事。当然，我准确的想法是我最好就在孙岗山头这个地方见到李老六，因为只有在这儿见到，我才能弄清楚他们在办什么事，他们要我送旗子给他们，他们到底要干什么。

所以我就在堂屋的木架上熬了一个晚上。天刚亮，我就起来了，那时，那个拿草帽的人已经坐在大桌旁抽烟了，是那种很呛的烟叶子。他对我轻轻地笑了笑，也许我要立刻起身告辞，也未必不可能，但我居然发现我是不能马上走掉的，我感觉我要待在这儿，所以我就跟拿草帽的人讲，我洗把脸。我没敢讲我要弄一点吃的，但是这个拿草帽的人这时候主动跟我讲了。他讲你饿了吧，早饭不吃了，到中午吃饭吧。我心想我们穷人一般都不会多吃别人的饭，我有自己的家，有自己的媳妇、自己的小孩们，我没有在家外边随便吃过饭。但他讲了，他讲中午还有人，中午一块儿吃饭。现在天刚亮，到中午吃饭时间还早，我这个穷人就是讲不出口，自己要出去转转，或者是要干点别的什么。那个系麻绳的人在外边磨刀，磨的已经不是昨天我见到的那一把，这一把要更大，刀光也更亮。我看他那样子，好像也没有要吃早饭的意思。我听到里屋有响动，已经不是拿草帽那个人弄旗子或是别的什么响动，这是另外的响动。显然，我知道在里屋里还有人，但我一直没有看到有人从里边走出来，我自己也不敢靠近去看。

拿草帽的人抽了不短时间的烟，我除了到院子中倒洗脸水，没有出院门。我就是在堂屋、大门还有院中，很小的一小块地方转来转去的。大概是九点钟的时候，我闻到了一股气息，之前没有任何征兆，我感到是有人来了，这人是李老六，六丫头？我没有听到她的声音，但我听到在里屋里应该有一个人是李老六，至于六丫头是怎么进来的，又或许她本来就一直在里屋，我也判断不出。我想在中间有半个钟头，我是在院子西头的那棵栗树下发呆，那时候有人进了屋子也有可能。六丫头在里屋，这个我感觉出来了，但我并没有更加轻松。相反，我感到有一点难受，因为种种原因，即使六丫头跟我讲明了事情，那我就要回去了吧，我想我也许未必真的就要那么快回去，我心想有些事情只有你自己用眼睛去看到实处，你才会放心。再讲了，即使我是送一面旗子,其余什么事情都没有,也许不见得有多坏。但是,六丫头还在里屋,我想有可能是这个丫头把我给镇住了,我没有办法料想她会怎么安排我这个事,以及她还会要我干什么。这时我才想到,我不能把事情想得过于简单,她既然叫我做旗子,那她就不一定到此为止。不过,我又想,或者她还是把事情尽量多讲些吧。

9

后生,我这个人一辈子就这么回事,我从来没有想过我要过什么样的人生,你想想,我们广城畹人自古以来就这么过,不要叫我们讲大道理。好在,我这几天跟你讲的,也都是实话。你待我客气,拿我老家伙当朋友,我呢,反正年岁也大了,我不晓得写书是怎么一回事情,但你叫我多说,又叫我讲详细点,你晓得我们广城畹人不会把话绕着讲,所以我就直说我那时候的事情。但我自己也听出来我讲的有点曲曲折折的地方,不在于事情的前后经历,而是我自己,我讲来讲去,还是一个穷人,就像李老六讲的,她讲你就没想过你是个穷人。对啊,那怎么可能呢,我怎可能不晓得自己是个穷人呢?她一开始点醒我,我还没怎么注意到。我之前也跟你讲了,我是在去埠塔寺那晚的路上,想到我是穷人,以及我穷在什么地方;我讲了小孩、媳妇,也讲到了别的。我没有想太多,但就这些也就差不多了。我跟你说吧,人穷就是一根筋,因为种种原因想到穷,也就是穷那么回事。但你听出来了,我对这个六丫头有了依仗,所以我讲我这个穷人,交了旗子以后,还不知道怎么办,这就是我的个人问题了。

我也讲了,我在那里以为能见到李老六,六丫头,我甚至感觉到她就在里屋。我在外边听出来她在里边,我在想我送旗子来,是她叫我来的,她应该也到这个地方来;一是我交旗是个交代,另外我在估计着我对这个城里念书的李老六有了信任。因为我自己也感觉到如果不是很信任一个人,你不大可能冒这么大危险把旗子送来。但至于是什么危险,以及会遇到一个什么情况，我都没有准备。我心里在想，只有李老六出场了，她会给我一个说法，她说穷人在为我们穷人办事情。我看，这几个人还都是穷人也不错，但我又看不出来他们能干什么事情。就在我以为李老六会从那个里屋出来时，恰恰出来的不是六丫头，但即使这个人出来了，在我面前，后来我可以讲是认识了这个人；但只要这个人一转身，不在我眼皮底下，我就始终认为这个人是李老六。就像着了迷一样。我不是从气味，也不是从声音上以为是六丫头，我恐怕就是有点固执地想当然地以为我当这个人是李老六。这在当时让我很难受，因为她不是李老六。

她大概是十点多从里屋出来的，人很干练。她说，欢迎你加入我们。我听她讲话，虽然也是埠塔寺、阶儿岭、双河这一带的口音，跟我们广城畈差不多，但她讲话很有水平，一听就知道她是出过门的人。我是个穷人，因为一看她不是李老六，我心里就又没底了，我盼的是李老六。但这个人这一次没有回避旗子的事情。她跟我讲，感谢你为我们做了旗子。我跟你讲，她讲话很有水平，她讲话时那个拿草帽的人坐在板凳上抽烟，那个系麻绳的人已经不磨刀了，他好像是到竹园外边去了。这个女人身边跟着一个人，我听到她喊他大铜。拿草帽的人叫他铜豆。铜豆是个中等个子，很结实的人；不太像庄稼人，也许是街上人，这个我看不出来。这个女人跟我讲，你既然来了，你就知道，我们在做的事情是对的。我其实不太知道是怎么一回事情。后来她就跟我讲，你放心，你是李老六叫来的，跟你讲吧，我是李老六的大表姐呢。我一直不知道她跟李老六的真实关系，是什么大表姐？李老六的情况我自然也不十分清楚，那她是李老六的大表姐，我就更加无法核定了。不过，我们穷人一般都会相信别人的话。

她在跟我讲话时，一般边上都没有什么人，拿草帽的人有时也到外边去，那个叫铜豆的街上人，有时到里屋去，有时到后边一进院落去。因为竹园很大，几乎把院子都包住了，所以这个场子很安静。中午的饭就是这个女人做的，我给她打下手，在厨房那块儿，她跟我讲，你要明白，你来了，这是一件大事情。反正她讲什么，我就听什么。她又跟我讲，你可以考虑清楚，但是，我一看到你，我就相信李老六跟我讲的没有错，你不是一般的庄稼人，你是个有头脑的人，她不会看错的。我很想问她李老六到底是什么人，但她讲话的口气让我根本没有办法张嘴来问她问题，因为她自己也有很多难以说清的情况，比如她就跟我讲到，人的生活本来不应该是这个样子。她虽然不是广城畈人，但她对广城畈也很了解，她说到了广城畈，因为是畈上，邻近河冲，所以情况自然是比山里边要好一些。但即使这样，如果往实际里讲，其实还是一样的。她跟我讲，你做了旗子，你是李老六叫来的，我们也很相信你。

　　总之她绕了许多话，她是个很实在的人，她跟我算是推心置腹的。然后，中午我们吃饭，吃饭时有七八个人，我们围坐在那个大桌旁，我看出来大家很平等，但基本上人家都是听这个大表姐的。不过吃饭时，大家没有讲多余的话，我看出来，我是到得最晚的人，甚至可以讲我是唯一的陌生人。看别人的表情，他们互相也不会太熟。吃饭时，大表姐跟我坐在一条凳子上，她还跟我讲埠塔寺这个场子的菜做得跟别处不一样，她自然没有专门提我们广城畈。这些人吃饭都很快，就好像是完成任务似的。即使我这个穷人从来没有见过世面，但我也看得出来，这些人不是走亲戚，因为大家很明显没有亲戚关系，也没有人是互相有什么私话要讲的。我看他们的样子，他们是穷人，但他们眼睛都亮亮的，这让我有点后怕，因为我从李老六、六丫头的眼神里也看到过这种亮色。

　　我只要不看大表姐，我就把大表姐当成李老六一样的，但事实上大表姐比李老六要大一点。李老六也就十六七岁吧，最多十八岁吧，但大表姐应该有二十岁，但一个二十岁的大表姐能有那样的举止，这在农村还是让人刮目相看。最重要的是，别人都拿她当回事，虽然没有什么请示，但即使是吃完了放碗退出桌子，人家也要看她一下，以表示让她知道他要出去了。大表姐没有脾气，人很和气，但大表姐不怒自威，我简直有点服她，但遗憾的是，她不是六丫头，所以我这个穷人就追不到根。我想到的就是什么人叫我干什么事，那我就跟这个人讲。但大表姐还是不那么迁就我，她没有跟别人讲我，但她一直让我坐在她边上。别人吃完都退出去之后，我还僵在那儿，我恐怕是想让大表姐给我些说法，因为我不敢张口问，又不知道怎么跟别人打交道。现在我更是提不起要离开的事了，因为我从她跟我的谈话中听出来，事情才刚刚开始，怎么可能离开呢？但是，我能坚持在这儿，跟我一直在头脑中把她跟李老六混为一谈是有关系的，再说她自己也说她是李老六的大表姐，也讲了是李老六叫我来的，那她就和李老六一样了。

10

对了，后生，她就是汪孝之。我跟你讲，她就是汪孝之，你说我跟她算不算近，当然是近了，她和我一起做饭，跟我讲这个那个的，我跟她怎么可能不近呢？她一开始没有跟我讲全部实话，可以讲是在考验我，这个我后来都看出来了。她跟我讲过不少心里话，看出来我的心思跟她不大一样，她就讲因为人穷，所以有时候看事情就看不开，但看开的人未必是穷人，所以不一定谈到一块儿。那要谈到一块儿，穷人就要跟穷人谈。她跟我谈的话很多，后来我都记得住，她讲我们要改变这个样子，不是埠塔寺、九十铺要改变，东河口、范家店都要改变，广城畈也要改变。现在这个样子是不对的。她讲，要让穷人过上好日子就是要改变这个样子。当然起初她没讲怎么改变，但她讲得很细，她讲了你出门肯定也舍不下你小孩。我讲是的。她讲舍不下也要舍下，你想想为什么我们的小孩是那个样子。我说，我们的小孩可怜。她讲，是可怜，但你想要让以后的小孩不可怜，有学上，有钱花，要让他们过上好日子，这日子不是本来就这个样子的。

她在跟我讲话时，如果她不问我，我就不讲，因为我听出来她是个出过门的人，她这些话是别人讲给她听，而且她自己有体会的，所以轮不到我来讲。她讲，我们不是要好生活，我们要好生活我们就要争取。她跟我讲话不分场合，做饭时也行，坐大板凳上也行，后来她就站在堂屋的纸画前跟我讲。她讲，你可以考虑。后来我想我是听明白了，她估计到即使我明白了，我也讲不出来，所以每次讲长时间的话以后，她都嘱咐我可以考虑考虑。

这样，我就在孙岗竹园里待了大概有五天，我真难以想象我的小孩们在家里怎么办。我阿老身体不行，恐怕随时都能死掉；我媳妇表面上骨头硬，其实我不在家，她一个人根本忙不过来。而且我已经六天没有回家了，我的小孩们可怜死了，但我就是不能动。我喜欢听大表姐讲话，因为大表姐讲得有道理，我想可能还是因为我这个人悟性不好，加上我写不来字，我只认得少数一些字，那我跟他们不一样；再说除了大表姐，别人不跟我讲话。但我想，在任何地方，都不会有人这样对待你，跟你讲这些话，而且都是推心置腹的。再说她一直叫我考虑，我想她又没有逼我表态。后来，我看到大表姐叹气，大概是她以为她这样跟我讲话，她是把我当个人物看待的，但我确实不知道讲什么。

直到有一天，大概是第六天吧，下午的时候，大表姐把我叫到里屋去了。我进去之后，才发现这个里屋很大，并且样子很奇怪，是山里人里屋的样式。在后墙那儿还有一道门，大概是开向山坡上的后院，从这后院又能进竹园，在那高起来的里屋的后半边有一只很大的木箱子。大表姐坐在那只木箱子边上，她边上站着拿草帽的人。而那个叫铜豆的人坐在里屋前半间的窗下。就是在这间屋子，大表姐跟我讲了她的全部事情。她是这么讲的，她讲你来了已经六天了，我一直在跟你谈。你话不多，但我看出来了，你是个不错的人。我们要干的事情就是起义，我跟你讲过了，我们生活不是这个样子的。

那是我第一次听她讲起义，当然她的话比这个要长，可以讲她很会讲话，但意思就是这样的。她讲，我们要起义，我们要打土豪分土地，我们要革命。对，我听到她跟我讲革命。她问我，你听到没有。我说，我听到了。她又讲，我叫你考虑，其实不为别的，我们就是要为我们穷人当家做主而努力，我们不怕死，对吧？我们就是要干这个。她讲了很多，但我听得懂，她讲的就是我们这个地方是埠塔寺的起义据点。她拍了拍箱子，跟我讲箱子里有枪，这是我第一次知道枪离我这么近。她在喝水时，那个拿草帽的人到我边上对我说，汪孝之同志已经和你谈了几天，她已经考验得很完全了，知道你是个信得过的人。她跟你谈穷人，谈生活，实际上就是要一起革命。因为我们现在正在筹备起义，所以如果不信任你，我们是不敢跟你讲的。我心里在想，假如革命了，我能做什么？我们穷人总是这样，我们虽然会想到自己，但想到自己时，也是在想自己对别人会有什么作用。汪孝之一直手按在那只黑色的大木箱上，她讲，我们的革命既是为自己，又不是完全为自己，我们就是要改变这可恶的旧社会。她讲话时大义凛然,虽然她没有多问我话,但我听得出来,她是对我很尽心尽意的。

11

我在孙岗山头竹园又待了好几天,因为时间一长,我这个穷人就没有走的意思了,我知道了更多的事情,他们是为我们穷人干事情的人。直到有一天黄昏,孙岗山头黑得比山底下要迟一些,我正在跟汪孝之做饭,因为在白天,她已经反复征求过我的意见。我说我参加你们的起义。她很冷静,她告诉我起义就是杀头的事情。我讲我知道起义就是杀头。她讲你晓得杀头的意思。我讲我晓得。后生,你知道吧,汪孝之这个人确实与众不同,她是一个看起来冷静,但心里边一直装着别人的人。她是李老六的大表姐,她也就二十岁出头吧,但她的讲话,还有那种感觉,俨然是个领导,当然领导这个词我也是在孙岗才听来的。后生,你不晓得汪孝之这个人有多神,反正那时我虽然眼一闭,还当她是李老六,但她跟李老六不同:她在白天跟我讲,第二天给我看枪,你晓得吧,我心情很激动啊。你想想我一个农村人,承蒙他们看得起,不仅为我们办事,还领着我一起。我想我什么也讲不出了,我激动得很。

但汪孝之是很严格的,她讲你晓得起义是杀头,不光是杀别人的头,搞不好自己也人头落地。照后边的话说,就是要牺牲。你晓得杀人头就行,要是杀别人头没杀掉,自己人头就保不住。总之,这是个卖命的事情,我没有不答应。我在这厨房已经干了这么多天活儿,她汪孝之一直在我边上,她问我的话,我都记得。她也讲了一些大道理,但不是很多,她是个性子很急的人,按别人的叫法,我应该叫她队长,但我就是叫不出口,我还是叫她大表姐。我这么叫也表明我始终把自己跟李老六是联系在一起的。

在孙岗山头我没有见到李老六。那天大表姐见我已经答应了加入他们的起义,她很高兴,可以说她有些兴奋,但她这个人不会把表情挂在脸上,她仍然很冷静，我自己也沉浸在加入起义这个事情中，我想我就要跟他们干了。我头脑很简单，这时候我没有再反复想我心疼的小孩们，我就想到我们起义，我们打到外边去，就像她讲的，我们要打出一大块根据地。我们要当家做主。我想当家做主了，小孩们也就不会挨饿了。我在答应加入起义后就听汪孝之跟我讲，你问问，这些人，哪一个人家没有饿死过小孩？我跟他讲我的小孩没有饿死的。汪孝之就问我广城畈的情况。我就跟她讲，我们广城畈地虽不多，但除种地主地之外，在丰乐河那河滩边上一般都还有一小块地，虽然发大水就要淹掉，但倘使你赶在发水之前那段时间种短季的豆子或是别的什么，你就还能周旋。她讲那你们广城畈还是有一点余地。你想想山里头哪有地，山冲里的地比金子还金贵，除了地主，没有人有地。我晓得山里边不比畈上，情况要严重得多。

可以讲，关于种地、生活，还有活法，汪孝之比李老六跟我讲得多，而且实在，当然我有时也听到她跟拿草帽的人讲到更大的事情，我听得不是很懂。因为我晓得她讲的根据地，就是自己有了土地啦；我不晓得她讲的是要连成一片，要跟外边连成一片，要把队伍拉出去。我在中间听到他们讲过双河的军械库，他们要把那个军械库拿下。他们晚上在桐油灯下开会，我就坐在厨房，那时我还没有明确讲我参加起义。但那天下午，汪孝之是跟我挑明了讲，她讲你答应了参加起义，你是广城畈人，你来了也不短时间了。她总在说，你是我表妹李老六介绍来的，她果然没有看错人，你是个忠义之人，我们就需要你这样的人。虽然你没有张嘴讲你要怎么样怎么样，但我看得出来，你是一块起义的料。她的话让我沸腾，因为她是见过世面的人，我说过我是个穷人，可以讲面对汪孝之我没有什么可以张口的，她叫我怎么做我就怎么做。但是，事情就出在那天黄昏。

12

我不晓得写书是怎么一回事情，或者讲我一辈子虽然认得几个字，但我不会写字；我即使认得几个字，也很有限。因此我恐怕不能说会读一本有头有尾的书。所以你讲你要写书，你为写书的事情来问我当红军的情况，我就不讲别的了吧，我是要把事情讲清楚的，尽管我看不懂你的书。我字识得不多是一方面，另外，我已经这个岁数了，等你书出来了，也许我这个人已经不在了，我不是每天都有可能去见马克思吗？我看你有时对我笑，我晓得你是想让我心情放松，让我想怎么讲就怎么讲，但我跟你讲，你要让我绝对放松也是很难的。你晓得我现在上了年纪了，我讲有些话就多少有些不同。但在当时，你不晓得农村人确实可怜，这倒是实话，可以讲，不是你想怎么样就怎么样。不然，我也不会去了孙岗，自己在那块听别人讲了些话，我自己就听进去了。因为之前没有人跟你讲过，没有人跟你掏心里话，除非有人到过外地，见过世面，所以我讲汪孝之的话，对我是有用的。

我答应她参加起义，但那时我对起义没有什么认识，也不可能有什么认识。我心里一直想的是她答应过第二天就让我看看她讲话时压住的那只大木箱里的手枪。

但是，我前边说了，还没有等到第二天，就在那天黄昏，大概天色还不是太晚，估计山上比山下边黑得迟一点，竹园外边响起了枪声。接着就是铜豆从外边闯进来，他跟汪孝之讲，不好，山下边还有人，在山北边也有人开枪放倒了我们的人。不用讲，有人告了密，敌人已经先下手了，他们已经从山北边包抄上来，他们要把起义的人先干掉。我没有见过这些事情，但我看汪孝之这时候很冷静，我也是在那一刻感觉到她是起过义的人，不然她不可能这么冷静。当然后来也就知道她确实也在东河口、霍山那边搞过起义，不过汪孝之从木箱里取出枪时，我没有看清，她也没有在那时向我下达任何命令，而是让我到院子里去。房子中的那几个人，我都晓得，我在外边能听到他们讲话的声音，他们声音都很急促，甚至有点尖细，我听得见那个拿草帽的人声音最大，他好像很愤怒，但是，我听到汪孝之训斥了他，好像他们就三五分钟的样子，就从堂屋出来了。这时候山后竹园的坡上又传来枪声，我就站在那里。

这时候，我看见那个拿草帽的人，忽然往我手里塞了一把长刀。这刀有点怪，因为刀把上拴了布条，我握在手里。他要带我从前边下山。汪孝之握着枪,已经从墙头那边翻出去。我最后看了她一眼,她没有瞅我,只是向我们往前边院门的方向指了一下,我晓得她这是在跟拿草帽的人命令让我们从那里冲出去。我这次看见她的枪,是那种乌黑的,枪筒有点长,后边的部分好像还有木头。因为她在翻墙时趴了一小会儿,好像上边的人在使劲,但她脚踏不住墙眼儿,所以她就在那儿用枪支着墙角,我才得以看见她那支枪,只可惜,我没能细细看。后来她翻过墙,枪声更加密集了,我们很快从前门那里往南冲,那儿有一个村庄,那些打枪的人,我能听见也是冲着我们向南面的方向追过来,这可能也是他们商量好的,要把敌人引到这个方向来。就这样汪孝之应该是从院墙翻到东边,她是往双河的方向撤退。

13

我们往南跑得很快,那个拿草帽的男人平时看起来并没有什么劲,但他跑起来比我快多了。我这才想起我自己已经很多年没有跑了,在小时候,或许在河滩上跑过,但十几岁以后就再没有跑过。对于一个穷人来讲,轻易是不会跑的,没有什么东西逼着你跑,你一个人在农村跑起来会让人笑话。所以当那个拿草帽的人在前边飞快地往山下跑时,我还有点不适应,并且我总想笑他。后生,你晓得吧?我们穷人就是这个样子的,我们总会不好意思,如果没有别人做个样子给我们看,我们自己是不会做的。所以我起初是落在后边的,他跑一小段,就会回头喊我,他讲刘行远你快一点。我就赶忙往山下跑,起初我没有听到枪声,后来枪就在后边响。我晓得起先是因为有个小山头是要翻过来的,敌人在后边,他们翻那个小山头时,我们在下这个山头;再往前,我们是要上那个山头,上那个山头时,敌人在下前一个山头,虽然天刚黑,但还是能看得见。我回头看见他们有十多个人,在松树林里一隐一隐的,他们下得很快,但我们上山不可能快。这时我才感到害怕了,因为那枪声很近,我们在上这个山,他们在下那个山,其实隔着个山沟，已经很近，可以讲都能看得见对方的脸。要不是天晚了，无论如何他们都能瞄准直接开枪来杀我们。但他们也不是连着放枪，大概是因为松树和石头老是挡着视线。最近的一次，我能听见他们子弹打过来在松树中间发出扑通扑通的声音，我听得见他们在叫，你们跑不掉的。

拿草帽的人一直跑在我前边，他边跑边问我，你跑不跑得动？我讲我跑得动。他讲，你不要害怕，你别看他们很近，但我们在上山，等我们到山顶上，我们再下山，他们上山时，他们就慢，我们就会快一些。我晓得他讲的是我们翻过这个山头，我们就会比他快。所以我们跑到山顶，果然他们刚刚才爬到这个山头的一半，这个时候他们也不敢放松，就是在那儿喊。我们从这个山头往下跑时，看到山脚有个庄子。我们俩在一棵大松树下站了一小会儿，因为天色已晚，但光线不差，所以我们害怕他们总会看到我们。我就跟拿草帽的人讲，我们不如躲到庄上去。他看了看庄子，我们就往庄口跑。因为这个庄子不小，也有塘，过了这个庄子还有一个山头，只能往山上跑。但是，要是在这个庄子躲起来，可能就不用跑。

等我们跑到庄口，那十几个人已经在山头上了，隔得不远，能听见他们在叫唤。这时候，拿草帽的人跟我讲，不能在庄上逗留，要是留在庄上，就可能死在庄上，怎么都躲不过；再讲如果不把敌人从这一带带开，那我们逃跑就没有什么意思。我不是很明白，但我想拿草帽的人跟我不一样，也许他也不是第一次起义，这时我才看到他把枪从腰里边拔出来了。他有枪，这个让我立即一惊，原来他也有枪；他有枪，他就比我有头脑，他不是一般人。所以我就跟着他从庄口往前边跑，那些人家有的在吃饭，有的在做活儿，有的没点灯，我们跑过去时，没有人注意我们。后来在庄子西头有个中年人用扁担出来挡了一下，我不晓得他为什么要拿扁担挥那几下子，或者他是反应过来出了大事了。在我们从庄口跑过去时，能听到那些人已经从山头下来了，他们也到了庄口，但他们没有开枪，他们在大声叫唤，他们料定我们一定躲到什么人家去了。幸好，我听了拿草帽的人的意见，我们没有躲到庄上，不然，我们一定会死在那里。

这时我们绕过庄口的水塘，看见前边那个山头上松树少，但种了不少鹿谷——我讲鹿谷，你晓得吧，后生，就是你们讲的玉米。对啦，你是广城畈人,你晓得鹿谷的。我们就赶紧往鹿谷地跑,起先我还以为躲到鹿谷地,敌人看不见,安全,但我没想到鹿谷地跑起来比不上山路,因为鹿谷缠腿,会挡路,我们奋力往前跑,拿草帽的人跟我讲,你不要急,你跑得慢,他们也跑得慢。但我近得都能听见那些人脚踩鹿谷穗的声音。后来我们跑出鹿谷地,从上边往下看,那十几个人还在鹿谷地里往前跑,我们离山顶还有一截,我跟那个人靠在一棵松树上喘气,他用枪在树上戳了几下。他看着我,我们能看清对方的眼睛,我没有想到晚上的天是这么亮。我没有看到月亮,也没有看到哪怕一颗星星,但就是感到天色很亮,也不知道是不是眼睛在跑路上跑亮了,反正这个晚上跟白天没什么差别。我甚至看到天上的云彩,后来我晓得那晚有月亮,只是月亮被遮在白云彩里,所以怎么都能让人看见,加上我们这么近地跑,往前冲,隔着也就那么一小截,没有办法甩掉他们。

后来他们可能就没有十几个人了,我晓得拿草帽的人没有尽全力去甩他们,我看出来了,他就是要把这些人引开,所以当他看到后边没有十几个人,只有五六个人时,他很不高兴,但没有办法,他们十几个人总要追散掉几个人的。我们在山头上,这时,借着月亮,你能看见这眼前的景象,很大块的田亩,还有就是三口塘,过三口塘才是大槐树山,怎么也要过三口塘。他问我,你看见三口塘了吧。我讲我看见了。他讲,我们要从三口塘冲过去,不能进左手边的田亩,进田亩非死不可,庄稼矮,遮不住;过三口塘,冲进大槐树山就能逃掉。这时,我听到耳边有子弹飞过去,呼啦一下子,这五六个人已经从鹿谷地冲出来,在刚才我们歇息的大松树那块儿朝山顶放枪,我们赶紧向山下跑去。

14

后生啊,你这个人还真不错。不是讲你跟我吃饭喝酒,还听我讲事情我就讲你这个人好;我讲你好,就是因为我跟你谈了这些天话,我发现你是我们广城畈人——你确实是,不然你不是这个样子的。下午你跑到丰乐河上的卷棚桥走了一趟,跟你讲,卷棚桥也还是那个样子,就是跟我小时候一样啊,都快一百年了啊。我今年快一百岁了,我跟你讲,时间不管用呢,什么样子还是什么样子。我讲丰乐河,我讲得清楚,但是,你不晓得的是我们这块地方的人,不一定晓得就在埠塔寺北边,阶儿岭东北边,在双河西北边,在张店方向,就是讲在打山那一带,有一条河叫陈家河,这个不少人不晓得。我为什么讲起了陈家河?倒不是讲我们祖祖辈辈喝丰乐河水,我还要管什么别的河,这实在跟后头的事情有一点关系。我跟你讲,我讲到这个场子,我自己也觉得有点难了,多少年过去了,我都不想讲。你晓得穷人就是不想讲穷人的事情,或者讲穷人不一定愿意多讲话,有什么好讲的呢?讲话也是生不带来死不带去的事情,光讲话恐怕还不如就叫那么几声。

你下午扶我在卷棚桥上走,我听下边丰乐河水声,跟你讲就跟几十年前都一样的,还是那种声音。我们这块地方的人都听得惯这种声音,因为丰乐河要是不发水,就是一条不大的河,可是沙滩又大,河潭又多。世界上哪有这么好的河啊,那么多鱼啊虾啊,我们在这条河边上活着,我讲我们有福呢。我怎么老讲河呢,对了,这跟我后边要讲的那条叫陈家河的河有关。不过,我先没讲到河,我讲到我们从那个庄上跑出去,从鹿谷地爬到山顶上,然后我们往下冲,左手是很大的田亩,中间偏右边朝着三口塘。拿草帽的人跟我讲,我们不能进田亩,要从三口塘跑过去;从三口塘跑过去,就能上大槐树山。大槐树山山顶上有棵大槐树,这个我晓得,这个山我一直认得。我当时没有想过要跟这个拿草帽的人商量事情,因为他有枪,而且从一开始就是他带着我撤退,也许他就是在指挥我,我跟着他就行。其实我自己是已经注意到天上有月亮的,只是一开始有云彩遮着,后来云彩荡开了,大月亮就挂在天上。你想想,这对我们很不利,他们还有五六个人,而且他们在后边借着月亮能看见我们。

现在我们已经往三口塘跑了,中间我是想过要掉头往东头的田地里跑,即使田地绊人,但毕竟在那里他们五六个人也会慢下来。但是,我没敢跟这个拿草帽的人讲。我们跑到三口塘塘口时,我感到很奇怪,因为三口塘是三大块镜子样的东西,我们是跑在中间的塘埂上,我听得到那五六个也已经冲下山来,他们隔着田,离我们没有多远。可以讲,那个拿草帽的人一直很勇敢,但他的冷静,跟汪孝之的冷静不太一样,即使他在前边跑时,他也总显得很有心事的样子,不过我也不敢问他。他有时回头让我跑快一点时,我就加力,但我始终没有跑到他前头去。我总在想,他是要我跟着他跑的,我们穷人就是这个样子,不管做什么事情,都自己给自己定个规矩,就好像我跑在他前边就会是个错误一样。如果那时我们想个法子,比如我们不从中间塘埂跑,而是从三口塘西边那条水沟沿子跑,可能情况也不一样。

但是,很快我听到枪响了,并且声音很密集。我以前没有这种感觉,虽然之前他们放过枪,但那是在山上,现在是在池塘上,他们放枪,枪是平的吧,我晓得这时候枪长了眼睛了。但我没有什么反应,反正我还是在后边跑,但我突然看见我前边的拿草帽的人闪了一下,我以为他闪了腿,但他还是坚持着跳了一下,就是这一下,他把速度提起来了,扭过脸来跟我讲,要快。也很奇怪,就是从三口塘跑过去之后,有一个涵洞,涵洞边上有两条路,他在涵洞口那儿跟我讲,我们向西跑。因为涵洞挡住了来路,我听见后边的人朝东岔路追过去,但东岔路有个上坡,一到坡上,那些人如果看到路上没人,他们就会返回来追西岔路。就是在那个岔路快到大槐树山脚下时,这个拿草帽的人倒下了,我看到他肚子上在淌血,血一直在往下淌,捂都捂不住,衣服上全是血。他手里拿着枪,另一只手还是拿着帽子,他坐在草堆前,他跟我讲,只要进了山,就没有事了。大槐树山大,下山路多,到了山顶就往北跑,就没有事了。

我背起他,他两只手担在我肩上,其实他并不重。我背他上山时,能听到那些人已经从西岔路那边过来了。他跟我讲不要怕,这个大槐树山山大,只要背到山顶就没有事了。我有力气,我居然还有力气,我们穷人就是有一把力气,所以我背他时并不觉得累。在上山时,虽然能听到岔路上那五六个人在叫,但我们仍在爬山,我是抓住那些枯枝子一步步往上爬。我跟他讲,你放心,我一定把你背到山上。但我心里在想,如果我们先前不是跑到三口塘,那敌人就打不中他,因为月色亮,借着池塘的反光,而且处的位置是夹在三个塘中间的塘埂,他们瞄准起来就容易了。幸亏没有一枪撂倒，不然就死定了。他是跑在前边的，但开枪的人没有打中我，却打中了他，也可能子弹不长眼睛吧，反正现在他受伤了，我就要把他背到山顶上。我背着这个拿草帽的人，其实我心里清楚，我不可能一直背着他，就是说依我那时候的见识，我没有办法做到更多的，因为是他在指挥我，所以即使是我背着他，他也是一直在跟我讲这讲那的，甚至他知道爬的每一步离山顶那棵大槐树还有多远。他也问过我累不累。我说我不累，我确实不累，如果可能，我可以一直这样背下去，但显然这也不是办法，但首先我要把他背到山顶上。

15

后生，我们谈话谈这么久了，当然承蒙你客气，也难为你有那么大耐心听我絮絮叨叨讲这么多，以前我也讲过，尽管讲得没这么多，但事情也就是这些事情，可是这一次我讲得最顺了，我真是把我想讲的、能讲的也都讲给你听了，真是难为你。不过我也很高兴，毕竟有人能听进去，这都是几十年前的事了。你还年轻，好在你也是广城畈人，而且你要写书，你这事既是为你自己，也是为别人。我认得几个字，我写不来字，所以你写了书，要是我自己能看到，我想看见自己讲的话印成白纸黑字，我心里也敞亮。你晓得，人能看见自己的事情给别人听见，看见，并且人家还要讲，这都是不容易的，可以讲很难得呢。我是个老实人，我不能讲你要写书了，我就着力跟你讲，其实也不是这么回事情。我是有什么就讲什么，所以我这几天心情起来了，烧酒也喝了不少，烟也抽了不少，对于我这样快一百岁的人了，还能跟你们后生这样有吃有喝，有说有笑，我自己也感到不可思议啊。我都不晓得把事情讲完了，我心里会空落到什么程度。好在，你这书长，对吧？你写一本书，那是什么样的大事情啊，恐怕有得我讲的。我想也很好，有这样的事情啊，一个后生，拿着个录音机，带着笔和纸，坐在你面前，听你讲你自己的事情。好在，后生啊，你也算是找对了人，别的我不敢跟你保证，但我敢跟你讲，我是个老实人，这我都不晓得讲多少遍了，我讲老实人跟穷人是一回事，就是穷就老实，老实就穷，也叫两者相辅相成吧。所以人家讲，你怎么做到这么老实的？我就讲我穷啊，我一个穷人我哪能不老实，我不老实我还穷吗？人家可能要讲了，那你就不老实又怎么样？你不老实就不穷了，不穷不好吗？那我讲的是我是穷才老实，我穷惯了，就是一个穷人。

我跟你讲就是汪孝之给我做工作那些天，我也没有真的动过脑子，我这认识是刻在里面的，我本来不想讲老实的，但我又确定是老实的。所以我就接着前边讲。是怎么回事呢？我背着那个拿草帽的人，因为大槐树山没有山路，山大，所以不用担心他们在后边放枪；加上我爬那种带树带草的山坡比一般人强，所以我相信我是能把他背到大槐树山顶的。那里有棵大槐树，在山上背这个人，他一直在淌血，他肚子就趴在我背上，那血有点温，就浸在我后背上，血顺着我屁股往下淌，这个我都晓得，是个大活人啊！他还是那个样子，一手拿着草帽，一手拿着手枪，但胳膊是把我脖子箍着的。我晓得他快不行了，但他还能讲话。他这个人就是这样，即使我背着他，他自己也不认得路，再讲我们爬这个山也不要认路，只要往山顶那棵大槐树爬就可以，但他仍在跟我讲你可以上那个石头，你可以过那个树根，或者是你可以抓那个藤子。总之，他在指挥我，跟你讲，后生，我是个老实人，虽然他讲得不一定对，但我就是听他的。我想只要他能讲话，他讲话就算数。我背着他，只要出力气就行了，我用不着费力去想怎么爬。这样，我还是背着他爬到山顶上。无论在今后什么时候，我想到自己把一个人背到大槐树山顶上，并且后边一直有人拿枪在追，我自己都不相信怎么能做得到。但我是刘行远啊，我就是做到了，主要不是我怎么做到的，而是我没有别的什么考虑。他一直在淌血，还拿着手枪，我没有想过别的，甚至我也没有想过是不是就应该爬到山顶上。

当然后来我们到了山顶上，我们才发现这个大槐树山虽然讲很大很高，但爬上去不是一件好事，因为它山下边是有路的，而且跟别的山之间不是连在一块的。可以讲它山下环着一圈都有路，别人容易把你盯住，你想上去容易，下来就难。不过我们在山顶时间也不长，他靠在大槐树上，这个场子能把山下都看得很清楚，我看到有人在上山，顺着我们上来那个方向附近，能听到有人在叫，在山下又有人。不用讲，这个场子通东河口有路，反正敌人又来了一帮人，这个在山顶上都能看出来。他肚子上有血，他坐着，但姿势还可以，可以讲他这个人不会倒下的，他是否意识到逃到大槐树山顶是个错误我不知道，但他还是挺在那块儿。我实在太累了，但我没有讲，我讲了也没有人听。他问我，他们有多少人，我讲又来了一大帮。他讲，你不要怕，不要紧。我虽然也不怕，但我跟他看法不一样。

这时我看出这个人肯定不行了，我看得出来，他已经没有力气了，他手枪都耷拉在下边，但整个人就顺在那个场子上。他有时也昂昂头，他跟我讲他就是要看看这棵树。他这个话让我有点生气，我心想这个时候，你不能只想着自己要看看树，你就让我把你背上来，你晓得我背你上来不容易。他跟我讲，我就是要再来看看这棵树，他讲他从小就上这座山，就在这棵树边上玩，就在这个场子看四周。他讲，也能看到你们广城畈呢。现在月亮已经快要下去了，可以讲我们逃了大半夜，他力气不多了，他还在讲，但我不太想听，因为敌人正在往山上爬。如果他们上来，他们不是夯子，他们晓得我们会在大槐树下。他们那么一大帮人，我们躲在哪儿都是躲不过的。他还讲他以前到这大树边上，跟这个大树，讲个没完。所以我就摸摸他肚子，现在血还在淌，但只是一阵一阵的，可能没有多少血了，我一摸肚子才发现因为他坐着，所以他肠子就拖出来了，软软地就在衣角里头，我把它往里推了推。他笑了笑，又叹了口气，他讲，你不要怕。不过他现在这么讲，我已经听不出有什么意思了。后来，我能听到上山的人已经不远了，能听到他们的声音，估计小一会子就能到大槐树下。我想这个拿草帽的人，是个有头脑的人，他拿手枪的手在地上支了一下，动作很困难。这时我想劝他至少可以把手上的草帽拿掉吧，现在拿这草帽有什么意思啊，但我前边跟你讲过我们穷人很少敢讲跟自己无关的话，他要把草帽拿着就让他拿着吧，反正他想怎么做就怎么做。

16

  当然，在那帮人没有追到大槐树跟前之前，我背着他下山了。下山的路是他给我找的，那是一条斜路，一直插到山底，是条带石头的像竖直的河道样的路。我不知道他是怎么晓得这个下山的路的，反正绕过了几棵金树，反正是穿过了金树中间的一个洞，我想他之所以上山，可能跟这个有关，不然他也不敢，在敌人那么近时，他还不着急。

  我背着他，从这河道样的坡子往下走，因为背着他，我不敢快，不然下山走那个路会很轻松。好在，在这夜里，天可能快亮了，月亮挡在山那边，天上有星星，我看出来这是往北。往下边去时，我能听到那群敌人在山顶开枪，不用说，他们是发现了血迹。他们即使找不到这条往下的坡子，但他们在上边能看到山脚四周，所以一旦我们跑了下去，他们还是会看见我们。后生，我跟你讲我是个老实人，我即使有什么想法，我也不可能跟他有什么沟通，但我背他下山时，他跟之前已经不一样了，我知道他是连说话都感到费力了，所以他尽量少讲话，再说现在就这一条路，下了山再讲吧。我估计他血淌得差不多了，因为不是一直在淌，只是过一阵子，才淌那么一点，好像体内的血是挤着挤着，蓄了一点再从肚子上的那个口子淌出来。

  我已经累得不行了，我在想即使我再听话，但我总有累倒的时候，如果那样的话，我们就跑不掉了。可以讲我是在这时候才想到我们有可能是跑不掉的，我想要是我们跑不掉，那我们也就只能被他们杀了，这个道理我是懂的。但即使这样，我也没敢跟他讲，我怎么能跟他讲呢？我现在背着他，只要他愿意，他就可以跟我讲话，那我就要听他的。是的，后生，我是个老实人，所以当我背着他，下到山脚时，我才发现我们已经离开那座大槐树山了。真是奇怪，我回头看在山脚下有个大土台，原来从那土台底下我们跳过河沟，然后上的大路，我们见敌人还在山上。因为他们在放枪，可以讲枪声比之前密集了，但因为月亮快要下去了，他们想射到我们也很难，但他们应该看得见我们在山脚下。我背着他往前，但我已经没有什么力气了，我发现我们是在一个河坡上，刚才山上的那道坡就是连到这条河的。

对，后生，这就是陈家河，我从小就晓得在我们广城畈有条丰乐河，在打山、在阶儿岭北有一条陈家河，两条河在双河那块儿就要合在一块儿，只隔着一两里路，所以那场子叫双河。但现在这场子，离广城畈很远了，我真想不到我们已经逃那么远了。

敌人正在下山，当然他们是顺着北边的山林下来的，估计没有那么快。我背着他到了一座桥头，他跟我讲上桥。我讲那边好跑吧。他见我答话，他晓得我是在问他，这也是我唯一一次问他，因为我感到他整个人都扁了，整个人轻了许多，我想这样的话，我背着他也没事，他血要是淌完了，他也就没有重量了。我上了桥，在中间时，他让我把他放下来。他讲，你把我靠在那桥边的木头上。木头很矮，可以讲下边河水不小，但听不见水声。他靠在那木头上，用拿草帽的手支在地上，拿手枪的手捂着肚子，我看到他肠子都跑出来了，堆在他腿上，他整个人像个壳子一样。

现在天快要亮了，我站在他面前，不晓得怎么办，虽然讲他轻了许多，但他仍是有重量的。我放下他，我才晓得我们穷人不容易，我已经背了他有大半夜了，我真不容易。他看了看大槐树山，他跟我讲，你不用怕。我一直听他这么讲，但我这个穷人起初是没有听懂的，我就是直来直去的人，我不懂他讲什么。后来，他把枪举起来了，他对准了我，他几乎没有什么力气，但即使这样，他就拿枪对着我，我也没有动，我也讲不出话来，我也没有问他为什么要拿枪指着我。他的手在那个扳机上，因为那儿有个圈，圈里有个舌子，我看得出来。他可以扣的，他就这样指着我，跟我讲，你不用怕。我真想哭，是啊，他拿枪指着我，我想到我小孩、我媳妇、我阿老，我想到了广城畈，他怎么拿枪指着我呢？

他没有扣扳机，过了好一会儿，他跟我讲，你站近点。于是我就靠近他一点，他仍拿枪指着我，他最后是这样讲的，他讲，刘行远，我本来是要杀你的，但我不会杀你，我们开过会，我跟铜豆讲，如果起义失败，我们要杀掉你，因为我们不了解你，但你晓得的太多。但是，汪孝之不同意，是她讲不能杀你，什么情况下都不能杀你。她讲了，她信任你是个可靠的人，她相信你。既然她说不杀你，她就是组织，这是组织的决定，所以我不杀你，一路上你背着我，我让你背我上大槐树山顶，我本来是想在那大树下杀你。

你晓得我们起义可以败，但我们不能让敌人掌握我们，这是我一直跟汪孝之讲要杀你的原因，但汪孝之不同意，她是组织，既然她这么讲，我就不杀你，可我本来是要杀你的。我自己快不行了，你看到了，我马上就要死了，可我，我听组织的，听汪孝之的，我不杀你了，你不用怕，不用怕了，我听组织的……他一直絮絮叨叨地讲，直到他掉转枪口，对着自己的头开了枪，翻过木头，扑通一声，从桥上栽入河水中，我看见他漂在河水上，一直向下游漂去。

第二部

1942 汪孝之说

★
★
☆
☆
☆

他没有那种很明确的要把一件事情或者一个位置抓到手上的决心,这就是刘行远……他在我当省里领导的时候,也没有找过我,一次也没有。他没有向组织上要任何东西,他就是这样一个人。你可以说他很单纯吧,也可以讲他很绝对。

1

你写书我是支持的,我们总要有人把有些事情写下来。当然很多已经写下来过了,但我想事情是写不完的,更何况是不同的人写不同的事,涉及不同的人,这种局面,你们写书的人应该很清楚。总之,结果应该不是一样的,对吧?所以你写书请我来谈,我一开始还不知道怎么跟你讲,但你很诚实,你跟我讲,你不是写大事情,你是写人,对吧?那我想你这个路子跟别人不一样,我们都是从枪林弹雨中打出来的,现在跟你讲这个,不要把你给吓倒了,当然你可能会讲你抵抗力很强,你不会轻易就被别人的话给击倒。但我跟你讲,我要是把过去那些事都讲给你听,确实也够你写的。不过,不管事情怎么样,就是要我讲,我总要理出个头绪,我也不想给人下结论;作为你自己,你也不想轻易给别人下结论,对吧?世界不是一两句话能够讲清楚的,所以我就跟你讲,我们就事讲事,而且,我也知道了你不是要给人定论,但既然你写书,你完全不给人定一个框子也是不可能的。我就跟你讲吧,我对我自己是可以下结论的,这个我不怕,我可以给自己下结论。但至于别人,我是不敢下结论的,因为我们就是这样,活到了这个年纪,也经历了那么多事,尤其是像我这样一个人,可以讲九死一生吧,你叫我讲自己,我不大能讲清楚的,那我是不同意的。跟你讲,我对自己完全能下结论,只是这个结论在我自己心里边,我不需要跟别人讲我自己的结论;但要讲过去的事情,要讲别人,不管你问什么,你是什么目的,一讲过去,我就讲开了。

你跟我讲你对过去的了解是有限的;这自然是,因为你写书,你就不可能只是了解一点点,对吧?我现在年岁大了,好在我头脑清楚,我经历过大大小小那么多事，所以我跟别人还是不一样的。你要讲哪儿不一样，我也不能明讲，这个不合适，但我不仅打过仗那么简单吧，解放后的事情我也经历不少，这个以后可以谈，假如你认为有必要的话。但现在我先讲讲解放前的事情，我一般不太想讲了。以前我对修史的人、写地方志的人也讲过不少次，我说啊，我就跟你们讲，因为你们没经历过那个时代，所以我想我也有讲的必要。但是，我很少跟我们那个同时代的人讲吧，你想想，都是从那个时代过来的人，现在也许不能在一起谈了，虽然也有聚会，也有工作上来往，特别我离休之前——当然离休也有很多年了——偶尔我们也会谈解放前的事情，但总之，那样的讲跟我现在跟你讲话是不同的，可以讲时间越往后，不是别人讲的那种记忆模糊，反而是会更加清楚。就是这么回事。

可以讲站得相对远一点了，能够看得更明白了，我没跟你讲大道理吧？我没讲要唯物，要真理吧？我不跟你讲大道理，因为你写书，你写书可以有这些考虑或者说角度，讲话就没必要了吧？再讲了，写书总不是一件容易的事情，我不能跟你讲各种定论、观点，我认为最好少讲这种理论之类的。我们仍然在革命，只是时间、岗位和时代不同罢了。我这个人也做过领导，当然我就不讲那些把你当秘书那样的话了，你又不是给我写报告，也不是要让我提炼什么，总结什么，对吧？你问我的话，我都会听，可以讲你什么都可以问，我要先让你没有顾虑。

当然，这是我已经同意你来问我事情，我在之前也可以不答应你，当然你不用猜测你是不是有什么特别之处打动了我，让我答应了你能问我问题。其实我对于你写书，尤其是写刘行远，没有什么特别的看法。当然，我对写书本身也是有意见的，只是在你写这本书这件事情上，我现在还不便谈什么看法。你也不要以为我这样讲话有什么领导派头，这个谈不上，我虽然在领导岗位上坐过，并且我还是做了些事情的，这个在别人的书中，或者是史料上都有记载，我讲的不是这个意思。我是说，我不想让你以为我讲话现在还有什么重要性。我早已不想就人生对你们年轻人谈个人的看法了，我终于也是明白的，你们年轻人有年轻人的想法，而我不过是有那么一点点成绩，况且我以为我那成绩是解放前的，所以我想时间久了，这事情也还是会很清楚的。我的意思就是时间越长，以前的事情就反而会越明白，因为你在讲你这些事情时，你不用顾虑你讲这个事情是要教育别人，或者向别人传达什么，我宁愿这些事情就是原原本本那些事情。所以我在讲那个时候的事情之前，我得跟你把这几个情况都先声明一下。

2

你问了些问题，并且我也知道你没有透露你到底这本书要写什么，以及你要写的人都会是什么样子的，但我以为既然你想听，那我就讲。我那时在无为吧，我为什么先讲无为呢？我讲这个是因为我觉得从这个地方开始讲，你才会明白。我们这些人自然也是不容易的，而且你跟我讲了，你对我的情况也是掌握了一些的，那我就先讲这个。那时的无为基本上已经沦陷了，所以可以说是维持会在管。无为这边很复杂，你现在来看，也会知道无为这个地方的人很不好搞，他们会让你不太摸得着头脑。有可能跟它在江边上有关系，但它又不是那种绝对的长江边上，可以讲它是贴在江边但又凹进去的，有许多沟河汊网的地方，是个鱼米之乡，但这个地方的人我到现在都没有摸透，我跟你讲，我不是无为人，但我在无为，我是不怕这个地方的人的。

我是军人，我就是到这个地方来干革命的。干革命你懂吧？在我们这些人的一生中，我们都把我们做事情称为干革命：一是因为这样简便；二来呢，这样说是准确的。无为的情况有点特殊，当时无为边上的几个县都已经被日本占了，而且他们还有部分驻军在，所以那个地方的情况可以讲不太一样。不是说别的地方就更没有指望了，而是因为日本人在无为的手段要更狡猾，这情况是不是跟无为人有关，你可以考虑。但我想所有的事情都不是孤立的，所以我讲我到无为来革命，我是有一些看法的。

不过，即使有再多的困难我也要来。我就是在那时把刘行远一起带到县城的。你知道吧，本来在部队里，他跟我有一些距离，他只是一个兵，而且他不在我那个支队，我跟他有时候也能见上面，但一旦拉出去打仗，我们也会有很长时间见不上面。组织上决定派我到无为来干革命，叫我点人，我就讲我点刘行远。组织上叫我考虑清楚。我讲我还是那句话，这个人没有问题。但组织上还是考虑不短的时间，当时的支队领导跟我是打过游击的，我们在延安也一起深入地谈过，他这个人对我其他方面一切都看好，但唯独在刘行远的问题上，他认为我很固执。我跟他讲，刘行远就是一个兵，他根子我清楚，所以我讲如果让我到无为去干革命，我要带人，我就带刘行远。组织上当然会批复我的请求，但支队司令为此跟我立下了规矩，意思是如果因为刘行远在无为出任何纰漏，一切后果要我承担。我想既然刘行远这个人以前是我带出来的，那我没有理由搬石头砸自己的脚，他一个农村人，虽然字都写不出来，但这样的人你要是认准了，你就可以用。

无为这个场子，河沟多，池塘也多，基本上没有什么山，除了靠南京那个方向，也就是向含山那块有一片从珍珠泉那边伸过来的山脉，县里的其余部分基本上是丘陵和平原。这个地方之所以没有守住，恐怕跟这个地形也有关系。我那时也在想，为什么日本人在无为驻军很少，可能日本人也发现了这个地方既复杂又奇怪。现在人家都晓得无为有板鸭，无为有保姆，但没有人会像我们在那儿干革命的那样清楚，无为这个场子你不到它的里边，你不晓得它是怎么回事。但是，即使你到了里边，比如说刘行远，我是跟组织上费了很大劲，才把他调到我身边，但他这人也没有什么表态，当然也谈不上有什么工作方法了，他只不过是跟着我。这个跟我预期的也没有太大出入，我本来就是想，我要的就是这么一个人。我要让他跟在我边上。我自己是有把握的，因为一到无为，我就发现在这个地方你不能优柔寡断。为什么呢？因为这个地方的人本身性子是比较慢的，你很难从他们嘴上听到有什么主意，你跟他们打交道很困难。无为已经被日本人占了，这个都很清楚，你不能急躁，你不能讲，他们把这儿占了，我要一天两天之内就把它拿下来，这个不现实，对不对？

那时我带刘行远还有几个人到了县城，是夜里过来的，我们都有接应的人，后来我们是被安排住在西大街的一家粮店的后边——我和刘行远住在这个西大街，而另外几个人，住在县城边上的一个庄子。那个庄子一头就搭在县城里头，一头是在县城外头，这个样子也很奇怪。无为县城没有城墙，实在是因为位于丘陵地带，但县城外边不仅有护城河，而且河汊密布，可以讲县城是给水网子给结在里边的。那个庄子内部有一座木桥，从河上架了过来，也因而跟县城就结在一块儿了。日本人在县城有一些军队，但不固定。一开始你没有办法摸清他们的意图，按道理讲，至少应该会在这里驻上个几百人吧，但我发现一直没有驻到这个数目，但无为又如此重要，反正我们是要把它拿下来的，只是我们当时也不具备打过来的能力，所以组织上派我们过来。

我不晓得这个任务到底是组织上看重了我有这个能力，还是他们认为我有这个气魄，你知道吧，在这个地方干革命，一般人是干不下来的，因为你不晓得这里头的人到底都是什么心思。你一开始进到这个无为，你其实也可以认为这个地方没有被日本人占了，因为你看不出来这个场子跟别的场子有什么不同。这也正是可怕的地方，正因为你看不出来，所以你猜不透这些人都是怎么想的。说无为冷僻，你们现在可能不相信，但那时表面上看起来就是这样的，似乎没有哪一方是在争取它，但它又明明是重要的，夺了无为就是夺了长江沿岸的一个大据点，这个地方既不能守，又不能攻，但它却又是个大咽喉。我们那时开会在传达精神时，都懂得这个场子不好搞，但我以前没有想过无为这个地方的人如此不好相待。你知道我也是广城畈人，只不过我起事的地方在埠塔寺，所以我这人跟你讲广城畈，你恐怕明白，你也是广城畈人对吧？我跟你讲的意思就是人的样子，跟他以前是什么地方的人多少还是有一点关系的。我这个性子的人可能本来也不适合干革命，但既然我已经走上了这条路，那我就没有回头。我讲这个就是告诉你，我到无为这个地方，我觉得这个场子的人怪怪的。是不是跟日本人已经在这个地方杀了太多人有关呢？也许是的，毕竟我们来时这个场子已经被日本人拿下了，所以我们就只能在这个框框里干革命。

3

我跟刘行远是化装成夫妻的，但我们住的粮店是一个六安人开的，当然他也只是祖上是六安人，可能迁到无为也有三四代，那是清朝中后期的事情了。他家在无为生意做得很好，主人姓顾，其实即使姓顾的家人也不知道我们的身份，当然顾明远本人是晓得我们是从新四军派过来的，但即使是顾明远本人也不知道我们是装扮成夫妻的，所以他也觉得我们怪怪的。那时候，我不晓得他是不是会看穿我们，但李司令在我来之前，跟我讲过，他讲顾明远这个人你们可以放心。在顾明远上边有一个姓谭的人，姓谭的人跟粮店有联系，但姓谭的跟我们不联系，他会把支队的指令传达给顾明远。

我们那时在日伪区开展工作有非常大的危险。可以讲，很容易就会上西天。我后边还打过很多仗，包括之前我参加过长征，我也没有那种感觉，就是说你的脑袋不是长在肩膀上而是别在裤带上。但就是这样，这个刘行远却还是他那一套。我是他领导，但我们装成夫妻，我记得我们刚住进粮店时，我就跟他讲好，我们可以睡在同一间屋子里，因为那时粮店后边的东边厢房一共有三间，正门开在靠廊沿北墙，所以那两间房子可以在里边锁上。顾明远这么安排，当然也是听谭先生的指示，我跟谭先生当时没见过面，但想必李司令跟他讲得很清楚，这是两个装扮成夫妻的人，所以应该让他们有机会来把自己的行为掩饰好。我跟刘行远，其实说来话长，他对我起初是比较尊敬的。这不是那种上下级的尊敬，因为被抽调来无为杀汉奸是组织上派给我们的任务，而我把他抽调到我的身边，加入到我这个队伍里，我是没有征求过他个人的意见的。我只是想，自然从埠塔寺起义，就是我把他带到革命里来的，那我还是相信这个人的。

我发现这人完全不是么回事，你知道我是带过兵的人，但他完全跟别人不同。在支队里，我嘱咐他那个分队的王队长，我跟他讲平时要对那个刘行远加强培养，因为这是从广城畈出来的人。广城畈跟老山里头不一样，畈上人多少有点眼光，再加上他们那里并非每年每季每家都要饿死人，他们的革命觉悟是要靠一些悟性的；不像从大别山、老山里边出来的人，他们的革命不需要额外的教育，因为他们哪一个家里不会饿死几个人，哪个人不想扒地主的皮、揭地主的房呢？但广城畈人当红军跟老山里人不一样，他们有些是听讲了革命好才参加革命的，也许刘行远就是这样的人。

我跟刘行远住在粮店的第一晚，我就发现刘行远人虽老实，但比较倔强。在我跟刘行远的房间之间，也就是第二间房跟第三间房中间，有一道门，我跟他讲，这道门是不能上闩的，因为根据我的经验，我们在这里随时都有可能遭到伏击，那么保持互相的警觉是必要的。但不知为什么，他从第一晚开始就把门插上了。我一开始没有批评他，后来到第四天吧，我就跟他讲，刘行远你这样不行，你这是跟我出来干革命，你不要按你自己的意思办事，你这样做是不对的。结果刘行远也不反驳，反正他就是不高兴。我这就发现刘行远这个人没有什么积极性。为了帮助他，你晓得，我是对同志有感情的，我觉得他走上革命之路不容易，但他更应该明白革命不是过家家，革命就是真刀实枪地干，但他在这方面没有特别能让人看重的气质。

我跟刘行远在第六天吧，到县郊的方庄去看另几个战友，当然他们是装扮成扛麻袋的杂工。我们到那儿去，开了个简短的会议。我跟大家讲，我们到无为来，不是真的卖米啊，你们不要搞错了任务啊，我们是来杀人的。队伍里有些人是老革命了，他们明白事理，但也有像刘行远这样的二杆子，他们虽然也知道来的任务，但他们就是不能急切地表达他们的思想，而我干革命就一直是这样的，我希望你们心里有什么你们就讲什么。比如我讲我们是来执行任务的，我们就要把这个事情一直挂在心上，我们不要想别的。我们在一起开会，我们就掀开了讲，我们来杀汉奸，这是我们新四军派我们来的目的，我们只有把汉奸杀掉，把无为的形势整顿和扭转过来，我们才能在无为做好革命基础。现在在无为，我们不仅要跟日本人打，还要跟那些伪军打，汉奸们其实是联系日本人跟伪军的纽带，他们在这个地方兴风作浪的基础就是因为他们看到了好处。他们以为日本人厉害着呢，他们尽管有难处，包括你晓得抗战胜利后审大汉奸时，他们讲他们是没有法子，但根子上，他们是有问题的。他们这些人在本质上就是歪歪倒倒的，所以谁在势，他们就靠谁，他们不会管他们自己是中间人；他们想日本人占了这个地方，日本人管吃管喝了，就跟日本人干，这是汉奸们的逻辑。

但我跟队伍里的人讲，我讲我们不要想三想四，我们就是看名单，当然名单是李司令那边给我们的，我们就按名单去杀，所以依我的性子，我们没有什么麻烦的，我们去杀就好。队伍里的人，几个老一点的，他们明白我，但像刘行远这样的性子就不急，他好像悠悠晃晃的，所以那天开完会从县郊方庄出来时，我就跟他在方庄外边的小学边上有一次谈话。

4

你写书，你要把问题的实处弄清楚，我以前跟我秘书都讲过，你们不要给我起草那种光有口号的报告，你们要把口号放在人家听得明白的事情中。就是讲，你要写做了什么，准备做什么，以及做了什么后有了什么后果。所以你写书，我也算是对你有个提醒。我跟你讲的这些关键的场子我都提起过，因为几十年以来我都是这样工作的。我跟刘行远就像夫妻那样在小学那里转了几圈，自然也引起了别人的注意。我看刘行远有些不自然，但我这个人直，我就不当回事。你想想，我身上有枪，我什么事情没见识过？为了革命我什么都做得出来。

我记得小学边上有个石台子，石台子朝北，几乎能看到不远处隆起的土包包，我觉得这个地方很凶险，但越是在这种地方就越是要有革命信心。我问刘行远，我讲你好像对锄奸没有什么热情。他摇了摇头，我不大懂他的意思，所以我就说，刘行远，你要知道，锄奸很重要。如果你不把这些汉奸杀掉，无为人就会认为有人当汉奸得好处，但没有人能管得了他，那别人也会当汉奸。刘行远讲，那不会的，有些人当汉奸完全是因为他就是一不小心当了汉奸。我觉得他这话听起来有点机会主义，但他却觉得他自己的话很有道理。他又讲，很多事情可能没有那么复杂呢。我想他这想法很坏，他这样对待革命工作我是不满意的，所以我就跟他很严肃地讲，我们必须杀掉汉奸，名单我们有，但名单不是我们定的，我们的任务是派下来的，是组织的事情，所以我们必须执行。我跟他讲，即使你在认识上不够全面，但你仍然要执行。你不会在执行上有问题吧？他又摇了摇头，这就让我有点急了，因为现在我们已在无为了，我们不可能换人，而且按我的想法，无论什么人，只要在根子上，他是进了革命的，那他就没有问题。所以我就跟刘行远讲，你有什么话都可以跟我讲。

刘行远倒是一直叫我大表姐，他这个人够憨的，但我想，我之所以把他从别的支队里调到这个锄奸队里来，就是因为我信任这个人。我考虑过了，如果换成另外一个人，也许李司令也会不同意。李司令就是这样的，他首先要看我的反应，只有他确定我要的人是我绝对信任的人，他才会放人。尽管他对刘行远本来也是不那么看重的。那天，我们在小学外边，刘行远问过我一些长征的事情，我心想他对革命的忠诚是没有问题的，但他在革命一事上又似乎还有点幼稚。但这也正是我觉得他非常可靠的地方之一。我早就想，如果可能，我要把这个人带起来。

今天，我跟你讲的都是我当时真实的想法，虽然后来我的想法有一些变化，但基本情况就是这样的。刘行远跟我在石台上讲话时，不那么像是一对夫妻，这让我有些恼火，因为我本来的考虑是他必须扮演好这个角色，但他这个人思维有惯性，他好像一直把我当大表姐。其实我比他小，他自己也知道，但他就是要喊我大表姐。我跟他讲，你不能这样讲，你要根据会议要求，你自己叫老叶，我姓查，你不能叫我大表姐。你要叫我的名字，但他始终叫我大表姐。所以我就想刘行远这个人很难改变，他这个广城畈人确实有一种东西附在他体内，他跟别人不一样。

但今天，我跟你讲，我是坚定地认为什么人能革命并不取决于他对革命有什么特别的认识，而是他本来就懂革命。这就是说，我当初信任刘行远，刘行远自己晓得我基本没有特别麻烦地考验过他，我是一下子就认为他这人能革命。我这么多年，之所以一直还能干革命，为人民办事，你晓得也就是靠这些魄力吧。但我没有想过刘行远还有点难带，所以我们从小学往回时，我就很冷淡地跟他讲长征，我讲长征时很辛苦，但即使辛苦，我们还是挺过来了。他就有点很怪地说，我没有参加过长征，所以我不晓得。我就跟他讲，你在霍山金寨打游击，也是革命。长征又不是要每个人都去走一趟，那也是没有办法，保存队伍，保存实力啊。其实，我跟你讲，我知道他为什么后边没有从游击队到江西去，因为他那时离不开六安。你晓得他这人也有一个好处，那就是他记事，不是讲我们革命我们就不记事，而是他记得太厉害，他那时还记挂着他的那个孩子，这就没有办法了。

刘行远这人不容易。我们不讲别的，就说他到队伍来，他就来了，但来了就不一样了，来了就是红军。我跟你讲，道理上就是这样，他是红军，你晓得吧，他后来之所以这个样子，跟他能不能当好一个军人没有关系，其实是他自己的性格。我跟你讲了吧，他记事，他就是记挂他那个儿子，他也就只有一个儿子了，你晓得吧，当红军不容易，那时广城畈、埠塔寺、阶儿岭这些地方又不是苏区，当红军是要杀头的，但刘行远还是照样当了红军，所以我讲他这个人胆量是有的。

我不可能手把手地教人家革命，所以虽然我跟李司令讲过刘行远是我在埠塔寺时候就带过的兵，但平心而论，我对这个人还是不能看得透，这让我在无为有点难以应付。你晓得我这个人，一辈子干革命，我喜欢手上的牌都要清清楚楚的，但刘行远这个人却很不一样。

你打来的报告，我看过了，我跟秘书也讲了，我讲你这书是有意思的，但我之所以可以谈一点刘行远，完全是因为我对他信任，如果没有这层信任，我跟你讲这个事就没法谈。

我跟你讲，我跟刘行远也交代过了，我们是来锄奸的，我们不是来分辨哪个是汉奸、哪个不是，我们是组织派来杀人的，这是我们的革命事业。所以我讲一个人能不能干好革命，还是个原则问题：一个原则性很强的人，他就会完成得出色一些；而一个人如果很容易为他眼前的表象所左右，那他完成革命的力度就会小一些，尤其是在无为这样的地方。我跟队伍里的人讲，这个场子人很坏，当然那是在当时那种情况下，也是要面对那么多汉奸伪军我才讲的，我不是说一方水土有什么问题。但刘行远就不止一次跟我讲，坏的是日本人。我知道他讲的意思，但我们完全是讲的两回事，我当然也恨日本人，但打日本人，跟日本人在黄桥、江堰那里迂回地打，反复夺海门、吴港，这些都是战场上的事情。我们也可以打那个仗，但现在组织把我们派到无为来，是让我们锄奸。你讲日本人坏，你没错，但你不能讲根子在日本人打进来了，所以这些汉奸就当汉奸了，你就可以讲汉奸在其次，最坏的是日本人。我跟他讲,刘行远你这么认识是不对的,对日本人的坏,那自然是有认识,我们也在打,抗日嘛,就是在打;但现在我们是在锄奸,我们要杀的就是我们这个民族的败类,因为种种原因他们通日本,他们做伪军,杀自己的同胞,那我们就是要杀他们。刘行远同意我的看法,但我想这么浅的道理也要我跟他讲,我真觉得选他当我的假扮的丈夫确实有那么一点不合适。

但今天你写书,你来问我问题,我是个唯物主义者,我不是唯心的啊,所以我跟你讲心情讲理论,都是从实际出发,就是讲历史是摆在那个场子的。我不怕讲,我之所以讲我在认识刘行远方面有一定的高度,就在于我不隐瞒我对他这个人前前后后那些纷乱但绝对有原因的牵绊关系。解放后,他这个人很少来找我了,倒不是说我官大了,他够不上我了,他这个人倒真不会把当官看在眼里。他也是老红军啊,都是九死一生的人,谁怕什么官啊?他这个人就是这个样子。解放后的事情,可以放以后讲。

我就讲我当时为什么会选他来扮我丈夫。你晓得李靖良司令跟我不是一般的关系,我们在长征前就在一起打仗,我当过他的副手,所以他是让着我的。他不那么喜欢刘行远跟我进无为,我是晓得他知道我爱惜这个兵是一方面,另外他还开我玩笑说,他讲我就是看得惯刘行远那张脸。这个事情在司令部里好几个人都讲,我这个人一向做事不管别人,我也不回避,但我在无为才发现我自己不管无所谓啊,但人家刘行远在意啊,所以我就自己在有些晚上想,我是不是对刘行远跟对别人不一样?这个问题在解放后,我还想过,但这个问题很难讲。每次他这个人喊我大表姐的时候,我都觉得亲切,所以我想我对刘行远是有好感的,这个在无为的时候,我是有意识的,但你晓得在当时那种情况下,我是不可能跟刘行远有任何这方面的沟通的。刘行远记挂他的儿子、他的老婆,我们掌握的情况是他们已经被杀害了,只有一个当时九岁左右的孩子逃掉,逃到了山里。刘行远那几年在山里打游击时,还找过他。

我从没有见刘行远这个人哭过,是啊,我没有见他哭过,听他自己也跟我讲过,他找过好多年,但他没有找到。

关于早年埠塔寺的起义,我一直跟组织上讲,刘行远是绝对可以信任的红军。我刚才讲哪儿了,我讲我是唯物主义的,对吧?所以我讲我承认我对刘行远没有反感,加之为了锄奸,我们装扮成夫妻,所以我们住在无为时,我自己感觉到我至少让老顾还有来粮店的,以及县城里的人都看出来,我跟刘行远是一对夫妻。但你不晓得他这人只要和我一出现在别人面前脸色就很难看。为这个问题,我也批评过他,但他总是说,你不能强迫一个人去装脸色。我想,幸亏他是一个值得信任的革命者,不然你简直不敢再和他一起干革命了。

有一段时间,我记得为了说服他吃得好一点,以让顾明远不要起疑心,他跟我冷淡了好几天。他的意思是他心里有事,加上吃那些县城的好东西,让他很不是滋味。我就跟他讲,干革命就是这样,叫你演戏的时候,你就要演戏。他讲那演戏也不一定要吃好的。我就跟他讲,今天吃好了,但说不定哪一天,你就要吃枪子了,所以没有什么好担心的,吃好的为了革命就没有罪。刘行远他这个人就是这样,不过我晓得他明白他必须记住我的话,因为我是他的上级。

5

无为县城的维持会其实是有许多暗中保安的,起初我们刚到无为时并不明白这一点,后来在方庄的我那几个战友到维持会那边去送粮,他们发现那里边放了许多枪,可以讲放粮的仓库里边也是半个武器库。听到这个消息,大家都很紧张,这就说明维持会里边的人不是糊涂虫,他们晓得他们形势很严峻,但在表面上,他们还是装出无所谓的样子,加上汉奸太多,努力维持着一份表面上的和气繁荣。而我在其他地方很少看到这一点,当地人跟日本人;还有那些维持会的人配合得那么好,就好像那么快大家就成了一家人一样。当然,这也是因为我们刚到无为,我们对无为以及无为人的了解也还是很片面的。其实在无为人中也有很多有血性的人,只不过他们不是以那种革命的方式表现出来而已。自己的家园沦陷了,谁不愿意去杀鬼子呢？但这个时候，鬼子中有了自己的同胞，这个事就不能忍受了。

刘行远这个人的眼力还是好的，他很快就从市面上发现了维持会里边真正管事的一个人，姓林，叫林六津。他讲这个人很神，时常在街上瞎转，而且爱好下象棋，实际上就是带点赌钱的下残局的棋，这在当时很普遍。我后来知道刘行远棋下得好，可能跟他智力无关，而跟他眼力有关。年轻人，你要看一个人眼力好不好，至少要看他能不能把事情看穿，而刘行远是有一点这方面的本事的。维持会的会长叫六爷，这是一个更加狡猾的人物。我们查过他的底细，他以前就在帮派里混过，所以日本人占了无为之后，马上考虑请他出马。但我们掌握的情况是这个六爷之所以同意出任会长，是因为他想保存他那百十号兄弟，因为这样可以名正言顺地把那些兄弟安在维持会里，经费什么的都由自己开支，反正他帮会有钱，但他们并不想给日本人卖命。而日本人收了六爷，就表示他们在无为有了代理人。六爷本是黑白通吃，现在为日本人做事，面子上是顾的，可在里子里，都说六爷快要绷不住了，因为凭六爷的心性，他受不了为日本人卖自己。他晓得他还要在江北的帮会里混，而今天跟日本人把自己弄黑了，以后再想洗出来就难了，所以六爷跟日本人是一张面子，一张里子。

而最卖力地为日本人跑路的，就是这个林六津。林六津喜欢下象棋，不知刘行远怎么看到的，但林六津在县城里走动很频繁，他的保镖是跟在四周的，只是不让人看出来而已。我们这个锄奸队到了无为，也许还没有引起他们注意，但这些维持会的人跟武汉那边的维持会有联系，他们会提醒，应该晓得迟早会有人来杀他们的。我们在方庄开会的时候也考虑过要动那个六爷，但我跟顾明远到六爷的地头上跑过几次。我们看到六爷自己的生意还照样在做，他仍然在码头上搞水产，可以讲他头脑很清楚，不管谁在管着无为，人总要吃喝吧，人总要听话吧，那是听日本人的，还是听他的，倒也是暂时的。所以我就想锄奸有个顺序，像六爷这样的反而可以放一放，尽管他那百十号人，加入维持会以后，其实已经杀过我们的人。那是在新桥那边，我们的一个通信员和他们狭路相逢，为怕暴露就开了火，结果通信员被他们杀了。

但现在我们要是先杀了六爷，不排除这百十号人马上就昏了头，他们要是一下子编到伪军的队伍中，这反而会给县城这边的锄奸带来难度。所以我想我们先除掉林六津，而林六津，为日本人做事是不遮掩的。后来我们发现林六津对同胞心狠手辣，为了效忠日本人，他曾经当着街头众人的面，让几个年轻的同胞给日本人磕头。这种嚣张气焰，他是做给日本人看的，也是给无为人看的，他是真希望维持会能把这个地方管住，这样他就一生有饭碗。我想这号人必须尽快除掉。

刘行远还是有本事的，他在外边跟另外一个战友去码头上看购粮船时，发现这个林六津在给六爷出点子，说要把县城里的人重新登记造册，就是进行新的人丁管制。这一招不仅是对无为那些百姓的，他很可能考虑到锄奸队迟早会到这个地方。而刘行远没有讲他的想法，我跟他讲我要亲手杀掉这个林六津时，他居然扑哧一笑，就好像他有更好的主意。他讲这个林六津会下棋，刚好他自己也会，杀人他就能办。我听他这么讲，我想他大概是有点子的，但他不像我那么着急。我就跟刘行远讲，要杀的林六津是维持会的副会长，而且又是维持会里边的核心人员。杀得顺利就好，杀得不进不退，如果出了差池，就会把事情弄糟。但刘行远讲，一个下棋的，没什么了不起。当然很快我们就发现这个林六津不仅下棋，还是个附庸风雅之人，在武汉发行过来的报纸上还写东西，当然大都是歌颂中日友好的，比如称赞日本人的礼仪等等，这是一个比六爷在日本人跟前更为显要的人物。

· 6 ·

六爷跟顾明远本来就认识，当然他不会知道顾老板早就是我们的人，但组织上一直在考虑，不到最重要的阶段是不会让顾老板显示身份的，所以顾老板在无为一直是吃得开的，这跟我们在背后通过组织给他支持有一定关系。有一天，大概是8月下旬吧，记得这个六爷突然造访了粮店，而那时刚好把我们堵在后院里，没办法，我跟刘行远只好出来陪六爷讲话。

我是个性子比较急的人，所以顾老板在向六爷介绍完我和刘行远这一对夫妻之后，就想借口说我们有事，叫我们到外边去，但刘行远却没有领会他的意思，因为这个会长跟刘行远搭了几句话之后，马上就对刘行远有了兴趣，他讲你老叶是个很有派头的人啊。他这一称赞让刘行远马上就有点守不住了。我在那儿坐着，根本不敢多讲话，因为我怕讲了话，让刘行远接不住就会很麻烦。顾老板讲，他们是从老家来的，他们要往芜湖运粮，所以在无为要多看看。六爷讲顾老板是卖粮大户。我就赶紧讲，我们正是因为老乡关系，给顾老板拉粮，卖到芜湖去也是顾老板帮的忙。顾老板因为在运货上跟这个六爷一直有合作，所以他就在边上搭话，说码头上的事，后边还要烦请六爷关照。六爷见我一个女人家在那儿多话，就故意拿话来激刘行远，他讲老叶啊，你真有福，你媳妇能干，你就省事得多。谁知刘行远根本不接这话，他反而把话挑到了上次维持会来调粮的事情，他跟会长算起账来，他讲你们给日本人白吃白喝不对啊，人家打仗是有军饷的，不能不动军饷白要粮吧？这个六爷因为他也是中国人吧，他装在骨子里的气节还在的，所以他就手一挥，讲，老叶啊，你也跟顾老板做生意，我不瞒你，我干维持会那是没有办法，至于调粮，日本人就是真的不拨军饷来，我都自己垫，多少我也是个会长，对不对？我也能玩得转。刘行远这个人性子偏慢吧，所以这个六爷没有等到他的回敬，脸上就挂不住了，不管他是不是吹牛皮，但他是个会长，应该给他脸才对。

不过会长不是凡人啊，他一看刘行远不应和他的话，他就晓得这个人有性格有心象，所以就赶忙改话头，问起北边的粮。因为北方日本人打得凶，刘行远不便把方向说那么死，就说粮都到尖山了。这个，会长没有细问，但会长的心思是让刘行远明白，他这个会长只是面上的，他心里还是中国人，而且还是要做他帮会的事情。我知道这个六爷是无耻的，因为不管怎么样，他是当上了维持会的会长，而如果没有维持会，日本人就要费劲来管这个区域，所以他这就是典型的为日本人卖命，他不过是想等这一页翻过去，自己的耻辱感少一些而已。刘行远他讲话有时总会莫名其妙，他讲，六爷啊，你在无为是鼎鼎大名，但你做事周全是一贯的，只是，你当了会长，你要真为无为人办点事情啊。

刘行远这话让这个六爷听出了一点门道,所以他就跟顾老板讲,老顾啊,我看你这个朋友老叶,人不错。接着,他就喝茶,他头朝向刘行远,他讲,老叶啊,我跟你讲,我本不想干这个维持会会长的,但我不出面不行啊,总要有个人出面吧。一个县啊,多少人丁,我们还要吃饭过活,对吧?你不能讲日本人把我们山河占了,我们就统统上吊对吧?所以我是有苦难言的:如果我不做会长,总还要有人做;别人做了,你就不晓得还会干出什么事情来。但至少我干,我清楚啊,我就是个过渡的角色,我不干,总不能让日本人自己干吧,这行不通啊。在人家的地方,日本人怎能干得下来。你听听,我听这个六爷的话,我就晓得他们跟日本人早就是一条心了。只是,他总要护着自己。刘行远在听他讲话时,还一个劲地点头,这就让六爷马上有了找到好朋友的感觉,他讲老叶啊,改个时间,我在东兴楼,请你夫妇二人吃饭,你们是生意人,不谈政治对吧?哪天顾老板也不忙时,我们聚聚,无为这个场子说大不大,说小不小,来了人,都是我会长的事。

7

你们现在的年轻人跟我们那时的年轻人可能不怎么一样吧,那时候刘行远虽然比我年龄还要大上几岁,但在我眼里他是我带的兵,我自然有什么话都跟他直来直去。我有时在想,也可能我对他在态度上有那么一点问题,但你要知道在那个年代就是这样,既然是你带他在革命,那就一切从革命出发,对吧?所以我又讲我们那时年轻人跟今天可不一样,其实哪有什么年轻人,我们可不敢说年轻就怎么样。我十几岁就参加革命了,年纪对我们不是个问题,不像在今天,二三十岁的人能干什么?什么也不能干。所以革命是能锻炼人的,这话一点也不错。不过,有些人恐怕革命觉悟要高一些,有些人要低一些。革命其实有个觉悟问题、态度问题,但谁也不是天生干革命的,所以我是一直反对别人讲我是职业革命家,我讲你们这样讲就好像我除了干革命,别的就什么都不会了。

我再讲刘行远,他这个人,也就是那次锄奸我们装扮成夫妻,我才对他有了不一般的了解,可以讲是革命的熔炉让我们对彼此有更深入的认识。我跟刘行远讲过,我们到无为是来杀人的,但我们又是在唱戏。就是讲我们在粮店就是唱戏,可以讲在无为县城,我们就拿它当个戏台子,但真假要分清啊,要明白该你唱你就要唱,该你歇下你就要歇下。但我发现刘行远不完全是那么回事,他往往有他自己的发挥。

我前边讲了,六爷到粮店来过后,后来还专门跟顾明远讲,讲那个做粮食生意的叶老板真是不错。其实顾明远对刘行远基本上看不上,他觉得这个人的革命能力不强,革命热情也不高,还是从别的支队调过来的,他几次在我跟前嘀咕,意思是刘行远不怎么会演戏。但后来我们都发现他也不是不会演戏,只是他演的路子跟我们不太一样。但在当时演戏是要配合的啊,你只按你自己的路子演,还是让别人很害怕的啊。我前边讲了,那个六爷要到东兴楼请我们吃饭,我觉得这可以考虑,但要慎重,因为你要认识到六爷他不是一般人,他眼力也好,要是他做一个场子专门就是为了来识你的相,你不很麻烦吗?

我跟顾明远的意思是我们可以不去,但刘行远却讲要去,他讲有什么不能去的,就是吃饭。我想刘行远在跟六爷斗这件事上倒是比我们要积极,但后来我发现又不是那么回事。我们去吃饭时,我是不能带枪的,因为衣服上不合适。所以我就让刘行远带枪,因为随时都有可能战斗,带枪是必须的。这个刘行远也想得出来,他是先去把枪藏在东兴楼后院的一个烂筐子里,他这个行动是没有跟我请示的。所以我们在东兴楼刚一坐下,我碰了他一下,发现他枪不在身上,我就非常愤怒,我想那天我们几个人说不定都不能从东兴楼活着出去。六爷是场面上的人,所以他叫了不少兵丁,当然是化装成那种邻屋的客人在划拳,但我看得出来,是把我们吃饭的隔间给包在中间了。我知道那些人都有枪,六爷这么做,不光是要提示他的身份,他想万一随时有人要来杀他,他可以让我们看出他有办法对付。

席间,六爷就跟我们讲,不管跟什么人打交道,还是跟生意人做事最舒服,就是么回事,交货算账,所以不论日本人还是中国人,反正活着就要吃喝,吃喝也就是做生意。他讲他怕的是自己的声名,而不是什么打仗,谁跟谁打仗，都是杀人，也没有什么区别。六爷酒量好，看起来风度也好，他是想跟刘行远多叙叙北边的话，刘行远就跟他讲，生意跟生意不一样，杀人也是做生意。六爷被他这话给吃住了，他想不到这个人会这样讲，所以他就说，叶老板讲的是仗是要永远打下去，生意不能不做吧。刘行远并不按他的话来接，他讲，有人把打仗当成了生意，所以也就无所谓中国人日本人了，对吧？维持会是管事的，不能多想，多想就不能转了。刘行远这话让六爷先是有那么一点下不了台。这个六爷也讲，你老叶话中带刺，但未必不是实话，我们为日本人做事，那是没有法子的法子。讲实话，这不是生意不生意的事情，但我们要是不做，我就马上要去杀人。你们晓不晓得，日本人就要叫你去杀人了。刘行远讲，你们不是已经在杀吗？这个六爷也不反对，但他声音低了下去。他讲杀是杀，但一个在明处，一个在暗处。我们现在在暗处了，你看到没有，我维持会看样子不是杀人的，我们是在管事啊，对吧？只是对那些不合作的人，我们才杀，而且我们还在暗中杀，不要放在明处，你晓得我们总还要在自家的地上混的。

  刘行远闷头喝了一口酒，这让顾明远很看不下去，他是不想让刘行远跟六爷就这些杀啊打啊的事讲下去，但刘行远就是不放。我是怕他会讲错话，所以我自己就劝六爷，不要跟刘行远一般计较，因为刘行远他是个在北边跑惯了的生意人，他对无为情况不了解，其实你六爷不容易。我讲这话时，我发现刘行远眼珠都是红的，他在瞪着我呢，不过他不像在演戏，而我是在演戏啊，所以我就请六爷让我们吃完就走。六爷不让，而刘行远也没有走的意思。

  后来，我看见刘行远出去一趟，是去上厕所，回来我看见他不一样了，他拍了巴掌，说要跟六爷再喝几盅，我在这时候感到情况很不妙，但为什么刘行远这样不稳定呢？不过六爷是一再跟我讲，叫我不要对自己的先生看得太严，人家叶老板是有数的，六爷面带笑容说。不过，我看出来了，他刘行远是想让我们看到他能收拾这个局面，因为他已经讲过杀啊什么的，所以他是心里有数，但我们没有带枪啊，再讲在隔壁屋子里还有他六爷的兵呢。六爷跟刘行远还在争论。后来六爷毕竟酒喝了不少，就讲起日本人的仗义来，简直让我听不下去，说什么日本人讲给权就给权，讲给面子就给面子。他讲这话，不像维持会，倒像是黑老大。你想想，要是在别的场合，有我的支队在，我当场毙了他，可那个场子，我根本没有办法。而刘行远愤然跟他讲，日本人不怎么样，小日本就是狗。如果不是在东兴楼，又喝了酒，你当着维持会会长的面这样讲日本人，他能饶你吗？但六爷也不生气，就好像他非常喜欢刘行远这样讲，这样讲，表示他还是自己人，还是中国人，所以六爷就又跟刘行远喝了起来。我看情况不好，我就让刘行远放下酒杯，不要再喝了。

　　这时我才碰到他腰里有东西，但我没想到他上趟厕所，怎么就把枪揣上了，我是很奇怪的，但这让我更不放心。所以我当场就闹了起来，我痛骂了我的丈夫刘行远，我跟他讲这样喝下去，就是想在外边混，就是想让六爷带他去烟云楼。六爷听出我的意思了，他晓得我讲的是我担心六爷要跟刘行远去烟云楼找女子了，所以六爷只好跟我讲，酒就不喝了，维持会再新式，也不敢当妻子的面，带朋友去烟云楼。这样，才总算把刘行远拖出了东兴楼。这对我来讲，是一个对刘行远有重大认识转变的时机，因为以前我没有想过，我带的兵会在这种节骨眼儿上给自己添这么多麻烦。他虽然跟我解释了他提前去藏枪的情况，但我还是认为他等于是在犯错，不仅是不听从指挥，而且对我方有重大的破坏，假如掏了枪，后果不堪设想。自然带枪，那就带身上，而不是藏在外边，中途外出拿枪，这等于是准备开火。万一开火呢，是不是没有人能从东兴楼出来？而且我跟刘行远讲，这是军事错误，也是政治错误。刘行远只是不作声，他跟我讲，他要是毙了六爷，当初就能毙。我就问他要是开了枪，自己人怎么走。关于这个，他又答不上来了。

8

　　你要写书，所以你有方法来讲那些事情，我这几天讲了不少，但我有点累了。我发现你们年轻人到底跟我们不一样，你们总是要拿到你们想要的东西。至于你们用什么手段，你们是不管的，这在我看来，就是一个效率问题,对吧?这也没有什么。我的秘书这几天还来跟我讲,叫我要注意休息,假如过去的事情,回忆起来让我很愉快,那我可以讲下去;但如果让我有一些情绪上的起伏,秘书就建议我还是少讲,或者就不要讲了。我心想,秘书是为我好的,但我现在退下来了,我不用再管那么多事了。秘书是组织上配给我的,照顾我的生活起居以及协助我仍在一些社会组织里担任的顾问工作。所以你想我是可以跟你讲的,但要是讲那种条理很有逻辑的话,我是有点累的了。我一辈子干革命,我讲过我是唯物主义者,我讲事情也是这个道理,但我跟你讲这一点的意思是,我试图把事情讲清楚,但我还是要拣重点的讲吧。而且,几天下来,我也明白了,你是要我把刘行远的事情讲明白。我想你写这样的书,意思是对的,就是要写刘行远这样的老革命。他虽然不像我做领导,后来担负更多的责任,并且一直在重要的位置上工作,像他那样的人,其实有更重要的意思,可以说这也是我这几天在讲他的事情时给自己的一点启发。

我先讲这么一点,是让你明白,你不要以为我们革命者都喜欢夸大自己,或者讲强调自己,这不是问题所在。问题在于,只有尊重事实,尊重历史,你才能更接近真相,对吧?也因此,我跟你讲刘行远,我很费劲地跟你讲锄奸这个事,我对刘行远在工作中有许多不满,我是他的上级,但同时我们又必须在像维持会的这些人面前演戏,而且还有日本人,比如端木啊、佐田啊等等,这些日本人也很阴的,可以讲,我们在无为的任务实在是很艰难。我不敢讲刘行远的做法有什么妥当不妥当,但最后的事实证明,革命一定要有创造性,如果没有创造性,不发挥主观能动性的话,革命是进行不下去的,这个我后面再讲。请原谅,我这两天还得到医院去,近来我的身体很不好,我们是老掉了,这个没什么好讲的,但我还是愿意把以前的事讲给你们听,所以我讲我不那么有逻辑了,我没有办法来组织语言了,我已经很累了,我就回忆到什么就讲什么吧。

我前面跟你讲了,我对刘行远是有批评的,比如说他去东兴楼跟六爷吃饭,事先去藏枪的事情,我回来后是批评了他的。他没有顶嘴,因为他自己也知道一旦枪被六爷他们搜去就会很难办,说不定那天就出不了东兴楼。但刘行远这个人,他自以为有他自己的一套革命方法,我是没有想过,要是他当场就把六爷毙了，后果会怎样？或者他还有别的法子，这个我不知道，但我一直担心的倒是他的执行能力。我想，既然我们已经在无为演戏了，在这里跟汉奸们周旋了，那我们就要玩到底。

大概就在那次东兴楼吃饭之后六七天的样子，在西庄口，战友秘密抓捕了一个叫大耳的汉奸，他是六爷手下的一个人，但平时不在六爷这边，而是往含山那边给日本的一个师团送信，是六爷跟日本师团之间的一个中间人。这个大耳，当然掌握了许多六爷跟师团之间的秘密来往，既有军事、枪支上的事情，也有县里日本人埋伏的许多日本眼线的情报，可以讲大耳对我们很重要。我是突击去一个叫石磙的地方审大耳的。怕维持会的人以及日本人的眼线发现我们对大耳的抓捕，我是特意想好了，要在最短的时间内从大耳那里挖出材料，然后要把大耳给除掉。大耳是个很狡诈的人，他知道自己必死无疑，所以他就把能交代的都交代了。即使这样，我还是发现无为这个地方的人，即使是坏人也很聪明。因为他跟你讲了那么多，他讲的东西都要分为两头来理解，所以你还是要费神去调查。比如他就讲过六爷也有一个名单，六爷那个名单他看到过，但他是无意中看到的，所以他没有看清，这就让他自己也很糊涂。六爷对无为县城各派的情况也是掌握的，而且他还说六爷跟日本师团下边驻扎高林镇上的一个营，秘密在杀一些当地的财主，因为杀这些财主可以拿到他们的家产。

总之，这个大耳提供的情报是互相有矛盾的，因为时间紧迫，你不可能对大耳有任何别的办法，所以像这种人如果你放了他，后果会更加严重，我就考虑不管他讲了什么，我们都记下来。不过对我们最重要的是，他讲了六爷在东大街的一家澡堂子里有个藏身之处。他讲这个恐怕还不是故意的，而是因为他讲到六爷跟那个营长见面地点时透露出来的。不过后来我们发现六爷就是把那个东大街澡堂子作为他的一个藏身之处的。枪决大耳的任务，我交给了刘行远，我跟他讲，你把他干掉。那时大石磙那里有个土坯屋，四周没有人，我带的人都退了出来。我站在门口，另外几个人在不远处。我跟刘行远讲，你把他毙掉。这个大耳也是听到的。作为一个革命者，这个没有什么，因为我们有我们的做法，大耳是个重要人物，必须毙掉，只有这样，我们干一桩是一桩。我没有看到大耳的反应，也没有听到大耳的求饶，我想土坯屋里边的气氛是让人难受的，但我们总会遇到这样的情况，处决一个汉奸，这是我们来无为的任务啊。

但刘行远一直没有动手，我也没有再下命令，我那时在想，如果刘行远半个钟头不开枪，我就要处理他。所以我是跟自己打赌的，我想刘行远这个人，虽然我一再讲我是信任他的，但他这个人就是怪，我对他的了解始终是有局限的。后来我听到他走到大耳的身边，他跟大耳讲话了，我没有再进去，所以我听不到他跟大耳讲什么。但既然我把枪毙大耳的任务交给了他，那他就可以执行了，他以他自己的方式去执行也是可以的。我跟你讲，革命就是这个样子，革命就是现实啊，所以，我就抱定一条，那时我有个怀表，我一直在看时间，反正还没到半个钟头，如果半个钟头他还不能把大耳毙掉，我就要把刘行远交回新四军军部去。我不生气，也不急，但我就是不明白，刘行远为什么一直怪怪的，他是一个奇怪的革命者。

当然，没有到半个钟头，大概也就差那么两三分钟吧，我听到他在土坯屋中开了枪，毙掉了大耳。我没有对刘行远讲什么，我知道他这人有自己的办法。当然，后来的事实证明，他是按他的方式又审问了大耳一遍，他因而得到了他想要的东西。那晚，我们把大耳的尸首处理完之后，一行人分头回县城。在回到顾老板的粮店之后，我发现刘行远的手一直在蜷着，我不知道他这个动作是干什么，我想他会向我汇报他从大耳那里又审出了什么。他回答得并不干脆，似乎他自己在琢磨他听来的那些话是不是可靠的。我也不生气，我想虽然我有权力让他一五一十地把他听到的全部内容都汇报给我，但他如果讲不完整，那也是他的事。再者，刘行远自己清楚得很，因为那毙掉大耳前的半个钟头，我就站在土坯房外边。我随时可以进去参与重新审问，但我没有，我在想，也许我也在赌气而已。但刘行远是不是看出了这一点呢？这一点我后来一直都在想，就是我在跟刘行远在无为锄奸那段时间，我好像一直是有点赌气的。

我也讲过，我对他这个人是有亲切感的。你可以讲，我对他是跟对别人不一样的。在我的队伍里，只有他一个人叫我大表姐，这是从埠塔寺起义时就留下来的称呼，我听他这样叫我，我是有亲切感的，可以讲我对他跟对别人总是有一些不一样的。

9

我们杀掉大耳之后，应该讲我们可以对六爷下手了，不是说掌握了他在东大街澡堂还有北边小杨地两个秘密去处之后，我们方便动手，而是我们把六爷毙掉之后，我们可以看一看无为上下的动静。当然，我没有来得及向姓谭的请示是否有必要先动这个六爷，但姓谭的一直没有向我下达命令让我们除掉六爷，这说明对待六爷，支队有支队的考虑。当然，我知道林六津是必须要干掉的，而且越早越好，但就在我们准备对林六津动手时，刘行远却说林六津到武汉去了，因为在武汉那里有个活动，大概是日本军队和各地维持会的人举行一个声势很大的庆祝活动。不用讲，他们在办报搞活动的同时，始终没有放弃对于自身的警惕。这个林六津跟六爷不同，六爷本来就是带帮会的人，当过匪首，所以他对枪不陌生，但对于这个林六津，刘行远得来的情报是林六津很可能已经注意上无为有锄奸队了，他这次到武汉去，说不定会带回什么策略来应对。所以在这个节骨眼儿上，最好能先行动。

自从大耳被除掉以后，维持会和日本方面的人，肯定会得到一点有关锄奸队的风声，所以我就跟刘行远讲，还不如在林六津没有回来之前，先把这个六爷杀掉。至于杀六爷，刘行远可能有他的看法，他是说六爷很难杀啊，六爷的一百多号人，已经从含山那边被抽调过来了。我想刘行远要是独自把六爷杀掉是很难的，我是想刘行远如果没有办法把六爷给杀掉，那就要减少跟六爷的接触，因为谁知道六爷有没有怀疑我们的身份呢？

也就是在这时候，这个六爷反而跟刘行远走近了，他再来找刘行远的时候，用的是日本人的军车，而且跟顾老板讲了，不要我去。我就想麻烦大了，要么六爷已经单独想把刘行远解决掉，要么他已经发现了我们的身份。另外，有可能他想试探刘行远的底细。我是不想让刘行远去的。但这时候六爷已经进了院子，他身边还跟着人。我就大声跟刘行远讲，我讲你要是跟六爷去玩，我就回老家了，我们往芜湖卖米的事情就不做了。六爷对我笑。六爷说，你也不要管老叶太紧了吧，你们的粮不用往芜湖卖了，我们维持会从顾老板这儿要的粮远远不够,你们六安的粮,我们都要,并且不会拖你们的款项。我那时没有把握能不能把刘行远给劝住,当然我犹豫的时候刘行远已经从院子中走出去上了六爷的车子。我听到六爷关车门的时候,跟刘行远在车里笑,说你媳妇就是不想让你去玩。顾老板也怔在那里,那时我们都在想,六爷说不定那天在东兴楼就看出了刘行远在外边藏枪后来又揣枪到屋中,现在单独把他拉出去,或许就是要把他干掉呢。

我坐屋中,跟顾老板讲,你到粮店去,我想一会子。在那一刻,我在想,也许刘行远是回不来了,我心里很不甘,我想他是我的一个兵。另外,虽然是假扮的,但他是我假扮的丈夫,别人是看在眼里的,尤其是这个六爷,他即使看出了我们是假扮的,他这也是在无视我。我带过一个支队呢。我不能让我的兵,我的假扮丈夫,让他给拉出去杀了,所以我想去救他的,但我又想,刘行远他不是一般人,他既然肯出去,他应该有考虑的。所以我赶紧去床后边搜枪,枪不在,我不知道他是怎么做到的,这个我不知道。他应该没有时间拿上枪的,但他就是做到了。枪不在,他带了枪,这说明他心里清楚,我想他既然清楚了,那他就应该能回来。

10

可以讲,我是一直在胆战心惊地等他。作为一个革命者,作为一个锄奸者,就是来无为杀人的人,我自己却不太能原谅自己的这种心情。我想要是敌人知道了我这个锄奸队的队长担心成了这样,他们就不会害怕我们了。那我们这个锄奸队就没有什么希望了。一个锄奸队队长怎么会怕成这个样子呢?年轻人,现在我是跟你讲我的真实心理啊。我不是讲理论了,也不是讲什么故事,我是跟你讲那时我的心情,因为我是想我的这个兵,我的这个"丈夫",他要被这个六爷给杀掉了?我心里闪现六爷在外边关车门时的笑声,那是笑给我听的。他在表示,汪孝之,你看看你的人,我照杀不误呢。所以我在那个晚上,一直是痛苦万分的。下午他把刘行远拉出去的,我想如果杀掉,那应该一拉出去就杀掉了,所以我不敢出去,我让顾老板也不要动,我们就这样,我想事情会有它自然的收场。

当然,后来我还是等到刘行远回来了,他回来时,我一阵惊喜。你知道干革命的人是有热情的,但热情也不能过,总要有个度。如果你热情过了头,有时反而会犯幼稚的毛病。但我看到刘行远从粮店前边的木门进来时,我在院中就呆住了,我想也就是在那一刻,这个刘行远可能也是懂我的。我不怕你们年轻人笑话,我在那一刻真是有点不能控制,因为我发现他没有死,但即使是这样,我也知道刘行远是用他自己的本事办到了这一点的。可问题是,我当初也就想到了,刘行远一定是在目光里发现了我的情绪,而我本来是不应该有这种情绪的,他不过是我的一个兵,而且他还仅仅就是我的一个扮丈夫的兵。我最难受的还在于虽然我在狂喜,但我们终究是像赌气一样的。我想这种心情也许你可以理解吧。虽然讲那时的年轻人跟今天的年轻人不一样,但说到底我们都是年轻人啊,我就在想,他看出我对他的担心来了。

不知怎么,我就觉得他会看出我的担心有不一样的地方,所以我就做出一种痛苦的样子,你知道,这痛苦跟我一贯的革命形象之间恐怕有那么一点不相符,所以刘行远不乐意了。他对我说,我没有死,让你没有想到吧?我知道他讲的话就是在气我,他意思是六爷是可以控制的,六爷不是那种死脑筋的人,六爷不会杀人,所以也没有必要急着杀六爷。但我想,即使刘行远讲这种话,他也还不仅仅是这个意思,他是想告诉我,他不是我想象的那种人。然而我是怎么想他的呢?我担心的是,他看出来我在记挂他,这对于当时的我们来说,也许是不对称的。你晓得吧,人跟人之间是不一样的,我对他到底是什么感觉呢?我先说过,他让我有一种亲切感,再者,我那样担心一个人,确实让我自己也有点难堪。因为我很担心他认为我是不理智的了,但即使他看出了什么,我仍然要责怪他,我认为他不应该去,不该上六爷的车子,他应该称有事,或是称病不去。但刘行远只是苦笑,他说六爷带他去玩,岂能不去?后来我们就反而争执起来了,相对于那种苦兮兮的状况,争执反而倒要好受一些。

我闻到他身有一股子酒气,不用说六爷喊他喝酒了,但说到了玩,事情就不仅仅是喝酒了。我问他还有什么玩场。他说,还有什么玩场,喝完了花酒就是找女人。我本来不想问下去,因为我感到自己很难受,但同时,我觉得我必须对下级有一种威严。我说,你这什么意思,他说,没什么意思。我说,你把前后经过说一遍。刘行远站在窗前,他吸着烟,这烟是从外边带回来的。他说,六爷让喝酒,喝的是花酒啊。然后上的烟云楼,我知道那是无为最好的妓院,开在三牌楼那里。我低下头,头上有火,我很想去扳他的头,但我没有发作,我担心顾明远听到。我跟刘行远说,你做事要有分寸,知道什么能做什么不能做。他问我,什么意思?我很严肃地跟他说,你一个从广城畈出来的兵,你到妓院去,你应付得了吗?你考虑过没有,你要是露出破绽,六爷就可能认出你是什么人,你命就不保了。他吸着烟,继续苦笑。我看不出他的意思。当然,我也很想知道他在妓院里到底都做了什么。刘行远问我,那你讲,我怎么办?我到底是要会呢,还是不会呢?我听他讲得没头没脑的,我就问他,你说什么会不会呢?他讲,你别绕了,你不就是想知道我在六爷那儿,有没有露馅儿,问我会不会跟妓女,对不对?我突然就有怒火了,我想我很难解释我自己,我站起来,感到眼泪都快要下来了,我想这个兵不好带。

11

我现在可以稍微轻松一点来跟你谈以前我们革命时代的事情了。我跟你讲,前几天,我虽然也说我会没有保留地跟你谈,但即使你自己恐怕也不相信,在我这个年纪以及我现在这样来谈话的状态里,还有在我那个原则至上的前提下,跟你把那些事情的细节都讲出来。很高兴,我昨天去了医院,我跟院长交流了一下,院长听说我在跟你这样一个年轻人讲以前时代的事情,他倒并没有反对。他说如果可能,确实应该对后来人讲一讲以前的事情。当然院长是了解我的,他是医学权威,当然会考虑这种回忆对心里边形成的冲击,但他说只要我自己觉得可以控制,那就可以说,因为说说过去也是对现在心情的一种释放。我想不论是院长还是写书的你，你们都是有考虑的，对吧？你们知道我这个老人还是可以信任的，对吧？这样我就可以讲下去，我自己没有觉得讲这些事时有太多的激动，所以你想想凡是从革命中出来的人，你都能看出他们对人生也好，对世界也好，他们是不会摇摆的，他们是看事实的。

然而，我之所以又跟你讲我到医院去，其实我不用瞒你，我身体也不是那么好，毕竟是到这个岁数的人了，但我想这跟我讲刘行远这个人可能多少还是有点关系的。我这不是跟你在扩大我的感受，我说的都是实话，因为这次你写书，我因而也明白了，写一个人并不取决于这个人是谁，以及他是什么一个情况，而要取决于你对这个人到底掌握多少。所以，我能体会到你作为一个写书的人，你一定是有风险的，可以讲从我这儿你就能得到一个刘行远的样子，但我只能保证讲出我这个脑子里的刘行远。作为九死一生的革命者，我和刘行远都是这样的人。

我这两天在想，幸亏你写的不是我，而是刘行远，否则我都不可能像这个样子来讲。我没有办法去想，如果你写的是我，就像以前革命史、地方志、抗日史、军事史还有红军史中提到我的，还有许多种类的历史性的记叙我们那个时代情况的书籍中所写到我的，有的甚至并没有采访我，我说的也都是那些事。但你知道从来没有一个人专门为了刘行远的事情来问我情况，因而我终于从另外的心情中拔出来了。你也应该看得出来，我讲我累，很累，我不能那么注重逻辑性，来跟你讲我的这些回忆，因为你怎么也能看出来，我跟刘行远，还是与别人不一样的。

也许在之前的回忆中，对于客观的部分，我总是力求准确地讲给你听，但关于那段锄奸的日子，我想说的还不仅是那种客观的惊心动魄的杀人的历史。在我们之间，还有许多东西是在心理上的，并且不仅纯粹是个人之间心理上的，也包括了我们作为一对假扮的夫妻，我们在战友、敌人以及陌生人环境中，别人对我们的看法，或者说既然我们在演戏，那我们就会从别人的反应中看到我们演戏的效果。而我和他，对于这种效果又是有不同意见的。我就说那次六爷单独把他约出去，我在粮店焦急地等他，回来后他是向我汇报了他跟六爷喝酒以及到烟云楼去玩的情况，但我知道他能讲的虽说也是实情，但我似乎更要掌握他的心理以及他有没有在六爷面前露出了破绽。但我没有办法细问，因为他已经从我见他回来的眼神中看出了我对他的担忧，而我并不明白他为什么要用那样的方式来回应我。

所以一方面我是有些继续赌气下去的念头，另一方面，我觉得我和他的关系正处在一种非常危险的道路上。因为我们是在革命，我们不是在纯粹地演戏，更别说，我们是战斗在日伪控制的无为县，随时都有可能失败，我希望他能把他跟六爷那一天全部活动的细节都讲给我听。我都不敢讲是要命令他向我汇报了，我至少希望他能像对一个妻子那样来讲讲他到外边都是怎么个过法。然而，他没有。他越是看出了我对他的担心，越是不想跟我讲他在烟云楼都干了些什么。而我却偏又想知道，我想原因不仅在于这是很危急的，还在于我必须在和他个人的关系中，占据一个相对有利的位置。我不认为他有能力来应付一切，也就是说，我始终认为他还是那个我从埠塔寺带起来的兵。他不说，并且闩上门，在外边呼呼大睡。

那一夜，我想了很多，我想革命就是这样，队伍里什么人都有，刘行远就是一个例子，我想在我们那个时代就是这样，革命分配了一个什么样的角色给你，你就要在这个角色里完成它，所以我想我对他的不满是有道理的。大概就是在第三天，还是那个顾明远跟我讲的，他讲刘行远跟他瞎聊时讲到了他跟六爷到烟云楼去的事。我问刘行远讲了什么。顾明远先是笑，接着又很犹豫，我想顾老板是个有数的人，他未必不会看出我的心事，但我还是跟他讲，如果他跟你讲了什么，你一定要告诉我，因为我必须掌握情况。顾老板会从我的话中听出我跟刘行远之间应该是有那么一些问题的，但我没有跟他讲。顾老板说，刘行远讲他跟六爷在烟云楼里，六爷是在那里有几个女人的，但六爷给刘行远介绍的那个叫鱼皮的女子，却是让刘行远十分不快。我听顾老板讲刘行远跟妓女的事情，我想男人之间也许可以谈得更放松，虽然这是革命活动的一部分。顾老板问我，怎么，他没有跟你汇报吗？我跟顾老板说，刘行远没有讲。我知道顾老板并非是无意去听刘行远的话的，顾老板有顾老板的一套方法。况且，他现在是不是已经掌握了我和刘行远之间具体的关系，我还不能判定，至少我是没有跟他挑明的。他知道李靖良司令派我们来锄奸，但组织上并没有安排我们告诉他我们之间的关系，我们都是单线联系，对于组织上的任何消息，我们都听那个谭先生的，所以我们和顾老板之间的关系又是很微妙的。

说到了刘行远去烟云楼的事，如果他知道我们是假扮的倒好，如果他就认为我们是夫妻，那他的看法就会很奇怪。听顾老板跟我讲，刘行远就是对那个叫鱼皮的女人没有那个意思，这让六爷很下不来台，加之又喝了酒，所以差点没在烟云楼里就吵起来。六爷是说刘行远近乎冷酷，没有人会对像鱼皮这种妓女不动心的，更何况六爷跟刘行远认识时间不长就甘心把这个相好介绍给他，可见六爷是拿他当朋友的。我在顾老板那里听到的情况就是这样。我想也许顾老板会猜出我跟刘行远只是为了暗杀而假扮的夫妻而已，但他这么说，其实也让我知道，他是在表达他对刘行远也是有看法的，因为明眼人都知道，六爷那是在试探刘行远。而刘行远这么做则可以说基本上让六爷看出了问题，六爷不可能不去想他的身份，不可能不再怀疑，在一个做粮食生意的人身上，到底为什么会是这个样子呢。当然以刘行远在烟云楼的表现，我很难去判断，他做得对不对，因为他没有向我汇报，而是跟顾老板瞎聊时讲的，我明白这符合他的性格。

当然我也没有什么情绪上的波动，我感到不安的是，刘行远并不愿意把这种情况讲给我听，那他就是有他自己的一套主意；另外，我想他到烟云楼里不动女人，我理解的就是他在这方面有让人很难理解的一面。我当然不能因为仅仅是出于革命演戏的需要就要他刘行远跟六爷去玩时一切要以六爷为重，听六爷的，演给六爷看，因为谁也不能保证演到位了，对方是不是就完全信了。另外，很重要的是，即使刘行远就这样表现，你也很难说六爷就一定会因此能把刘行远的真实身份给套出来。我们没有办法去预计六爷会怎么办。但我很快得知我们在方庄的那个据点被六爷的人盯上了。虽然他们什么时候会对我们起疑心以及是否已经起疑心了，我们还不得而知，但方庄的战友们立刻就要撤到北街去，而且在那儿还不能保证六爷会不会继续去盯。我跟刘行远无法就烟云楼他对鱼皮的冷漠拒绝去讨论他的做法，我没有办法去指责他做得对不对，但他自己也不说明。我就觉得他这个人就是这个样子，怎么说呢，我发现，至少在无为期间，他是一个比较冷淡的人，可以讲有一点冷漠，这不是说对敌人啊，是说他对所有人，都有点冷漠，好像他不屑于跟别人有什么瓜葛似的。

12

今天我不知道我还能不能形容出那个时候刘行远的样子，当然也许你们写书的人会根据自己听到的、感受到的，来画出一个那时的刘行远，但我跟你讲，虽然我年岁也大了，但我还是能跟你讲那时候刘行远的样子。我是害怕如果我不讲那个样子，凭你的想象，也许你也能得到一个刘行远的样子，但终归那是你推导出来的样子，而我跟你讲的他的样子，是依照我的回忆拼接出来的。

很遗憾，我没有留下那时候他的照片。当然，在无为期间，我们也没有照片，在支队里，也许他有照片，但那是他穿军装的吧。我要跟你讲的就是他没穿军装，而是扮成我丈夫，一个从北方来的做粮食生意人的样子。他戴一顶帽子，帽檐不长，那时候在外边跑买卖的人都有一顶帽子，但不一定每个人都戴，但在无为这个地方，他是戴帽子的。我觉得他那顶黑呢的帽子是很好看的，他脸型有点长，因为他一直吃苦，所以他脸上你从来看不到什么笑容，除非是苦笑。而恰恰他是一个很喜欢苦笑的人，他即使跟像六爷这样危险的人物打交道，他也是要苦笑的，只不过他从没有放弃机会让别人难堪。他好像很能从这样的别人的不安中找到他自己的某种优越感，尽管他是一个九死一生的革命者，随时都有可能掉脑袋的人。我说他脸长，他鼻子有一点直，所以你就能看出来他是个不容易被别人说服的人，你只要一跟他打交道，你就能发现。但他又是一个很容易让人对他佩服的人。作为一个革命者，我一直以为原则是第一位的。什么是原则？那就是你本来就坚持在心里的东西。当然，我说的这个革命的原则，就是我们最重要的原则。但对于刘行远来说，我说他这个人还不仅仅是那种对革命原则的天生的接受，那是不真实的；我说的是他对人，他对于他佩服的人，他会很快就沉入到与别人的关系中，这在他的生活中是很明显的。他的眼睛那时有点长，我甚至认为在无为，他这眼睛会让他看起来有点奇怪，因为日本人会从他眼睛里读到一些不一样的东西。这么跟你说吧，他眼睛会让人认为他是一个有内容的人，这个可是了不起的。我跟你讲，我现在回忆起来，我都觉得我没有必要把跟他合作之前以及之后的刘行远联系起来，他在无为时候的样子，我倒是觉得反而最典型。也许对于他来讲，没有哪一个时期像在无为期间那样能够让人看出他这个人的绝对的与众不同之处。

你想想，作为他的假扮的妻子，我们要杀的人太多，我想你差不多看出来了。他那个样子，戴着一顶呢子帽，并且有时候因为他那种冷漠，很容易让人看出他是一个有心事的人，而我又是他妻子，我必须表现出对他的配合，这是我的工作，所以我是很矛盾的。我在想也许不仅仅是这个在无为期间为了杀汉奸而必须装扮成的身份让他有一点怪，而且是因为他本来可能就有一种我从来不了解的东西，只不过恰恰在无为我看到了这一点而已。我不能很明显地表现出我对他这个形象的赞赏，但实际上，我在他身边，我感觉刘行远跟在支队里是不一样的。也许他更适合作为这样一种形象出现在别人面前，至少让你没有办法抓住他这个人的任何一点实实在在的东西。

可以讲，他这个样子并非不适合他的工作，你看，我是有点心情了，我讲到他刘行远在无为是很快就被人家接受了，也许是我多心了。反正这个六爷跟对刘行远有了很好的交情，他在后边总是约刘行远出去。而每次去，他们都会见到鱼皮；有时鱼皮会从烟云楼里出来，到他们吃饭的地方去。更让人觉得很吃惊的地方在于，连端木，就是那个留胡子的日本人，据说是一个很有文化的人物，也来参加他们的聚会。

而那时，即使我给刘行远施加压力，刘行远也没有办法不去参加他们的聚会，因为如果不去，六爷就会发现刘行远的问题。而刘行远回来跟我讲，六爷之所以一直把鱼皮带到吃饭的地方来，连端木也开始开刘行远和鱼皮的玩笑，是因为这个六爷对我，也就是他的太太是有一肚子意见的。他跟刘行远讲，你那个太太，不像个女人，也不像跑市面的新新人类，你不要被她捆住手脚。我听刘行远跟我转述这话，即使从转述那尽量客观的语气中，也能听出刘行远的无可奈何，但因为我们在无为的任务必须完成，所以刘行远就没有办法不跟六爷周旋。但说到底,他对于像鱼皮这样的女人也是十分反感的,以至于他抱怨再这样下去,他就坚持不住了。我不太明白他指的是什么,我倒觉得,假如仅仅就是为了接近和刺杀六爷,那跟鱼皮之间,他可以想怎么做就怎么做。但刘行远的抱怨也是真实的,他没有办法,在他那种冷漠而又让人难堪的表现中做出对别人没有伤害的举动。

可以讲,后边六爷已经要让鱼皮跟刘行远摊牌了,这让刘行远觉得很麻烦,我听他口气,我知道他是没有办法了,我当然也明白他对鱼皮的讨厌,并非因为他对女人的厌恶或者说有什么选择,而仅仅因为他心事很重,这就是最重要的在无为期间他的状态,他就是心事重。我知道他本来是为孩子,埠塔寺起义失败,他媳妇、孩子被杀,只有一个大孩子,当时只有九岁吧,从死人堆里逃掉了,他没去江西,只在金寨、霍山那儿打游击,就是想找寻那个孩子。还有,我就不太清楚,当时我没有想到,他心里还装着别的东西。我是一个唯物主义者,我跟你讲过了,如果讲,他是在找寻自己的孩子,这个我们可以理解,毕竟是他的骨肉。但假如纯粹说到感情,就是说男女之间的感情。我也讲过他一直叫我大表姐,我和他虽然是这样假扮的夫妻,但我对他是有感觉的。应该讲,我是带他的人,他是我的兵,我不会轻易去谈我自己,因为这样是不合适的。

但他那个样子,实在让人难以接受,因为既然你是因为革命而必须去接近六爷以及日本人,那么你跟鱼皮的事情就是工作的一部分,他可以向我汇报,也可以跟我谈他的计划,但他没有必要表现出那种进退两难的样子,就是说他没有必要要给我那样的印象;他是因为处在这个位置,才没有办法接受鱼皮的。至少我们看出了,他差不多跟我讲了这个意思,那就是他在心里边接受不了妓女鱼皮。我当时虽然觉得他是好样的,是个正派人,但我又觉得他那呢帽檐下很有内容的眼睛终归又是有些空洞的。当然,当时我始终没有想到他内心比我掌握的要更为复杂,也可以讲他从来就没有真正向我敞开过他的内心,他这个人就是这样的。

13

对不起，本来我是不想讲无为之外的事情了，我想你写书跟我们讲话一样，你要的就是你想要的好东西，倘使我把话讲歪了，我觉得这倒反而不好了。但我一再跟你讲我是个唯物主义者，唯物主义是要讲联系的，是要讲实践的，所以我之前跟你讲到刘行远那个样子，无为时候的那个样子，讲得那么清楚，也是因为我对那个样子是有感觉的，我不回避这一点。我想一个人只有尊重事实，不单是发生在眼皮子下边的事实，还有发生在心里边，发生在言语中，发生在人和人之间的事实，哪怕是最小的事实也应该要讲出来，更何况当时我们是在日伪区除奸，我们随时都有可能被杀死。

我跟你讲过了，我们的一个通信员就在新桥那里被杀害了，虽然后来事实证明他牺牲时没有被敌人搜去任何有价值的信息，但在当时我心里没底啊，再说我们在方庄的战友也已经被敌人盯上，他们已经撤到北街去了。可以讲，现在如果不及时动手，我们就会很被动。你看，这是当时我们在无为的处境。不过，我要讲唯物主义的，还不是指这个，对于革命斗争来说，我们是有组织的，但对于在那种处境下的个人生活来说，那种艰难就不仅仅是表面上的了，而是一种必须由你自己去掌控以及能否掌控得住的艰难了。所以我讲一个人是否唯物，并不取决于他说了什么话，坐在什么位置上，而要看他到底有没有一种定力，能够让他自己把事情往真实的方向看，所以我讲了在无为时，刘行远是我的兵，大家也都知道他这个人仪表好，很有看头，我也是看在眼里的，但我跟别人不一样的是，我得装作他是我的丈夫，要让别人注意到我有这样一个丈夫。

但是，即使我必须这么做，我也只能说我是真正在意这个人的，我只能这样了，为了革命，我们在演戏，但我心里，也是有他的，当然也就仅仅在这个程度上了。我说过他被六爷最早单独叫走那一次，我是担心的，但刘行远看出我的担心之后，他反而以一种苦笑和不满来对待我，我想这是他心事重。但最可怕的是，六爷后面还在叫他，我们的身份随时都有可能暴露，加上端木和营长后边也裹在聚会中，我就感到每一次刘行远被叫走，他都有可能被他们干掉，但我又阻止不了他，这是工作。

　　我是个唯物者，我讲的是那时候的事情，也讲了那时候我的心情，但我现在又不得不跟你把时间调整一下。我得跟你讲讲，在几十年以后，也就是"文革"的时候，那时我在地方上做干部，已经在省里任主要领导了。我没有想到风雨来的时候，是个什么局面，因为你想，像我们这种干部，那是从子弹中打出来的。我没有什么顾虑的，一开始对我的斗争主要集中在一些细枝末节的问题上，无非有我对知识分子的一些支持，对一些二十世纪五六十年代活跃的文化人的欣赏和来往。但后来，我发现斗争性质变了，这是我万万没有想到的。他们推出了所谓的生活作风问题，我为什么现在跟你讲起了这个呢？这个跟你要写的书其实是有关系的。因为他们揪我的生活作风问题，揪的不是在解放后，不是在我当官的时候，而是我革命时代的事，这个我是没有料到的。你应该猜到了吧？讲的就是我在无为期间和刘行远的事，这让我怎么可能想得到呢？我是个老红军，我长征过，我在延安待过，即使从延安南下，去新四军当支队副职的时候，我也一直都没有想过，有朝一日，我会有这样的麻烦。

　　这几乎对我是个笑话，但"文革"那时就是这样，所以我讲我这个人有原则，我信唯物主义，我之前也跟你讲了，我和刘行远在无为锄奸的艰难过程。但这些造反派在"文革"时候，抓我的问题实在没有出处，就抓那个时候我和刘行远在无为的事，他们在做我的材料的时候说我在无为跟刘行远有生活作风问题，因为在我们的革命档案里写得很清楚，为了锄奸，我们是被以一对假扮夫妻的名义派下去执行暗杀任务的，我们是有角色的。但这些造反派们，不知从哪里找来了一些所谓的新组织的材料，硬说我当时是以带兵的身份在勾引自己的兵，就是说我是在胁迫刘行远跟我相好。我当然是嗤之以鼻的，但这个想搞垮我的造反派头头，硬是到当地又找了所谓的当时的人，捕风捉影地做我的材料，说那时我硬逼着刘行远跟我好。我当然有口难辩，我想历史就是这样，历史的唯物主义如果没有了眼力，没有了原则，没有了最基本的信任，历史的唯物就很难存在。所以，你想想，当时我也是个重要的干部了，我为革命九死一生，但我却要在那段时间承受这样的指控，我心里何等煎熬。我今天跟你讲这个，是想告诉你，我虽然是唯物的，但我不能跟你讲我唯物了，就可以放心了，别人能钻空子，也就是因为当时我们在无为，情况很复杂，很多事情，你要是单从一个角度看，你根本就看不明白，也解释不清楚。我记得那些造反派在整我的材料中说，之所以我和刘行远在无为杀六爷的时间、场合和方式上是后来那种模式，就是因为我汪孝之对六爷用鱼皮来诱引刘行远已经无法忍受，纯粹是出于私情，才会在不合时宜、我方有风险的时候，杀的六爷，使我方也受了损失。

但关于对六爷的刺杀，那已经是到了必须要执行的时候，否则我们就要败露了，至于后边整材料说我对妓女鱼皮和刘行远的关系十分不满，不惜以破坏任务执行为代价，而提前射杀六爷，这种说法是没有根据的。但我现在想跟你说的是，说人生活作风有问题，这是他们整人的一贯方法之一，特别是对于像我这样一个带着自己的兵，在日伪区执行任务的人来说，他们总会在这样的环节上做文章。我跟你讲，即使在这种整我，把我打倒的时候，我也没有想过，要人去找刘行远。我们是革命过来的人，我相信不需要让刘行远来解释，历史本身就是事实，历史的唯物就是历史嘛。这个你懂吧？你写书应该懂。而我心里也明白，像刘行远那样的人，也许你想到把这个问题抛到他面前，这本身恐怕就已经是对他的一种污辱了。我说过，在无为那时，他是个心事很重的人；我也说过除了他要找寻那个孩子之外，他的心里还有事；只是那时我并不知道，就在他一直喊我大表姐的时候，他心里其实装着另外的人。

14

刘行远他是一个兵，他是一个我从埠塔寺那个地方起义就带出来的兵，我是从部队上出来的，虽然我在地方上做领导，解放后做的事情也不少，但我想没有什么历史比一个人在战争时代的记忆要更为生动了吧，因为那几乎随时都有可能送命。我在最开头时就跟你先讲过，无为这个地方是很怪的，这个地方的人跟别的地方不太一样。我并不是因为这个地方沦陷以后汉奸那么多，我就指责这个地方的人有什么问题，因为从唯物主义来看，每个人都有每个人的矛盾和原因，也就是说即使是汉奸，那也仅仅是他自己的事，对吧？所以我一直在锄奸队伍里跟我的战友们说，如何认定一个汉奸，那是组织上的事情；作为锄奸队伍，我们就是要执行。所以你想"文革"时候，那些造反派们来整我，他们在这个时期里能讲我的也就是作风问题。况且我那时带的那个兵，就是刘行远，又是一个奇怪的人。我们在锄奸上是一个队伍，而我和他又是扮成夫妻的，所以后面他们整我的作风问题，我感到他们太可耻了。但即使这样，我也说了，我没有想过要找刘行远来对质；如果那时他不来找我，我是不会去找他的，我也没有办法找他，因为"文革"刚一开始，我在省委的领导职务就已经被停掉了。我在解放后是知道刘行远的大致情况的，但总的来讲，他那个性格的人，很难升上去。你明白吧？无论是在部队，还是在地方上，他都很难升上去。不过，如果他自己讲，他也未必能讲清楚，但我带过他，我自以为我是了解他的。他没有那种很明确的要把一件事情或者一个位置抓到手上的决心，这就是刘行远。当然，我这里说的不是他的战争经历和个人革命经历，我仅仅说的是他的私人生态度，因为我们每一个人多少都会考虑到自己的事业，对吧？我们总要在适当的时候想一想个人前程，对吧？但刘行远不是这样的，你也许要问，那他这样是不是一种特别无私奉献的精神呢？我觉得你可以自己去判断，但我似乎觉得他也不是那种意义上的。他这个人我先前讲了，比较冷漠。

当然，也许是在个人交往上，我始终没能和他有深入的沟通的缘故吧。我这么说，也是想向你解释，为什么别人在生活作风上花力气来整我，并且用的就是刘行远和我的关系，而我却没有找刘行远来出面作证或是解释呢。我想这里面的原因就在于，客观上的难度先不说，单就主观来讲，我也不大愿意让刘行远再出现在我面前，我这么说丝毫也没有诋毁或轻视刘行远的意思，也许你会发现我对他有那么一点不满，或者说你可以讲是失望吧。那是指什么呢？我现在到这个年岁了，我可以跟你讲，因为你是年轻人，等你到了很多年以后，也许你也会对你年轻时代的感情有另外的看法。

但在当时，可以讲在我们在无为锄奸的时候，我们虽然处于严酷的斗争环境中，但情感的感受是有的，我想我表达得很清楚了，那时我非常担心六爷可能随时都会发现破绽要了他的命，因此我就想尽早除掉六爷。尽管在除掉六爷的方式上我们有分歧，并且他有他的思路，但我的担心最终反而让刘行远看出了我的问题。他认为我没有必要过于担心他的生死，他的意思很明确，即使他死了，他的死与我个人无关。你想一想，他刘行远是个有点冷漠的人，但他这样说，我是明白的，他拒绝我的好意，或者说好感吧。我承认在那段时间，我对他的担心已不仅仅是对一个手下带的兵的担心，也包含有一个妻子、粮店后院的一对夫妻之间的那种即使是虚假的但仍然存在的情感上的一点难以割舍的情分，他是明白的。所以我讲，从那个岁月走过来的人，会有独特的感受，一方面是生死考验，另一方面却又是情感上的问题。我没法去追问他，因为我看出来他心里有事，但我并不完全甘心，因为像所有那个年龄的女人一样，我也有我的情感。所以我想他在那时的每一个表现，既是在按他自己的方式在革命，同时他也在向我表明他是有他的感情上的看法的。我是有态度的，但我从没有任何一点现实上的表现，可以讲我对他的失望，不仅仅是对于他刘行远的，也包括有对我自己的失望成分在其中。我现在跟你可以这么说了，因为时间过去这么久了，革命时代的感情可能有它的局限性和特殊性，但毕竟人在生死面前，可能更会表现出情感那独特的一面。也因此，即使"文革"中出现那样整我的材料，我也没有去找刘行远。当然他在我当省里领导的时候，也没有找过我，一次也没有。他没有向组织上要任何东西，他就是这样一个人。你可以说他很单纯吧，也可以讲他很绝对。

我讲过了，他是一个兵，一直也没有升上去；从部队出去之后，即使到地方上，他也从没有向组织上要任何东西。你想想，对于这样一个人，在我们之间，所存在的那点情感，即使是有一点错位的，但说到根子上，却是最纯粹、最自然的，对吧？况且，我只是对他有好感，我没有向他做过任何明确的表达，尽管他是一直能都看出这一点的。我想即使对于那么多出于革命需要，在一起相处的男女来说，恐怕也很少像我们这样假扮的夫妻，感情上会如此漠然，我想这里面的原因基本上是在刘行远的。如果说到这一点，现在来看，我反倒是敬佩他的，因为他这样才是一种对革命的纯洁性的保持，没有把任何私人的想法放到革命的思路中来，我怎么会在今天这个时代，不感到他这个人的无限的特殊和美好呢？

15

我承认有人说我杀人如麻，不光是不了解我的人这么讲，其实很多讲这种话的人，恰恰是了解我的，比如刘行远他也这样讲过。但别人说就说吧，我想我一个革命者，就是要付出这样的代价。杀人不是目的，我早就讲过，我们是革命者。具体来讲，革命有分工，那时在无为，你干的是锄奸的事情，所以你可以讲就是杀人，但杀人跟杀猪不同，人是人啊，是有血肉的，是有思想的，可以讲杀人，杀的不仅仅是肉身吧。之所以要革命，根子就是出在思想上，就是思想上不同，行为上也不同，或者讲在人生选择上是不同的。革命说到底也就是人生的站队，看你站在哪一方，是在革命的立场上还是在反革命的立场上，对吗？在日本人打进来，民族存亡的关头，对于这些侵略者以及为侵略者服务的汉奸，这种民族的败类，是必须铲除的。你讲革命，这就是革命，所以我听别人讲我杀人如麻，我是没有必要去反驳或解释的，对吧？但刘行远这么说，我只能讲他跟别人一样，他或许对杀人，对人，有某种他的态度。但这个我没有必要去追问了，他是他自己。

我说别人讲我杀人如麻，我现在跟你讲，我在无为期间，在锄奸的时候，我是立下大功劳的，这在后来的总结中都是有的。当然我不否认我杀了很多人跟杀人如麻这个评价之间有什么本质的区别，至少我自己是不会在意的。你想想，我在新四军时是一个副支队长，我被派到无为来，是锄奸队长，我带着十个人，当然中间也有牺牲，我代表的不是我个人，我是革命队伍的一分子，对吧？所以今天我跟你讲的这些事，我是不大愿意讲大话，讲空话，我也说了，革命是要靠实践的，但之所以我讲这些事情时显得有那么一点心情起伏，那实在是因为刘行远这个人，这个你在问及的人，确实与别人是不一样的。

我前边也说了，我对他是有好感的，但这并不影响我在革命中领导他，并且带领他往前,我想这是另一回事。所以我还是要回到无为期间去,我最后杀掉这个六爷的地点就是在北街的小澡堂,那时,我想如果我再晚一天,情况就会变样。这在以后的打掉无为县城时,我们都是审出了这些东西的。那天,刘行远又去六爷那儿,因为是前一次约好的,我跟刘行远讲,你就按你自己的方式行动,他照例是在之前已经把枪藏在那附近了,具体在哪儿我不知道。我是感觉那一天必须要杀掉六爷了,这是我的直觉,但我并没有决定。如果我决定了,即使我不告诉刘行远,我也会给他一些提示,但我在刘行远出门时没有跟他有什么交代。而刘行远是自己去的,六爷没有来车接,甚至也没有让他手下在上午或中午来递话,而平时,因为正在筹粮,所以顾老板那边总会有维持会的人来,但那天没有。

　　我感觉刘行远这一天去,跟往常是不一样的,但我没有跟他谈,我心想刘行远会有他自己的一套方法。刘行远去了之后,我到方庄去了一趟,当然那个地点已经拆除了,我是想看看那里的情况。我发现了一些陌生人在那个大院子外边的猪场上晃荡,我感觉很奇怪,后来我就不敢到东大街我那些战友的住处去,而是去了城中心,就是离三牌楼还有几百米的一个布店。我在那里见到我的一个手下,他正站在那里扯布,我想他是要在那里留东西。我就是从他那里听到,听说维持会的人要在县郊杀一批人。当然我不晓得维持会跟那个叫田中的营长是不是已经明确了要杀什么人。但我想,既然维持会要行动了,那我们就要赶在前边。我就是从布店那里直接就去了北街的澡堂子。显然,刘行远在那里,因为我已经带了枪,我没有什么犹豫。作为一个革命者,每当我执行任务的时候,我总是这样,我头脑里既是一片空白,那是为了清空我的那些杂乱的东西;另一方面,你可以说我头脑里跟石头一样重得很,所有东西都是码在里面的。

　　我进了澡堂,是一个大布帘,因为我是戴了个帽子的,而且穿了对襟褂,所以别人看不出男女。帽檐很低,这在那时的无为县城也很常见,就是那种跑腿的。所以我掀开布帘进去时,唯一的一个老头也没有理我,澡堂放木躺椅的那个开间已没有人。我在过道里甚至有了半分钟时间,因为外边老头根本没有理我,里边是几个雅间,同样我没有看到人。再往里边,还有个布帘,很厚,我记得是蓝色的。凭我的直觉,我知道他在里面,对,六爷在里面。我也知道刘行远也在里面,因为他在出门时跟我讲了,他到北街去跟六爷洗澡。这个地点其实也没什么奇怪的,因为之前我们在杀大耳的时候,狡猾的大耳无意中是把这个地点给泄露给我们了。我在掀那个布帘的刹那,是从最后一个雅间,其实就是一个带珠帘的很小的隔间,似乎看到了一个女人,当然我马上反应过来,他们肯定是在澡堂子里了。后来我知道那个女人就是妓女鱼皮,但我没有时间去辨认。

我是从珠帘那隐约的漏过来的光线中看到了这个叫鱼皮的女人。我感到这个人很温和,可以讲就是大家都能想得到的那种妓女的样子,我的帽檐那时已经向上抬了,我的手伸在布兜里,其实我在看到这个鱼皮的同时,另一只手已经揭开了布帘。布帘有点重,可以说你没有办法掀得很大,只能挑开一点,在布帘前边是个空地,你能感到那里有鞋,还有柜子,澡堂子的热气很熏人,但我的眼力这时是好的,因为我没有时间多考虑。我挑开了布帘的同时,人就进去了,并且我这时枪已经拿出来,扳机已经打开了,我看见那雾气很重的池子的最里头有两个人,我也知道是刘行远和六爷,但我想我没有办法立刻就扣动扳机。我想这就是一个人在执行革命的最后关头,他必然要有一种冲动,因为人是负责任的。我虽然说我不太能确定哪一个就是六爷,但我停留了十多秒的时间,并不仅仅是为了辨认,相反,我也是在为自己考虑,因为我知道,我终于可以杀掉这个人了。

所以后来很多人说我杀人如麻,说我铁面,说我大胆。但说到实处,还是因为他们不了解革命者的心理。在那一刻,我想我不是别人,我就是革命本身啊。所以,现在坦率地跟你讲,我没有真的担心过我会杀错,因为我在扣动扳机的时候,我是看见那个人站起来了。虽然本来这个人也可能是佝偻着腰的,甚至可以讲他们有可能在说话,但实在因为太近,又因为水汽太重,加之他们都是光着身子的,所以你无法判断出绝对的区别来,谁是谁。但那时,我看见起来的人就是六爷,我就开了枪,并且是连开了几枪的。我听到枪声有点发闷,但我很坚决,我知道我在开枪后,我就会跟之前不一样,我已经完成任务了。

这个地方没有他的部下在,这个我是掌握的信息,所以我想有可能的话,我希望我的兵,就是那个刘行远尽快起来,但就在这很短的时间内,池子里的水汽好像很快就散掉了，就凝到水里去了，所以后来站起来的我的这个兵，就很清晰了。我没有立刻转身，因为我必须确认我的这个兵他能站起来，池子里已经红了，全是血。所以凝在这水里的水汽什么都挡不住了，他站了起来，他斜着，没有走向我这边，而是向池子的左手边，就是我的右手边那个沿子走去。

　　但我看得见他这个人。我知道他是刘行远，尽管这个人，这个身体以及这个样子，这个去除了呢帽的刘行远的样子是无限陌生的，但他确实是刘行远。我就在这时，还喊了他一声，不过后来无数次，我都记不住我喊了他什么。显然，我是喊他的，因为我还要继续确认他活着，我杀的是六爷，但我记不得我是怎么喊他的。显然，我没有喊他的名字，我想我不会这么叫的，我是在杀人现场，我刚刚办完事情。我也许只是喂了一声，或者是"哦"，反正就是很奇怪地喊了他一声。我想借助这一声，至少他也应该知道我是谁了吧。可是，我记不住他有什么反应没有，因为他就要转过身朝布帘子这边来，这时我才转过身，我没有看他。今天这么讲，你都知道了吧？在那几十年前了，那是什么岁月，但事情都很清楚，我转身出去时，我朝先前那个小雅间看了一眼，我没有看到鱼皮，没有看到，我的枪还没有收起，但我什么人也没有看到，我必须立刻离开这里。

16

　　别人讲我杀人如麻，我不需辩解吧，反正我在无为锄奸时，我是新四军支队里杀汉奸最多的人，但至于后边别人说到的那个妓女鱼皮的死，我想他们一定是弄错了，我没有在北街澡堂里枪杀任何一个女人，这我是可以肯定的。回忆有时会有差池，但决不会对于杀掉的人没有印象。我说过我在杀六爷之前在那个雅间的小隔间里似乎是看到了鱼皮，但因为我在澡池里开枪出来之后，可能是因为澡池里鲜红的血水让我眼光有了异样，反正我出来再向那个小隔间看去时我没有看到有什么女人。当然，我不想回避的是，那时我看到光着身体的假扮我丈夫的我的这个叫作刘行远的兵正从左边那个墙脚的位置向外边走来。我没有向他发命令的原因有一部分就在于他是光着身子的，我是觉得我不能在这个场合跟他讲话，更何况他应该知道怎么做。所以虽然没有人作证我有没有杀掉妓女鱼皮，但我想我可以确定我是没有向她开枪的，因为我没有任何杀了她的印象。但是在整个无为锄奸任务完成以后，在清理作战过程时，根据材料鱼皮确实是死在那场暗杀中的。

当然，现在已经无从考证到底是谁向鱼皮开的枪。在无为那个地方就是这样，我无意讲无为这个地方的人很坏，但确实我跟刘行远这对夫妻，即使对无关痛痒的无为城里的闲人们来说，他们也在盛传这一对夫妻那些稀奇古怪的事情。比如有人就传，是六爷要专门为刘行远找一个新女人，而至于这对夫妻有什么问题，人家传的是那个女人是一个十分古怪的女人，当然他们说的就是我。没有人在当时知道是我杀了六爷，没有人知道我们锄奸者的身份，但至于我是如何让自己的丈夫总是从眼皮底下溜到维持会会长那个圈子里去玩女人的传说，却在无为县城传了很久。甚至有添油加醋者说，即使是日本人，也很欣赏那个姓叶的从北方来的做粮食生意的人，而至于刘行远是如何给他们留下这个印象的，据我的另一个战友，我的一个兵，跟我事后交代的是，日本人也惊服于刘行远为什么在女人面前保持了那种男性的矜持和架子，这一点我是不好理解的。

不过，我没有想到即使是像鱼皮这样的妓女的死，也成为无为县城里的谈资，并且这种谈资并不亚于维持会会长六爷之死给县城带来的动荡，但可以肯定的是，即使是智商再低的人，也会想到为日本人做事本身是不会有什么好处的，那么六爷自然必死无疑。但我认为别人这样来看我，多少也反映了他们并不认为我是一个理智的人，但事实上，我当然是理智的，我不可能在杀了鱼皮的情况下，却对鱼皮的死没有印象。现在我再说说我从那个暗杀的澡堂子退出去之后，我就必须立刻返回街上，有接应我的人，就在那棵大榆树下，他们很快把我掩护走了。

后面在那个澡堂里发生了枪战，具体是什么人在交火，我一直没有掌握，但可以想见，无论是维持会自身，还是六爷的帮派以及日本人驻扎在县城的军队，他们都迅速赶到了现场。在那个现场里已经没有我们的人，所以鱼皮会不会是在那个时候被人杀掉的也不一定。我撤掉以后，刘行远没有即刻回来，但那时我们的人也不便再返回澡堂子那里，再说我们也都知道刘行远也一定离开了现场，但刘行远会去哪儿呢？他为什么就不能立刻回来呢？那时我是非常冷静了，我觉得他在我刺杀六爷的这个计划中，他是有作用的，尽管他没有完全和我商量清楚，但他做到了这一点，把六爷稳定在澡堂中。

另外，他没有立刻从澡堂那个血水涟涟的场所里退回到粮店，也让我心里非常不踏实。我刚刚在澡堂里和他在那么近的距离中面对过，我不知道他那样冷漠的人，会怎么看待那个场景。现在，我都是这个岁数的人了，应该说无论是革命还是杀人，那都是以往的实践，显然革命是仍然必须坚持到最后一刻的人生事业，但我还是以为革命者和革命者还是不一样的。我不晓得他刘行远为什么就不能在革命的同时有那么一点点热情呢，这是我不那么想得通的。虽然有些战友也会说到刘行远在埠塔寺起义失败后，为革命付出了巨大的代价，他的家人，大都被杀死了，但是，我想这不是问题的关键，因为这本身是革命的常识。革命就是死人，这不仅指革命是要杀死别人，革命也包括自己有可能的牺牲，以及给家人有可能带来的灾难性的后果。在我们早期的革命经历里，家人被杀掉的情况是很普遍的，可以说已经有了一点常识和规律的味道。但刘行远的冷酷却不是那种因为牺牲了家人或战友的原因，而是来自于他天然的性格，他就是那样一个人。

刘行远一直没有回来，我是担心他的生死的，但同时，我又在想，像他那样的人，就是讲他可以对他自己负责。我就只好等在院子中，而那时无为县城反而有了特别的安静，除了北街澡堂方向传来的枪声，其余地方并没有什么大动作。我就想革命就是这样，革命压不倒生活，生活仍要继续。这时，我在想，假如刘行远就在身边，他也没有办法跟你谈生活或是过生活，因为在我们之间，也许从来就没有互相敞开过，你没有办法琢磨他的心事。我对刘行远是没有埋怨的，我想革命要看成果，既然这个六爷已经被杀了，应该就算我们的任务是完成了，这不是在拉家常、交朋友，我们是实实在在地把这个大汉奸给除掉了。我坐在屋子中，把手枪放到蚊帐后边，我摸着我的鬓角，我在想，革命这么孤独，对革命的理解永远只有自己最清楚。

17

刘行远后来告诉我他在我杀掉六爷之后他的去处，虽然他本来应该即刻向我汇报，但他跟我讲这个情况已经是第二天的事情了。我跟他讲，即使你不讲，你也可以做到，因为你已经在这样做了，你擅自决定你自己的去处，你已经在你自己的那个套路里走了太久了。刘行远也没有反驳，我想在我们之间都回避了我们在刺杀六爷时的那种盲目的相互的不理解，其实我何尝不知道我在向六爷开枪的时候，也许我并没有跟刘行远有那种天生的默契，也就是说如果那时站起来的是刘行远，那我射出的子弹也就会击中刘行远，我就会杀掉他，但也没有绝对的把握在那么短的时间内、在那么差的视线中有绝对的眼力可以做到杀准那个我要杀的人。但刘行远没有跟我追究这个，在别人说我杀人如麻的同时，他自己也是这么看的，只是作为和我假扮夫妻的一个兵，他是有他自己的看法的。

我没有跟他谈我的心理情况，你知道这一点是几乎谈不了的，你不能讲我在那时就是对刘行远不负责任，我想在那个场合每个人会有每个人的处理方式。但我在前边回忆时也跟你讲了，我就讲那个站起来的人就会是六爷，这就是我作为一个革命者的直觉，当然刘行远是不是会站起来我是没有考虑过的。刘行远自己虽然没有在我面前有什么异议，但在顾老板以及我的那些战友们跟我后来的谈话中，我是听出了，即使是刘行远，他也认为我不应该在那一次以那种方式开枪，因为照他自己的思路，他是要再往后，以另一种方式把六爷给杀了。他甚至后来跟李靖良司令也讨论过这个事情，他说这样杀掉六爷，实际上等于把维持会里的那个帮派整个给丢掉了，他的意思是，如果以另外的方式在另外的场合秘密地杀掉六爷，那么在那之后不久，就可以做帮会的工作，因为他们帮会本来就是一个歪歪倒倒的组织，只要条件谈好，他们也完全可以为我们所用。

我从来没有做过这种假设，我不知道李靖良司令是怎么跟刘行远谈的，但在我看来，这是另外一种革命思路，反正我是想不出来的。我是锄奸队长，我只对任务负责，至于像刘行远以及其他人说的那种情况，我想那不是我要考虑的。不过，即使这样，你可以看出，刘行远对我是有意见的。但在那之后，我跟刘行远之间距离就更加远了，因为我在新四军锄奸这个重大任务上的突出成绩，组织上很快就又把我抽调到更重要的野战军中去了，这是后话。现在我跟你讲，刘行远跟我讲清楚了他从澡堂子退出去之后的经历，我听他讲这个情况，我是有感触的。所以我讲给你听，恐怕有助于你更好地了解刘行远这个人，他是到六爷老母亲在城郊东南的一处院子去，我听他讲这个情况，我就觉得刘行远这个人不是胆大，而是一种很古怪的念头在支撑他做这做那的。

当然，关于六爷老母亲的情况，我们并没有掌握，因为他是在那次毙大耳之前最后那个钟头单独从大耳嘴中套听出来的信息，那一次是我赌气没有听大耳最后的那些话，但刘行远在六爷被我杀掉之后去的就是六爷老母亲的这个院子。他讲他本来是要跟六爷在洗完澡之后就到他老母亲那里去的。听他这话，就明白至少他刘行远是没有想到要在澡堂里就要把六爷给解决掉的。刘行远是到了六爷老母亲的那个院子，不用说他以前已经到过这里，跟六爷的老母亲也见过面了。那天是六爷母亲过寿，你可以想想，在无为，人就是这样，家庭以及家庭生活还是最重要的。但给六爷老母亲过寿的人不是很多，可以讲，除了六爷最信任的几个他本家的兄弟之外，维持会以及帮会的人是一个也没有。六爷知道外面想杀他的人太多。他老母亲已经老态龙钟。刘行远跟她讲话很费力，所以他到这个院子来，也就是想跟老太太说，他和六爷刚才还在一起，六爷是在外面有事，所以就不能回来给她过寿。而他自己并没有忘记带来了几个大篮子，里面装了不少好布，老太太就收下了，她也讲不明白她是不是知道刘行远到底是谁，她只知道这个人是六爷最近带来过的好朋友。刘行远坐在那里，并不是做个样子就离开，他陪六爷老母亲又讲了许多话。但是，他看不出这位老太太是不是明白他讲的那些话的意思。

我在听刘行远跟我讲，六爷被杀，他却去给六爷母亲拜寿，我就想他是懂无为人的。无为人注重家庭，注重生活，这是让人很容易就看出来的。但为什么刘行远有这样的念头呢？既然这个六爷是个大汉奸，那你又何必如此在意自己和这样一个为了暗杀他而处起来的朋友呢？但刘行远是很固执的,他这个人就是这样,他觉得他自己必须要这样做才是合理的。他甚至跟我说,这个老太太有什么错呢?他甚至认为这个老太太也许根本就不知道自己的儿子是个大汉奸。这个倒是有可能的,因为我们在无为,我们真的很少能发现有人会对维持会有那种切齿的痛恨,作为人来说,生活是第一位的,更何况,打仗本就是军队的事情。但刘行远这个人还是很能挺得住的,他在那个老太太的院子中还是见到了几个人。虽然为数不多,但这些人倒都是跟六爷十分接近的人,也许很快就会传来六爷被杀的消息,又或者消息已经到了,只不过这些人不会把消息告诉老太太而已。但刘行远跟我在讲这个情况时,我听出了他想表现出一种镇静,这种情绪来自于他认为人要有定力,按自己的方式去处理,事情并不总是会糟糕的。

18

年轻人,你是要写书的,所以我跟你讲,即使是革命的细节以及革命中的那些耐人琢磨的反反复复的情况我也都解开了,讲给你听。我想的是,我们都到这个岁数了,革命虽然不是时间长短的问题,但可以说在那个血雨腥风的年代,确实没有比革命更能考验一个人的了。不过,我不光是说,刘行远在革命中有什么让我有意见的地方,我仅仅是说,他有他的方式,尽管他是特殊的。但相对于革命那无比复杂的背景来说,任何个人的力量又都是单薄的,所以我在听刘行远跟我讲他在我们杀掉六爷之后还去给六爷的老母亲过寿,我是感到有点好笑的。当然我考虑的是,因为他的身份不能暴露,他是六爷、维持会以及林六津他们都很看好的朋友,所以你也可以把他那种胆大妄为去给敌人母亲拜寿的行为理解成一种大无畏的革命之举。只是,在我看来,我更想说的是,革命本身不是儿女情长,更何况,他前去拜寿的地方是一个危险的场所,而那个六爷的母亲幸好是一个老态龙钟没有辨别力的人,否则他将何等危险。不过,在那时的谈话中,我没能即刻就反驳刘行远,因为革命本身也要看事实,如果没有他把六爷在那个澡堂子里稳住，我是不可能把他杀掉的。刘行远从来没有立功的感觉，也没有什么特殊的成就感，他总是以为他做的一切都是顺理成章的，所以你也可以说他这个人是处变不惊的，你也可以认为他本来也可以有更大的作为，但我要跟你说的是，其实很多问题他刘行远是有点想当然的。

我在听他讲他给六爷母亲拜寿时的情况，我本是留心他有没有给同去的少有的几个人留下什么破绽，但他把这理解成我对他的不信任。他坚称自己去给六爷母亲拜寿是对的，他甚至对我说，你要知道，这个老太太已经永远失去了儿子。他虽然说得对，但我们没有必要对敌人的后事考虑得这么周详，那不是我们的事情。我跟他说，你应该考虑到，你去拜寿，是表现了你是六爷的好朋友以及你所谓的义气，要是你的目的是为了让敌人，或者说所有人意识到你是个有义气的人，从而继续和你打交道便于你锄奸的话，我觉得你考虑的还是有道理的；但我听你讲话，好像你更在意的是那个老太太会因为你的祝寿给她留下个好印象，而这又有何用呢？你真实的身份就是一个要杀掉他儿子的人啊。

刘行远在院中抽烟，他一直很有心事。不过我看出来，他觉得我不懂他。过了好一会儿，他跟我说，你不懂我的吧？我这就是义气，这是你也讲到的，但义气有什么错呢？敌人也是人，跟敌人也要相处，我就是要让人晓得，人有义气没有什么坏处。我听出刘行远的兴致上来了，好像他对自己能去给六爷母亲拜寿有着特别良好的感觉。他又说，在林六津的问题上，你想过没有，我是因为那次在他孩子在身边的最后关头，才没有开枪，他躲过了一劫。但这有影响吗？人是有义气，林六津是个大汉奸吧？比六爷坏一万倍吧？但他并没有要杀我啊！即使我在六爷母亲那儿祝寿吃饭，可这个林六津，即使他知道六爷已死，即使他知道我就在六爷母亲这儿，他也没有找上来要杀我吧？其实我在跟六爷母亲讲话时，我倒是一直在看门口，我想说不定林六津会来，因为我在来人中发现了一个跟林六津一起在维持会里出现过的人。他们乘坐过同一辆日本人的车子，要是这个人派个人把林六津喊来，也完全是可能的。但我就是坐在六爷母亲身边。我就在想，敌人也是人，我的做法，他们都看在眼里。而且，我知道林六津会逃得很远吧，他是一个识时务的人，说不定早就到了武汉了。我那次没有杀他，这个，林六津也许是感觉出来了，虽然在我是因为他孩子出现了，我被迫收起了枪，但林六津他应该明白，我是一个什么样的人。你想想，我在六爷母亲那里，我是考虑到的，也许随时会有人跑来杀掉我的，但即使这样，我仍坐在那里，我并不担心事情败露。

刘行远这次跟我讲了很多，我晓得他是在跟我说，即使他那一次因为林六津孩子出现了，他没有干掉林六津，但他终究认为林六津已经识破他了，所以他才觉得也许林六津并没有退出无为，那么林六津就会随时来杀他，然而他又在跟我讲话时以一种打赌的口气说，即使是敌人，也是有感觉的，林六津也许去了武汉，也许就在无为，但他也许未必就会来杀他。他刘行远就是这么认为的，他以为他在那儿给六爷母亲拜寿是个有义之举。同时他也想向我讲明他又是知道很危险的，但事实是什么样呢？我想他刘行远只是一个兵，他对很多事情的理解，其实可以讲仅仅是固执而已。

19

林六津其实已经在几天前就被我们抓捕了，那时我们正在他嘴里拷问我们所需要的情报，因为他跟武汉以及华中那一片的维持会有很强的联系，所以我们必须从他那里找到可靠的有利于我们抗日的情报。再说他比六爷在日本人那里更有影响，因为他在宣传日本人的政策以及配合所谓的"大东亚共荣"的日本侵略理论方面，是一个日本人很依赖的所谓的"文艺家"，他的地位是特殊的，这就让我们必须杀他。但同时，我们又要让他有价值，所以我是考虑要到六爷被杀掉之后才去杀他的。根据我们审问林六津的情况，这个林六津直到被抓捕，其实他对刘行远是一直没有识破的。所以，我讲刘行远他考虑问题的方法是很让人吃惊的，他以为林六津应该感觉出来他的锄奸身份，这让他有一种危机和败露感，但同时他又认为他没有在林六津孩子出现时杀掉林六津，又以此认为林六津应该会意识到他刘行远是个有义气之人，或者说是个有想法的人。但事实是，敌人根本不是那么回事,林六津很温和,他在交代问题时,甚至也提到了刘行远,他讲他还跟刘行远讨论过在无为组织一些日本朋友来跟中国人下棋的事情。

我当然无从揣测刘行远是如何跟林六津合计这个事的,但从林六津的供述看来,他同样是认为这个做粮食生意的北方人,确实比无为人要更有意思。但是,刘行远跟林六津接触的时间不长,他们不过是棋友,刘行远认不得几个字,可以讲文化程度上跟饱读诗书的林六津相距甚远,但刘行远这个人就是这样,他好像有这个本事,让人觉得他这个人很值得交往。但我在听到刘行远跟我讲从他枪口下侥幸逃脱的林六津时,我就认为必须让刘行远意识到真正的革命其实底色都是一样的,那就是在黑暗中,你必须立场坚定,容不得你考虑什么人情世故,哪怕仅仅是出于你所讲的敌人也是人。但那是屁话,我干了一辈子革命,我不同意这个说法,我是不会有这方面的感觉的,在我看来,敌人是人,但敌人仍是敌人。

所以我在听刘行远跟我讲,他给六爷母亲拜寿,有那么一点对于自我的小小的陶醉的时候,我是想让他知道,其实他思考问题,仅仅是他碰到的能解决的问题。如果他不在他那个位置上,如果他不仅仅是一个兵,而是一个领导者,是一个要全面解决问题的人,那么他的革命就会有困难了,他就解决不好更复杂的事。

所以我就直接告诉他,林六津并没有逃到武汉。林六津已经被我们抓住了,就关在东大街的那个磨坊里。刘行远听说林六津并没有逃走,我发现他是有些吃惊的。我跟他讲现在我们已经杀了六爷,对林六津的审问也已经结束,现在是毙掉他的时候了。刘行远不作声,我知道他在想什么。

所以我就跟他讲,林六津在供述时讲了很多事,但大多是没有价值的,他只是一个鼓吹者,是日本人的一条叫汪汪的狗而已。他也提到你刘行远了,但你应该明白,他并没有怀疑你,他很相信你。所以你以为他意识到你会杀他,并且当他孩子的面又放了他,你这些想法统统是错误的。你并不了解敌人。你以为呢?刘行远在吸烟,他很冷漠,他说,那是他的事。但在我看来,刘行远没有被识破,包括六爷也没有识破他,林六津现在还以为刘行远是个朋友呢,这里面的原因并不在于他刘行远演技有多高超,而仅仅是因为他刘行远的本色而已,他就是这么个人。

所以我就讲刘行远你不要绕来绕去，你作为锄奸队伍里的一员，你所做的是好的，是有用的，你是一个好战士，但你应该提高认识，你应该对敌人更明确一点。我不知刘行远有没有听明白我的话，但我的意思是，他应该做一点新的举动给我们看看。所以，我就决定把枪毙林六津的任务交给刘行远。刘行远没有拒绝，也没有任何犹豫，这让我有点吃惊。因为，杀一个人，也可以把谜底永远藏下去，即使是对这样一个十足的大汉奸林六津。但刘行远没有，我想也许是我讲的话，对他产生了一定的作用。

刘行远是在午后到了磨坊的，我没有陪他进去。我站在木窗下，想听听刘行远跟林六津讲什么。我是安排他跟林六津见一下，如果说一点没有考虑让刘行远从林六津那里再审出点情报的话，那也不是。不过，我想，也许林六津再没有什么东西了，让刘行远去见他，并让他执行对林六津的处决，也是想让刘行远见识一下，一个革命者面对的敌人究竟是个什么样子。所以我看刘行远进去后，林六津惊了一下，我站在窗外边，可以从侧面看到林六津的表现。林六津见刘行远进来了，他当然马上也就明白了，所以他"哦"了一声之后，就又坐回到椅子上。磨坊里，他俩离得很近，刘行远摸了摸石磨，就好像他很有经验似的，他看着林六津。林六津抬抬头，又低下头，然后刘行远就摇头，刘行远这个举动让人有点担心，但到底刘行远还是镇静的。

所以这让林六津后来又老实下来了，我听到林六津跟他说，他想见见他的孩子。我知道这时候的林六津也许已经从回忆中感觉到了什么，也许他认为那一次他就应该能判断出刘行远就是要杀他的。但是，在这个时候，即使他在回忆中把这些都组织起来了，他的后悔也是没有用的，因为在他面前的这个刘行远就是要处决他的人，那时是，现在也是。我在想，刘行远应该拒绝林六津的这个提议，因为根据我给他的命令，枪决必须在今晚执行。这个午后，让刘行远来见他，纯粹是为了让刘行远明白敌人到底是怎么回事。我在外边基本上看出来刘行远是不可能从林六津那里套到任何东西了，所以，我想刘行远应该拒绝林六津的这个提议，但我没有想到，刘行远答应了。他讲你可以见一下你的孩子，但条件是不能让你的孩子见到你。林六津同意。不过，我在外边是不满的，我想刘行远他没有资格单独来答应林六津的要求，这不是他说了算的。即使是他想给这个大汉奸一点点有意义的最后的时间，但他必须考虑我们是否有必要为这样一个敌人，给他这样一点机会。但是，刘行远答应了，并且他讲现在就去。我站在外边，我没有制止刘行远，我甚至一直没有出面，没有跟这个林六津见面。我想没有必要让林六津看到我，他是一个汉奸，他是一个人。只是他是他那个方式的人。

我同意了刘行远的安排，那就是租来了一辆车子，我们的人坐在林六津边上，全部捆好了，只留下眼睛。然后在林六津讲的那个古桥头上，让车子停下来，是林六津自己说的，等到五点半，他那个孩子会从酱油店出来，这个我们都信他了。刘行远后来跟我说，他看到那个孩子出来，林六津也看到了，但林六津没有什么反应。刘行远坐在他边上，另外的战友枪就顶在他后背。刘行远注意林六津的表情，他很麻木，只是眼角动了动，就好像那儿有点难受似的。车里的人都没有说话，那是林六津的孩子，也许刘行远知道他们男人对自己的孩子都会有自己的一套办法，只是人和人不同，但说到底，父亲对于孩子，也总还是留恋的，这是他们自己的事情。我无法揣度刘行远有没有找到他那九岁时从枪口下逃掉的孩子，那么他对孩子的感受是不是跟别人有什么不同。但刘行远后来跟我解释他为什么要同意让林六津在死前见自己孩子一眼时，他是这么说的，他讲反正林六津是必死无疑了，让他见一眼自己的孩子，就是因为他是个人。如果不是日本人打来，他说不定不是这样一种人；如果不是为了他那种要全家过上自己想要的生活的念头，他也许不会当汉奸。但这些都因为他是个人，如果他是个畜生，他反倒不会干这种出卖同胞的事，他反倒不会有罪了。他是人，所以可以让他见一下他的孩子吧。大家都是人。

你听听，这就是刘行远，这就是锄奸队伍中的刘行远，他真是个有头脑的人，我都不愿意跟他讨论下去了。我只想说，之所以把枪毙林六津的任务交给他，就是要告诉他，不要以为在敌人那里当老好人，是什么有味道的事情，这是一种对于我来说，有点可笑的做法。革命的残酷就是残酷，如果你知道汉奸出卖同胞让多少人丧失亲人，你就会明白，对敌人，对敌人那一贯的做法，那就是革命和斗争。当然，那时候，我没有跟刘行远讲这些大道理。晚上，刘行远在郊外秘密地枪决了林六津，据同行的战友说，刘行远一共开了五枪。

第三部

1986 刘宜强说

★
★
★
☆
☆

我父亲是一个低调的人，可能讲低调都好听了，他是一个不那么合时宜的人。我一直在考虑，我见到我父亲，我会不会不能承受。多少年过去了，我和父亲都成了老头子了，只不过他是一个比我更老的老头。

1

你要写我父亲这个人，你真是有勇气，倒不是说他这个人写不得，而是说你要写这样一个也许在别人看来未必值得去大书特书的人。自然，你是有你的理由的，我想你一定是有自己充分的考虑的。他是我父亲，用我们广城畈的话来说，就叫阿老。所以我叫阿老也是很顺口的，但因为这么多年了，每逢在谈到他的场合，我多半还是会称父亲。自然，父亲和阿老都是同一个意思，我这样讲是因为，你看，我离开那个地方时间太长了，并且我中间经历了那么多反反复复的事情，不过既然你要写我父亲刘行远，我想你要让我谈一谈的话，我是可以谈的，这一点我不必回避吧。但你不要指望我会像别的孩子谈起父母那样会娓娓道来，或是谈得特别深入。怎么说呢，我可能有我的方式，这自然是跟我自己的经历是有关的。有时我在想，假如我对自己做个回顾，也许我也必须要重重地涉及我父亲。我这么跟你讲，是请你理解，我并不是为了跟你谈起他而谈他的，我是本来就有很多话要讲的。

不过你是要写书的，也许对于写书，每人看法不同，但你写我父亲的书，你到我面前来跟我讲这个事，这倒使我认为我应该注意一下你会写怎样的一本书。因为你明白我是他儿子，我当然有理由关心你会写怎样一本书，我这不是跟你较劲，但你想，作为他的后人，我是有这个必要，要跟你问一声你要写怎样的一本书。当然你也说了，你就是要写我阿老这个人。我觉得你这个概念有点笼统。好在，我想了一段时间，我觉得既然你来问我阿老的情况，也就是说你考虑到还要来问我这个人，那你至少是要把刘行远这个人弄清楚的。我想就这一点来说，你好像确实是要负责任地写一本书。

不过，我也并没有激动，以为你写我父亲，那我就要多么投入地配合你，我想那又是另一回事了。我之所以在谈之前跟你讲这些话，就是因为在我自己，我也读书、看书，我也是一个知识分子吧，可能我这个知识分子跟你理解的有所不同，但这都不要紧。反正，现在我们的目的渐渐合在一起了，就是我们要把刘行远这个人弄清楚。如果就这一点来说，我认为你确实为我父亲是做了努力的。当然，你要写出怎样的一本书，我相信你已经问过了不少人，得到了不少材料，那么你会得出一个你对他的相对比较稳定的看法。如果说到他本人，我想我是没有必要在这里跟你讲，去设想他会如何如何，当然我指的是，他与我的谈话，对我讲到的他的情况，他会有怎样一个看法。我是不能顾及那么多的，否则我也没有办法跟你讲下去。

好了，我在这儿跟你讲这些，你差不多应该看出来了，即使我在后边会很有情绪，但我把我最基本的心理状况跟你交代了，这是我做事情的习惯。我喜欢让人从一开始就对我有个判断，而不是要你在我的谈话中去判断我。我想这样会让我自己比较放心我自己的讲话，都是出于让你了解我父亲的目的，而不是为了展现我自己。我可以告诉你，如果是写我，我不会选择你这样一个人，请你不要生气，因为这只是一种假设，但这么假设并不是没有意义的，因为我这句话也并非没有现实性。我等于是在说，请你在写我父亲时，在写我的话时，那些就是我的话，你不要以为我的话、我的回忆有要表现自我的成分，即使有，那也与你正在要写的这本书之间没有任何必然的联系。因为我这么说，就是想让你知道，我的回忆即使会有主观的成分，但请你不要在这些主观中迷失你自己，这是我的一个理解。因为既然你在写刘行远，那你就好好地、认真地写他。作为他的儿子，我也许会保留对书中那些有问题的部分进行追诉的权利。

不过，我不必隐藏我的担忧，因为我发现不同知识背景的人，对于往事、对于历史、对于个人会有不同的看法。我们无法强求别人怎么看，但我们至少可以让自己做到我们能保持一个什么样的心态去面对所谓的你所写的书。我讲这些，都是跟你立了一个规矩，这不是我俩的谈判，可以讲这是一个必须摆在前边的规矩，自然也不必要检验，因为你写书，也许我会看的。当然，这是后面的事。这件事让我有那么一点突然，但我还是决定了，跟你谈。

也许像你这样一个年轻人，不过，你也不算太年轻了，我对你也做了一些了解，我想你应该是有能力来完成这件事的。我说这么多，也可以说，就是跟你有一个交流，我希望你在获取你要的材料的时候，你能够跟你的材料之间，有一种匹配，你得对得住你的材料。你看，我自己都可以向后退一退，我不过是想告诉你，你自然可以把我的话、我的回忆，当然也尽可以把我这个人，也当作你的材料。当然，你也明白，我说的这些，仅仅是指我这里跟刘行远他本人有关的那些部分。

2

我被关到绿岛新生训导处的时候，离我刚到中国台湾也不过就是几年的时间，至于我是怎么到的台湾，你知道那时中国大陆战场情况比较明朗了，我的撤退是随着家庭的。不过这里，你知道我是跟我父亲在20世纪20年代末（他当红军，我母亲及弟妹被杀，我逃脱以后）就再没见过，后来我被别人收养，就是说我跟了养父母一家撤到的台湾。这个过程我以后会跟你讲。我先讲的是我的身份，那就是我在20世纪50年代初，在台湾是一名政治犯，你知道吧？那时的台湾对于政治是高度戒备的，关于那时的局势，现在许多资料都已公开了，我相信你也知道的吧。但我跟你讲这个，是说我的政治犯身份，这个是要先讲的；如果不讲，你不会明白，为什么我对于书啊、知识啊、文化啊，还有政治啊，会有那种近乎直觉的敏感。这实在是一代人活生生的经历，但我并不以为谈论它们是多余的，相反，我觉得正是它们塑造了我们的生活，至少是部分地塑造了我们的生活。

那时，我被抓到绿岛时，已经经过了审讯，不过在改造时审讯并没有停止，可以说一边改造，一边审讯。这样会让犯人更加集中注意力，以达到改造的目的。我之所以讲这个，是因为也就是在那时候，我比较集中地谈及我父亲，当然那种谈论是以一种回答审讯的方式，跟今天你来采访我要写我父亲的书，我来回答你的状况，显然是有重大差别的。但我又以为两者之间似乎又没有本质的区别，我可以负责任地跟你说，我之所以有这种类比的感觉，就是因为我那时在回答审讯时也是按实际情况说的。就是说我一直在审讯中组织我父亲的印象，因为你知道我跟我父亲是很多年都没有联系的。那是一个极端的年代啊，对我父亲这个人，我那时也是印象不深的。但直到今天，也许我还是这个印象，但你明白，我在审讯中是把我能记住的我父亲的印象都跟别人讲了。我想正因为有那样的审讯，或许才使我在审讯的回忆组织中，才更加清晰地接近了我父亲。

当然，在今天，在你这个写书的人面前，也许我这样讲，是有些不合适的，但我确实就是这样想的。我跟你说，当时之所以把我抓起来，就是因为我给在香港的一个熟人写信，因为那时我基本上判断会有很长时间回不到大陆去，那时的局势很紧张。我的这位姓张的亲戚在香港，我知道通过他，也许可以找到那个叫李能红的人。李能红是谁？她是我父亲的第二任妻子，这个情况我是知道的，但我没有办法得知我父亲刘行远具体的地址和状况。我想也许这位香港的张先生可以找到李能红，而这个张先生是我养父母家的亲戚，所以这里面就多了几道弯。不过，事情并非出在张先生或是我养父母那家人身上，而实在是因为，在那段全面戒严时期，岛内的生活是非正常的。这些信涉及我要人打听我父亲刘行远，我自然是提到了我父亲过去的事情，你知道他是个红军，对吧？所以尽管我写得很隐讳，但为了找他，我必须提到一些他的情况，因此这些书信被相关人员给审查出来后，我就被盯上了。

那时你是没有办法躲掉的，我的养父母都是知识分子，他们是过硬的知识分子，跟傅斯年他们都认识；即使这样，这些审查机关的人仍然没有听取那些说情人的话，他们认为我是一个有问题的人。不仅仅是因为我在寻找一个当了红军的父亲，并且他们认为在我所写的行文中，看出了我对马列主义的倾向性——我想这也许是我先前跟你讲，我对写书，有先天的敏感的原因之一吧。其实，你自己也应该明白，世界就是这样，哪个地方，都是这样的：只要一旦极端了，人们的思想就会不一样，眼光就会不一样。直至今日，我都不能接受什么叫书信行文中有一种马列主义的倾向，即使仅仅就从技术的角度来说的话，你觉得这有什么指标可以衡量吗？

当然,他们是把那些信件作为内容拆解开来的,甚至分析了语气、语态和断句方式,他们认为,即使是你对父亲的思念、担心、期盼,乃至对他的粗糙的形容,也会成为一种带有观点的描述。他们在我的面前审我时问过我,你的某一句话为什么要这样写,你的另一句话为什么要那样写。我想事情岔到了一个十分复杂的方向上了,好像我父亲当红军不是他们要盯的,他们要盯的是为什么是我的父亲当了红军,就是那个意思。就是说你不是在找父亲,不是在期盼父亲,而是在找那个根子,那个赤色的根子。他们很容易就把概念调过来了,好像一个老子当了红军,当了共产党,那从这些找他的信中,反而得到了这个儿子对他老子的支撑,就仿佛事情倒转过来了,他们就是这样看待的,说你就是要寻找赤色。也就是这样,他们才抓的我。

3

那个时候,就是说我刚被关进绿岛监狱的时候,其实我对我父亲以及我父亲所做的事,本来是没有太多的理解的,也可以讲,即使是了解,恐怕也谈不上。当然,大的线索是清楚的,那就是父亲是因为早年在老家起义当红军,而遭到追捕,当然他本人是跑掉了,可他的家人,就是我母亲、我的兄弟姐妹还有我爷爷,却都是经了大难的,这个是基本的情况。后面他们反复审讯我,问的就是这个情况,但他们审讯这个的目的,并不是仅仅为了把这个铁板钉钉的事实核实清楚,自然核实只是一方面,而且他们很快就会掌握这个情况。

我感觉他们的主要目的还包括要改造我,这个我就必须要注意了。我也在心里想,我果真是对我父亲以及他所做的事,有什么感觉吗?请原谅光这样轻描淡写地谈我那时的感受,因为我实在是莫名其妙被抓进去的,我很难讲清我要找我父亲干什么,但这是当局抓我的一个主要原因,也就是说他们认为我有投靠大陆、投共的嫌疑。尽管我可以说我寻找父亲是跟天下所有的儿子一样,只是为了找到我父亲,我跟你讲了,我跟你谈,也是谈我父亲,但你也很清楚,我也不认为在我很小的时候,我是了解我父亲的。在我和父亲之间,也许客观地讲,并没有什么沟通,更何况,出事的时候,我才九岁,后边我能逃掉可能也并不是因为我这个人有多聪明,尽管后来我的朋友们都说,我能从那个杀我家人的现场逃出来,确实是个奇迹。

至于那次杀我家人的情况,审讯时也是反复问的,但我现在要告诉你的是,我之所以在20世纪50年代初期被关进了绿岛监狱,我觉得当局也并不认为我亲生父亲是个红军,是关押我的理由,而是因为我在写信找他,并且我为什么要找他以及我在信中谈到他时,我说过了,他们分析、在意并在判断我的语气和内心状态(天知道他们是怎么看出来的)有那种赤化的倾向。

他们抓的人很多,各人情况不一样,可能有些人未必像我这样有一个早年当红军起义闹革命的父亲,但他们,你想想,或许仅仅因为他们有红色的思想倾向,因此,他们就被抓起来了。我在绿岛上后来跟他们生活了很多年,最早时我还以为他们比我要更冤,但后来我发现,情况都差不多,反正那种罪名几乎都是莫须有的,无非是当局在高压的政治态势下必须要做出的一个举动而已。我为什么要讲我那时刚进绿岛监狱的情况呢?因为你在问我问题时,我也发现了,你并不是单纯地要让我这个儿子怎么加快回忆出我父亲的什么内容,你好像确实是个认真写书的人,因为你想知道我怎么会在绿岛时在自己的内心里真正去考虑我父亲是个什么样的人。

好吧,我想我之所以在进绿岛监狱以后才算跟父亲有了接触——是记忆里的接触,更是精神上的接触——这自然是因为我在那个时候被绿岛监狱的那些狱警们非常详细地审问,并且那些所谓的教官是十分苛刻而又系统地对我们的思想开展批判。他们是要我们认识到红色思想是一种特别危险的思想,并且用了很长的篇幅来批判所谓的我们有可能的赤化倾向。

这在当时是让我们集中学习,可以讲,如果不是学习,我们反而是不了解红色思想,至少不可能全面地了解。因为你知道,在那时的台湾,你根本不可能在外边很轻易地接触到有关红色思想的书籍,再加之,在那样的家庭处境下,我的思想意识和我的学术知识,其实都是很系统化的。我养父是台大的,我跟你讲他跟傅斯年很熟,我养母也是个知书达理的人。我养父母对我都很好,关于我养父母家庭的情况,我后边会细细跟你讲。当然,我这么详细地讲,是跟你讲我那时刚到监狱所面临的思想改造的情况,只有讲这个,你才明白,我为什么说在那样的情势下,反而让我对我父亲那样的革命经历和思想有了个新的认识。这不是虚话,因为现在,我们可以心平气和地谈我们的看法了,我始终不认为我们能够对父母辈的选择,尤其是政治选择做什么评判,因为那是他们自己的事。

就像我和我的养父母,在一生中,我想,我们都不可能做到深入地交流我们的政治观念,但有一点是肯定的,我在20世纪50年代的入狱,其实也彻底地改变了我的养父母。当然我说的是他们的那种对于政治的近乎天真、真诚的自然态度,不过像我们这样的家庭也很多。但是,这是让人无能为力的,因为台湾当时的情况就是这样。

现在,我先跟你讲我到绿岛监狱初始的情况。那是太平洋上的一座岛,刚上去的时候,你就有一种你被孤立起来的感觉。跟你讲,其实根本就用不着戴镣铐,甚至监房都用不着上锁,你知道那是一座孤岛,况且四周就是太平洋,你没有任何办法离开那个地方,尽管后来也发生过类似的事,但始终没有人能够成功。如果单纯从地理上说,绿岛确实合适做天然的监狱,因为在这广阔的太平洋上,这个岛本身就是个完全悬浮的地方,岛上几乎没有什么可以吃的,你看到那岛上满眼绿色,但你只有了解了这个岛,你才发现那些植物,如小树和灌木,其实都是经历了无数年的风吹雨打顽强生存下来的,不是你熟悉的台湾岛上的那些物种。其实你可以想象,因为海风很大很剧烈,并且经常带来海水的腥湿,盐分很高,如果要种那些可以给犯人们吃的淡水作物,只要一起海风,一有大的风浪,这些东西就会完蛋。所以岛上的生存环境是非常恶劣的。

一开始,他们气势汹汹,很严厉,但很快你就发现,那只是做做样子,因为即使让你放开手脚,你在岛上也无所作为,更不用说逃跑了,因为你想生存下去都很难。因为我们是政治犯,所以他们并不担心我们会有什么特别的危险行为,比如逃跑、越狱、刺杀教官这样的行动。他们就是要在这种地方改造你,消磨你,使你屈服,这个最早我就看出来了。

一开始我不是很明白，像我这样被莫名其妙抓进来的人，有什么可以改造的。但随着我的服刑时间的加长，我才发现，你不仅是你自己，你也是一个庞大的有可能有问题的人群的一部分。因为在他们的教育理念下，你会发现，红色思想确实存在，红色思想也很系统，即使他们是为了批判你，批判红色思想，而引入了红色思想的著作和论点，但毕竟在这个过程中，你反而接触并且是全方位地接触了这种红色思想。因而，你可以很平静地看待这些思想内容了。我之所以跟你先讲这个，是因为我想让你知道，我既不想神化我父亲，也不想让你以为我那时很幼稚地仅仅是出于对父亲的思念，才去理解我父亲的。确实，我是进了绿岛监狱后，才开始对我父亲有了点思考的。

4

在绿岛监狱，有一个接待室。但是，最早是很少有亲友能够过来的。但你知道，像我这样的政治犯，毕竟只是在高度戒严时期因为书信内容有倾向才被抓进来的，所以那时我的养父母以为我应该会没有问题被放出去的。但是，实际上情况却并非如此，我母亲是来看过我的。我说的是我的养母，她是一个中学教员，应该讲她那辈人是非常有底子的。我养父是史语所的，应该讲跟母亲不是一个知识层面的，但在我印象中，他们都是非常健谈、非常有观点的人。我母亲并不认为我有什么问题，她仅仅是以为我在根子上还是留恋我的亲生父亲，所以我要找他。当然我养母理解我的这些举动，但她也告诉过我，因为我的这个举动给家里带来很多麻烦。我养父的史语所，是台湾那里会集了大知识分子的地方，当然那时候，史语所的人搞学术的风气并不那么强烈，我父亲脾气很不好，不过我一直不是很理解我的养父，我和他之间缺乏沟通。但通过我养母我知道，我养父一直是想办法要救我的，所以他很担心我在岛上的改造情况，而我养母对政治有着近乎天然的排斥。在我养父母家里，我还有个哥哥，他是一个军官，是在部队里的，国民党的部队是一种正规建制,他很注意在部队里的表现,所以家里出了个我这样的人,对他的前途应该是有影响的。

我养母跟我谈过,但是她尽量回避这一点。我记得我养母最早时是来看我的。后来不知什么原因,也许是政策原因,也许是身体原因,就没有来看我,至少是很少来看我,后来就没有来了。当然我养母对于家里的事情本来就没有真正的发言权,掌控家里局面的是我养父。我养父一开始自然是营救,后来他应该清楚这是一件漫无边际的事情,所以,他也考虑到了他必须尊重现实,再说我是一个经历了审判的服刑犯人,任何人想改变现实都是很难的。但我知道的是,虽然我是养子——这个当局是掌握的——我养父可以比较清楚地撇清跟我的关系,但他这样做的目的不是为了甩掉我,而仅仅是因为他的亲生儿子正在部队里,他还有个女儿,就是我的妹妹,她跟我一直很好,并且她是一个很有头脑的人。

我养母后来告诉我,说妹妹对我很有看法。我那时并不理解,为什么我妹妹会对我有意见。当然,那时在岛上,关于赤色思想的严格警惕已经成为一种风气,我想我妹妹可能有她的认识吧。一开始,我是有点绝望的,因为我不知道在太平洋上的这个绿岛,何时才能熬出头。但大概也就年把时间,我就适应了,因为你没有办法不适应这个局面,你也知道,你只是一个大运动的一部分。我说了不少在绿岛监狱的事了吧?我跟你说,我的思想是经历了一些周折的,但这些都是说,我还处于一个不稳定的状态中。在岛上的改造学习使我了解我亲生父亲刘行远,并且它会让我复活我那些已经模糊了的早年的记忆。因为我是与养父母一起撤到台湾的,所以我对个人命运基本上没有什么预计,我是觉得我在这个家庭里能够生活,能够有这样的日子,已经很不错了。

我对我养父母是感恩的,所以我被抓进去之后,也很担心我的事情对我养父母的影响,但随着改造的深入,我才发现我血液里存着的还是广城畈的基因,并且我始终在想如果我不能从那个杀我家人的现场逃出来,那么现在我根本没有机会来看这些大历史在我这个人身上会有这么深刻的影响。并且,我想我还年轻,那时,我应该要振作一点,所以我说我在绿岛上克服了绝望情绪,我不仅自己这样说,我对我的狱友也是这样说的,虽然后来有些狱友永远离开了我。

5

跟你说实话，现在我跟你回忆我父亲的事情，我先讲了我被关在绿岛，这是20世纪50年代初期的事情，那是我在绿岛的监狱生活的开端，也是他们漫长的审判改造我的开始。尽管我也跟你说了，其实我对我父亲，特别是他所从事的革命事业所知甚少，这都是真的。可以讲，从理解上讲，我可能对我养父母的情况反而要更为清楚些，因为他们都是知识分子，他们有观点，并且你想想，他们是收养我的人，他们在观念上、在待人上，有中国人最传统的那一面。至于他们是如何收养到我的，这里面也有个过程，后边我都会讲到。我说我回忆我父亲，我却要从那个绿岛监狱说起，是因为跟你讲，我回忆这个事，是有一个条件的，那就是我总要牵扯到我当时系统地理解我父亲，是有一个外部的因素的，那就是当时台湾非常严厉的戒严时期对于红色思想的极度戒备和警惕。然而，从我这个人来说，也可以说即使是监狱生活，它也具有一种塑造力，因为历史地看，人不能撇开历史而存在，人正是你所看到的历史的一部分。

所以当我现在马上就要跟你讲到我父亲时，我立刻就有了那种当初在岛上以及来岛上之前被审讯的那个氛围。可以讲那个氛围与我对我父亲的回忆都是强烈地绞合在一块的。所以现在我跟你这个写书的人再来讲我的父亲以及我的回忆时，我又会回到那种氛围中。你知道那是一种非常不好的感觉。但是，我想我们又是不能逃脱历史的人，如果历史上曾经发生过，并且让我们在历史中扮演了某个角色的话，那么我们没有必要去祛除这个角色。

好了，我还是说我父亲吧，其实我也没有办法直接来跟你形容我父亲，或讲述我父亲，我只能说我讲的都是发生在我身上或我眼前的跟我父亲有关的事情，也就是说这些事情都是因为他，有他在其中，或是由他而引起的。

我记得他们反复地审讯我，要我交代那些最重要的细节，就是当时是怎么去抓捕我父亲，没抓到我父亲，他们又是怎样来杀我家人的。自然，他们是要了解我这样一个人又是如何从那个现场逃掉的。他们这么问，是想要挖出我这个人，从那个逃离死亡的九岁的年纪开始是如何被那种红色思想给吸引，或者说诱引的。而他们会对我这个经历，为我列出改造办法。我想，他们是有一整套完整的对付像我这样一个人的改造办法的。

我记得那时我说的是20世纪50年代初期，我已经快三十了，我是个在观念上有自己独立见解的人了，即使是政治，虽然我不是从事政治工作的人，但我多少还是个知识人。我就在一家工厂的办公室里做文员，虽然很普通，但我养父母那时在为我妹妹办好了去美留学的手续之后，准备也把我送到美国。我在工厂的文员工作只是一个过渡，可以讲我在被关进去之前，是一个正常的青年。那时，我还有一个半公开的女友，她是我妹妹的同学。而在这次恋爱之前，我还有一两位女朋友。这些经历，在提审我之前他们也已经掌握了。他们挖掘了你的一切社会关系，以便于更好地掌握你。在那里的审问，可以讲，在精神上、表达上乃至持续的讲实话的能力上，当局都是看得很透的。也就是说，我不可能会说假话。

所以，我跟你讲，我现在同你讲的，跟我那时跟当局讲的，也没有什么两样，因为只要你是照事实的经历来讲，那么无论你什么时候讲，都是那么回事。但唯一现在让人还有点难受的地方，刚才我也讲了，就是现在再讲这些事，还是会把那时审讯的氛围给带出来，也就是所谓历史的现场感吧，是有点不好过的。

我记得，那时的情况，我说的是我九岁的时候（应该不到十岁，虚岁十岁不到，也就是大概九周岁吧），我记得那些来抓我父亲的人，把家里都围住了，搜遍了。房子也不大，虽然前后有两进，但来了那么多人，所以用不了多久，就全部搞清楚了。然后他们就用枪来顶我们，让我母亲还有我，以及我的弟弟和妹妹，到外边去。那时我不晓得他们叫我们到外边干什么；我们家的大门朝西，一出大门，就要向南转，不然正面就是邻家的山墙；向南的左边是个小方块的水塘，再往南是个给牛饮水的池塘，也不大；再往前就是稻场，在稻场的南边是大堰，在大堰的南边就是丰乐河河湾，情况就是这样的。那时是晚上,应该是有八九点钟,或者更晚些,天上有月亮,这个我记得都很清楚,我爷爷住在另一进院子里,他没有被枪顶出来,当夜被杀死在屋子里。但我母亲还有我弟弟妹妹都是被顶出来了,而且边上还走着不少人,有些是庄上的人。我那时是三个孩子中最大的,所以我比我弟弟妹妹要看得清楚一些,但我不晓得他们把我们顶到外边干什么。我母亲走在前边,她头发散着,可能在哭,因为之前别人用枪托把她的脸打肿了,她讲话都不对劲了。在向南走时,她是讲话的,当然他们仍然是在问她我父亲的藏身之处。她讲她不知道。我想我母亲几乎一直都是在重复这个话。因为已经从那个土坡走过,快要到给牛饮水的小方块水塘了,所以一行人就慢下来了。

这时庄上的人基本上都站在庄口了,但没有人到那稻场上去,所以我才反应过来他们是要把我们赶到稻场上的。这时,我在想,他们把我们赶到稻场上干什么呢?我弟弟妹妹跟在我母亲身后,我母亲走不快,可能他们把她打狠了,但没有人搀她,在那么多人面前,我母亲虽然哭,但她这哭,却不是哭给哪一个人听的,我看出来我母亲是没有办法了。在过那个饮牛的小池塘时,我看到月光照在水面上,因为水面不大,你能看到月亮在水里晃。地主刘天阁家的牛们并不在水塘边,水塘很安静,那些搜家的人现在站在离我母亲远一点的地方,好像他们不再问她什么了。我记得这些人没有问过我话,他们都是我们那个地方的人,但不是很近的人。也可以讲不是广城畈人,他们是从县上来的,但从样子上看得出来,他们是我们那个地方的人,就是说他们是六安人。我对他们有印象,但我没有必要讲这个印象了,如果要讲,就是我们这块地方的人的印象。

我母亲虽然走得慢,但她拐过一个草堆,走到稻场的沿子上了。那时,我还在小水塘旁边,我弟弟、妹妹走在她边上,他们都没有哭,大概不是很知道他们这是在干什么。我虽然也不知道,但我明白不是好事,而且我母亲的脸和身上已经被他们用枪托打得不像样子了。我跟你讲,我看到那天有月亮对吧,月亮就是有用啊,因为有月亮,我就能看见人的脸。

那时,九岁的小孩子,眼睛有多好啊!我看到我母亲盯着我,我记得那眼睛,因为被打得都是血,但眼珠子还是很清楚的,她就那样看着我,没有动。

我在想我母亲眼睛怎么一点都不动呢，而她是扭过头来看我的，我就想母亲看我一下是不容易的，四周那么多人，她这样看着我，她这是在跟我讲，她要让我记得她是看着我的。而我们又都在往稻场上去，那就是都往一个地方去，我就想我母亲是让我注意我要记事，在那一刻我感觉我母亲没有看我弟弟妹妹，而是看着我，她心里是有数的，并且她确实没有看我的弟弟妹妹。我就没有动，因为再往前，我就到那个草堆了。

这时我母亲已经又往前走，她到了稻场上。我站在水塘边，我很想伸手拉一下，其实也就几步远前边的我的弟弟和妹妹。但是，那一刻，我感到我伸不出手，我在想，我只能干一样事情。我头脑里有好多念想，我在想，也许在这么多村子里的人中，应该有人这时走过去跟我母亲讲句话，或者跟我母亲拉一下手。但是，没有。人们也不是很安静，因为要是出奇地安静的话，我想人是要疯掉的。人还是在讲着什么，但我一句也听不懂。我们上河嘴庄住的都是姓刘的人，也有少数外姓，但比例很小，都是一门刘，而且房头隔得不远，他们都了解我们家，但这时候没有人跟我母亲打招呼，而我母亲也没有跟别人讲话。那些拿枪的人，有到了稻场上的，也有还在后面的，因为他们人数不少，所以可以讲他们散在我们四周。我听到这些人都在讲话，但又听不太清在讲什么。我说了，我想拉我弟弟妹妹一把的，但我没有伸出手；我也想喊他们一声的，但同样我没有喊出来。就在这时，我的弟弟妹妹也已经到了稻场上了。

月亮很大，很亮，使得稻场南面的大堰上边都有反光了。在这里都能看到丰乐河，当时水不深，但河湾很大，你会看到河就像一条凹在里面的蛇。沙滩也很大，上边有草，很大的一块铺在那儿。虽然人家在讲话，但我听不清。我在想我就站在那儿，那时我感到我一下子就能飞起来，我就是那种感觉。就像萤火虫一样的，因为我母亲已经到稻场上了，所以这时候我看不到她的眼睛，也看不到她能不能看到我的眼睛了。但我想，她已经看过我了。这时，我听到人群有点骚动，就是好像被推搡了一下那样，动了一下，晃荡荡的。当然，那时，我已经知道他们这是在把我们跟人家分开，不然为什么稻场上只有我家的人呢？也许这些拿枪的人还问了我母亲什么，但我母亲没有讲什么，她已经是个晃荡荡的人了，我想我是听到了很响的像过年的爆竹那样的几声,接着我听到我母亲扑通倒下的声音,还有我弟弟妹妹,我是看到的,我看到他俩歪了一下,就倒在那儿。

我站在那里,我知道他们已经把我母亲还有我弟弟妹妹给打在那儿了,他们死了。这时,我就往西头走,那里有一棵大树,我觉得我是没有跑的,但我身边有一条狗是刘天阁家的,我听到一个很大的声音在讲,你们敢,你们敢!我向边上看,这是大地主刘天阁,他就站在那个土坡上,他手指着西边,那儿是一条路,他在喊,你们敢!我知道他是在喊话,我觉得我没有跑,但我是在跑的,因为我身边的刘天阁家的狗是在跑的。我在往西,沿着丰乐河,向大墩那个方向跑,我是跑出了大概有个百把米吧,已经从稻场西头的嘴子那边绕过去了。我还听到刘天阁在喊,你们敢。当他的声音我听不见时,我才听见放枪的声音,也很响,但我知道那是在稻场上放枪。我几乎一下子就上了大墩,然后我向西继续跑。我一直跑到广城山,再往西,我没有停。我跑了一夜,过了毛坦厂,然后我跑到了大华山。我一直没有停,一开始我想我是在哭的,因为我知道我母亲被杀死了,我弟弟妹妹被杀死了,后来我就不哭了,因为我知道我没有死,我还活着,我能跑啊。我在跑,我有时低头看我的脚,我在跑,我没有死。后来,我就没有哭了。

6

我在绿岛监狱的封闭生活确实也让我对所谓的思想做了很多思考,并且在监狱里的思考跟在外边接触书本或是生活所做出的思考是不同的。更何况,有思想问题,尽管把我抓进去的罪名是莫须有的,但在那个高度戒严的时期,这种情况也是不可避免的。我跟你说了,他们审问我是如何从那个屠杀我母亲和弟妹的现场逃掉的。当然你讲了以后,其实你并不明白他们这样审问你,他们是不是就满意了。当然,很快你就发现即使你已经讲得足够详细了,但他们的要求几乎是无止境的,因为他们要追问的并不是具体的细节,而是要涉及你的思想状况,并且不仅仅是那时的思想状况。

因为那时候我才十岁不到，一个九岁的孩子，哪有什么思想呢？他们关心的是那样的历史细节对塑造和形成你的思想是起了什么作用，因此对你的审问以及你的回答，似乎都有了指向性。我现在跟你讲，因为那是杀你家人的事情，你不可能在讲述时是没有情感的，但这种情感会让他们以为你即使在绿岛上，仍然无法掩盖你对那个屠杀的见解。因为你的父亲是共产党，是红军，那么你就会在交代你的问题时，带有了你的红色倾向。这对他们来讲，是作为一个前提被预设了的。但对于我来说，我不敢说我在掩饰什么，但我想我也并非仅仅是客观地回忆我九岁时遭遇的家人的变故，以及自己的逃亡。但我在心里边，有一道线，这道线是我自己牵着，我在想，就是因为我父亲刘行远参加了起义，我的家人才惨遭杀害，那么我是不可能没有我自己的感情的。但如果像他们说的那样，我就是红色的，那么我想我是没有办法阻止他们去这样想的。

幸亏，在当时的绿岛监狱，也就是所谓的新生训导处，他们也并不是要改变历史，因为历史是改不掉的；他们就是要改造你的人生观，这就是新生的意思。

那时我们在岛上，过了一段时间就适应了，这样我们就可以在岛上差不多自然地生活了。我记得条件很艰苦，但和自然条件相对应的却是，那种对于你的思想状况的近乎赤裸的压制，就是让你必须承认你是有问题的，你是要改造的。我记得有个狱友，叫老聂，当然年龄不大，之所以叫他老聂，好像是他有很深的理论功底，当然他也不是什么学问家，而仅仅是因为他是个很有辩论能力的人。我们那时用于学习批判的有关讲义是很多的，在这些讲义中，他总能很客观地跟训导教官们指出哪些讲义说的是有道理的，而哪些讲义的批判材料写的是不通的。当然那些教官也并非真的在意他讲什么，无非是要让这些犯人们有事可做，有章可循而已。我们那时种菜，但只能种那种很耐海风的菜，即使这样，只要有大的海风，我们的菜仍会死掉。可以讲岛上的生活是艰苦的，不过最可怕的是，我们觉得自己被遗忘了，不仅是被自己的家人慢慢地遗忘了，尽管有些犯人的家人一直在努力，但后来，他们基本上没有什么声音了，因为这样的申诉已经没有了任何松动的可能。而我的养母之前还来过，后来可能是因为我的哥哥，她也很少来了，但有时还是带东西来。

我记得过了几年以后，我那个妹妹来过一次。这个后面再说，我之前跟你讲了，我交代了我从那个杀我家人的现场逃掉以后，很快就被喊去谈话，因为岛上的教官跟我被抓进来之前审我的那些人不是同一批人，也可以说抓进来的审问有了后边改造的跟进。这种审判跟外边的审判是不同的。在绿岛的审判由于有卷宗在，可以讲，现在讲的每句话都会跟被抓进来之前的那些材料形成对比。自然，事情就是那些事情，他们不过是为了改造你而审判你，所以他们的方式跟以前就有所不同了。

我说过我是在那个现场逃掉了，我也讲了我是怎么逃掉的，但那个审我的姓周的教官是个很温和的人。这种温和带来的麻烦是，他是个看起来很有头脑的人，他就问我，为什么你就能逃掉？在周教官边上还有几个弄材料的人，他们都不说话，主要是周教官在负责我的改造。我想周教官现在面对的是我，但他自然也是聪明的，他不觉得他仅仅是在跟现在作为一个政治犯的我在较量。他也是跟那个九岁的孩子在较量，所以这个问题就出来了，那就是我怎么可能从那个现场逃掉的。他这么审我，我是没有想到的。因为在抓进来之前，他们关心我的问题的焦点不在于我是怎么逃掉的，而是我为什么要在台湾还要通过香港的张先生寻找我父亲。这个新的问题让我很难受，但如果我回答不了这种问题，那我就是不服从改造，你就会被卡在这个环节上。

所以，我就跟周教官说，如果硬要问我，那我跟你讲就是那么回事。我说了我当时没有到稻场上去，我身边有一只黑狗，然后就是地主刘天阁的话，是他在喊，"你们敢"。周教官问，那你是不是说，是大地主刘天阁放你走的。我说，我不敢下这个定论，但确实我听到刘天阁是这么喊的。周教官冷笑说，你是看到你身边有大黑狗，大黑狗让你想到是大地主在边上吧。你有没有想过，事情也许根本就不是你讲的这个样子。我说，我可以确定是大地主刘天阁这么喊的，即使你们怀疑不是大地主刘天阁放走我的，我不知道与我讲的刘天阁放我走，这又有什么不同呢？周教官当然是个温和的人，他是个有耐心的教官，可以讲在绿岛上，周教官会做思想工作，那是很有名的。他讲，你那时九岁，但现在你不是九岁了，你应该清楚你讲的话意味着什么。

再说你要明白，不要低估别人的智商，你想过没有，大地主刘天阁会放走你吗？大地主刘天阁是什么人，你知道吗？

我想，这个周教官并没有简单地放过我，但我也并不紧张，我想我不过是一个政治犯而已，更何况我是已经被判掉了的，现在只是改造而已。因为他要我谈大地主刘天阁是什么人，这就让我不得不去想刘天阁是什么人，但以我当时那个年龄，你要让我讲我对刘天阁的记忆是困难的，我指是我九岁以前对大地主的记忆。不过，我说，我不知道他为什么要喊那句"你们敢"，是什么意思，但就是他那么喊，所以才没有人拦我。因为当时庄口上到处都是人，随便什么人都能拦我，也就因为没有人拦我，所以我才从庄口一口气跑了出去，况且还有他家的那只大黑狗陪我一起跑。

7

其实，周教官的温和只是表面上的，他能那么温和，这跟他逻辑性很强也是不矛盾的，他可以把事情理得很清楚。我后来才知道他跟其他教官以及犯人也都在不同场合讲过，他讲刘宜强的问题其实最有典型性，是复杂的，但没有脱离那种他所认为的可以从根子上进行改造的模型。那就是他认为我始终在自己讲自己的话，就是所讲的是实话，但只是按自己的方式罢了。他跟我也讲，他说你讲是大地主放你走的完全是你的臆想。也就是说我是自己认为是大地主刘天阁放我走的，至于他认为是什么原因让我跑掉的，他没有说。他这个人非常讲道理，他讲事情会很清楚的，所以他就先问我对大地主刘天阁知道多少，我也说我对他了解有限。你想杀我家人时，我才十岁不到，一个小孩对大地主能有多少了解？所以，他就讲那我跟你讲刘天阁是什么人。审我时，我并不知道这个周教官对刘天阁掌握到什么程度，我甚至不能理解，他为什么要对一个大地主如此有研究，仅仅为了改造我吗？对我就这样看重吗？

我记得周教官跟我讲，你要知道，大地主刘天阁正是当时组织杀你家人的人之一。我说这个我不知道，当然我说的是当时，就是杀我家人的时候我不知道。周教官说，杀你家人的事情，是有据可查的，虽然来的人，你也说了很多，但你可能不知道，这些人之所以能够到你们河嘴庄杀人，那是跟大地主刘天阁讲好的，你恐怕还不知道这一点吧。我说，刘天阁是我们庄上人，跟我们同姓，而且房头不远，同祖同宗啊。周教官笑了笑说，你可以这么讲，这有什么用？你想过没有，你父亲刘行远干什么去了，他是当红军，他就是要杀人的，他虽然杀的不是刘天阁，但就是要杀刘天阁这样的人，就是杀地主，杀这些人，你不能讲以你现在的年龄不知道这个吧。我说，这个我知道。他说，你看，你真会思考问题，你知道你父亲当红军，干的就是杀刘天阁这些人的事；你又说刘天阁却把你放了，你觉得你这样看问题难道就没有什么不对劲吗？我想这个周教官自然是有改造我的办法的，但即使他这样说，还是改变不了我的记忆，以及我在记忆中所得到的结论。确实我一直以为是大地主刘天阁放我走的，这既是我亲身经历的，也是我的直觉吧。在那个逃跑的路程中，我也是铁定地这样以为的。

周教官却又说，你就没有想过，你的想法只是一厢情愿；你想过没有，在那个你讲的你没有上稻场的时候，是有人救了你？他这个问题很怪异，我是有点不能理解的，因为怎么可能有人救我呢？那些人拿着枪，我母亲带我们几个孩子，怎么可能有人来救我们呢？周教官又说，你讲是刘天阁救你，但你又说你记不得刘天阁的情况，所以我跟你讲，你就是想说，刘天阁救你，刘天阁对你父亲当红军，恐怕是没有那么气愤的，或者讲刘天阁对要杀他的人反而是有慈悲心的，对吧？或者讲刘天阁不认为你父亲当红军是要杀他的，对吧？我说，我只记得是刘天阁喊，你们敢，你们敢。周教官问，你看到刘天阁，在稻场外边？我说我看见了，我看见了，他笼着袖子，望着我。他问，你确定？我说，这个我确定。周教官笑了笑，自己抽出烟，点上。我说了他很温和。他说，跟你讲吧，就是你讲的，这个刘天阁，幸亏他的孩子还在台湾，就在部队里担任要职呢，幸亏他还有后人，否则我都担心，你把他讲成一个大好人，对红军看不明白、看不清楚的人了。他又问，你晓得刘天阁后来怎么样了？我说，我不知道。他说，刘天阁还能怎么样，几年后在另一次起义中，被红军杀死了。我说，我不知道。他说，他的孩子们都出来了,还有在军中任要职的,当然这个跟你没关系。我问你,你是怎么能确定就是大地主放走了你。

其实我并不特别明白周教官为什么要审问关于我认为刘天阁放我走的问题。后来还是周教官自己提醒我的。他说,之所以你这么铁定地认为,那是因为你既不了解刘天阁,也不了解红军。你不了解当时的情况,所以在根子上,你没有弄清楚红军是干什么的,你也没有问明白刘天阁怎么可能会违反规定放走了你,你要知道就是刘天阁和县里派来的剿杀队一起亲自执行了那次任务。

8

后边他们得出怎样的结论,我不知道。因为他们并没有把对我审问的材料给我看,再说我是被判了刑关进来的。所以到了绿岛之后,改造是取决于那些教官认定你的思想是不是已经有了改造的动向,而我觉得周教官似乎认为我是极为顽固的,所以他就往两个方向来继续审我,一个是从那次屠杀之后,就是我逃出了现场,后边经历了哪些事;另一个就是往前,就是在我九岁家人被屠杀以前,自己是怎么过来的。自然往后边讲,会一直讲到我怎么被养父母收养,又是怎么到的台湾,以及如何一直试图去寻找父亲刘行远。往前审,就是为了弄清楚我是怎么看待父亲参加起义的。反正我在被关进绿岛之前也是一直没有见到我父亲的,所以无论如何,我自己自然是以为他们对我的审判始终是莫须有的。尽管如此,我仍需配合,因为这是我在岛上的生活内容之一,如果没有改造,我在这个太平洋的绿岛上就几乎无任何事情可做。

现在,我跟你讲,我认为我是十分平静的,可以毫不含糊地说,随着被关在绿岛上时间的推移,我们很多人确实都已经无所谓了,因为我们明白这样的改造既是对自己的消耗,也是对记忆的消耗。因为你不可能在你的记忆中增加或减少什么,一切都取决于他们是怎么看待你这些交代材料中所体现出来的你的思想。而在我来说，也就是由于这些审讯改造，所以我才对我父亲刘行远的记忆变得更加深刻。如果没有绿岛改造，或许那些早年的记忆即使不是尘封在头脑中，很可能自己也会认为那是另一个世界的事情了。

之前我跟你讲了，我那个养父母家的妹妹对我一直很好，如果说到思想，或许她才是个有思想的女孩，在我被抓起来之后不久她就去了美国。自然，她能够顺利去美国，跟我养父母对我的问题处理得比较清楚也是有关系的。我说过这个叫美萍的妹妹对我一直很好，但那时我没有想过多久才会从绿岛出去。而在美萍那里，有一个矛盾，那就是她有一个同学，一个叫怡忻的女孩，虽然没有明白讲是在与我恋爱，但那时我们已经开始约会。我被抓到绿岛之后，这个怡忻始终没来看我。我是不相信我养母来看我时跟我讲的，她说怡忻并不相信我会是那个赤色分子。当然我从我养母后边的话中听出来，怡忻在意的不是我是不是赤色分子，而是说她没有想到我的家人经历中会有红色的那一段。我想怡忻通过我养母一家人，至少表明了她对于我有这样一个红军父亲是十分在意的，可以讲她是厌恶的，这一点当时我不理解。

所以我在绿岛上，对刚刚开始就被斩断的恋爱生活有了一种极大的厌恶，因为我不相信怡忻会这样看问题。直到几年以后，我那个妹妹美萍从美国探亲回来，她到绿岛来看我，我才知道当时怡忻并没有说这话，也许是我养母带错了话，又或是我养母想当然地以为怡忻会这样看。而怡忻的真实情况是在我被抓进绿岛不久，就很快重新恋爱并结婚，对方是一个做生意的人。我知道美萍一直跟怡忻很好，所以美萍来告诉我这个情况，我自然是知道美萍是为了让我明白，在重大的变故面前，并不是每个人都会坚守。当然美萍让我意外的是，她也站在怡忻的角度跟我讲，她自己也不能接受当时这种突然把我抓进去的状况。我想我是懂我妹妹的，因为那时我们甚至讨论过岛上的生活，我指的是在台湾岛上的生活。我们有人也认为返回大陆是有可能的，也就是说，有些人和父母那一代人一样，认为当局有办法打回大陆去，这是当时台湾教育的主要内容。

我妹妹从美国回来看我时，我已经在岛上改造了五六年了，感谢我妹妹美萍没有忘记我，同时她的探望也让我意识到对我们这些人的改造将会是漫长的,而那时我个人的思想状况已经能够承担任何期限的关押,可以说我已经适应了这种被关押的改造生活。现在我再来跟你讲,在那些年里,因为他们的审讯改造,我交代了我父亲以及我个人的更多细节。我之前讲了,我是从杀我家人的现场逃出去的,那在这之前呢,他们问我为什么我父亲会当红军。这对于我来说,可以讲是个伪问题,因为当红军的是我父亲而不是我。我怎么可能代我父亲来回答这个问题呢?但周教官跟我讲,这个你必须回答,因为只有你认识清楚了你父亲为什么要当红军,你才能自己意识到为什么能改造好,就是你要认识到赤色的危险和对人的引诱。对于一个政治犯来说,没有什么比对思想的穷追猛打更为现实的了。所以我就要一点一点地把我父亲刘行远早年的情况像挤牙膏一样挤出来。但我十岁不到,就是我家人被屠杀之后,我再也没有见过我父亲刘行远,你让我十岁以前的那些记忆怎么才能找到思想的线索呢?但他们没有放过我。

9

我父亲在我们一家人被抓出来杀掉之前是回来过一次的,就在杀人那天之前的一个晚上。他是不是更早一点回来的,我不知道,但我是在那个晚上见到他的,这个我记得很清楚。我跟周教官都交代了,我在绿岛上交代这个情况的心情跟我现在跟你讲话没有太多的不同,因为都是在讲过去的事情,虽然现在已经过去了这么多年,但无论是那个晚上我最后见到我父亲的情况,还是现在我回忆我在绿岛上被审问时我讲话的心态,都带到了你面前。幸亏你是写书,而不是仅仅听我谈一谈,不然我都怀疑我是否有必要让过去这种东西一层一层地剥在这个地方,像蚕豆荚一样。

对了,我现在跟你讲,我一直没有见到我父亲刘行远,我说的是我在绿岛上以及关押在绿岛的很多年之后。但实际上也就是在十多年前,我回中国大陆探亲已经见到了垂暮之年的父亲,这个我在后面再谈。但为了表示我跟你讲的都是我在绿岛上交代的材料,所以我说我那时一直都没有见到我父亲。我跟周教官说我是在那次杀我全家之前的前一天晚上，见到了我父亲。他们自然对如此重要的情节尤为重视，并且这个细节在抓我进来之前是没有审问过的，因为抓进来之前的审判主要是为了弄清楚我为什么会给香港的张先生写信找李能红，再找我父亲，以及我信中透出对赤色的向往，而在绿岛上我终于交代了我跟我父亲的那晚的见面。

就说那晚的见面，我都是按实际情况说的，你想想一个十岁不到的孩子，他哪能有什么判断呢？况且，我确实不知道我父亲为什么会那晚出现在家里。当时已经很晚了，有可能十二点以后吧，家里没有钟，不会知道是什么时辰，但大人们是知道的，他们有一套计时的办法。也许是我母亲把我给弄醒的，也许不是，反正我下了床，披了件衣服，然后我看见我父亲坐在堂屋的桌边吃东西。他见我站在里屋的门口，他就喊了我一声宜强，我答应了一声，然后我就过去了。我母亲在边上用一个布包塞东西，看这个样子我晓得他还要走，他这是在弄吃的。我过去就站在他边上，他没有跟我讲话，我看他吃得很多，饭里有一个大凹窝。我母亲一边塞东西，一边跟他讲，不要吃那么快。后来我父亲就吃好了，我母亲的东西也收好了。外边有狗叫，我父亲就往大门那儿去，他跟我母亲说，这狗不是刘天阁家的。我母亲讲，你真是，又不是只有地主家有狗，刘行水家也有狗啊。狗多着呢。我父亲就站在门那儿，我看他根本就没听进去我母亲的话。

他拉开门，站在院子中，我母亲于是到门那儿去，她轻轻地喊了他一声，我父亲再回来时，好像我那两个弟妹也都起来了，所以我怀疑也未必是我母亲把我们几个孩子都叫起来的。我父亲从院子中再回到堂屋时，看到堂屋里的三个孩子，他就愣住了，他看着我母亲，好像有点责怪她不该把孩子们都弄起来了。我看出我父亲的手对我伸了伸，他这是干什么，我没有明白，我也没敢往他身边去。因为外边的狗总是在叫，所以我父亲就有点烦，但他又看外边，没有亮色。我说了我们不知道那是什么时候，到底有多晚了。我父亲拎了拎那个布包，他没有往我弟妹那块儿去，他们站在黑暗中。我是在大桌子旁边的，我母亲两手搓着，好像很急的样子。这时我父亲好像有点生气了，他跟我母亲说，让两个小的去睡。他指的是我的弟妹，我的弟妹都没有讲话，他们压根就不晓得怎么回事，自然他们也没有喊阿老一声。

我母亲叹了口气，就走过去，把两个小孩往自己身边一拉，然后就沉默着退回到里屋去了。这时堂屋中只有我和我父亲。我父亲没有摸我的头，虽然那是一次分别，但我们确实没有像别的父子那样拉拉手，或是怎么样，我们站得还是那么近。况且他是一直在听着外边的动静的，他没有跟我多啰唆，我父亲就是这样，他就是一直都以不睬我来表示他跟我的关系。这一次就更是这样，他一直朝里屋看，我知道他是看我母亲什么时候从里屋出来。后来我母亲出来了，这时我父亲到左手边的厨房去了一趟，我不知道他是干什么，但我听到我母亲跟到厨房里之后，我父亲讲，我心疼我这几个小孩。我母亲半天不作声。她讲，躲一阵子就好了，不是你讲的吧？我听出这个意思，我父亲还是要到外边去躲。之后他俩又讲了几句，但我一直以为后边的我不该听到，并且我认为我确实做到了，我始终没有在心里边去想他跟她后边讲的几句话。我想我父亲是个心肠软的人，所以他不会在我面前讲什么话，他甚至不怎么愿意看我。

　　这时我很想到厨房去，因为我认为他再从厨房出来他就会马上从院子里出去，而我就是想，我父亲已经躲了不少天，中间来过人找他，还带着东西。只是那时我对枪没有认识，不过我晓得别人正在找他，但他也没有办法，他只能躲起来。我站在大桌子旁，其实我也有劲，我也可以帮我父亲拿东西。我等到我父亲从厨房出来时，他果然是没有跟我啰唆，拿起那只布包，仍然没有摸我一下，或是喊我一声，尽管我知道他是在看着我的，但他就有办法做到了这一点。他再也没有停留，也没有到里屋去看我的弟妹们，他几乎都没有朝里屋那边看，然后他就往院子去。我母亲就站在大门旁，她手放在围腰上，没有动弹，但她身体好像有抽动的样子，这个情形，几十年我都记得。我想我母亲是多么难过啊，但她也是一声都不出。那晚的狗一直都在叫，我听到院门被打开又关上的声音，我能听到我父亲的脚步在山墙外边的路上走动的声音。就这样，我父亲离开了我们。

10

  我先前跟你讲了，我对周教官还是听从的，尽管他对我的父亲刘行远的事情保持着很高的激情完全是为了改造我，但我想他在听了我的那些审判口供之后他还是并没有彻底明白我。我这么说的意思是，我能把小时候我父亲参加起义，然后躲避国民党的追捕，进而躲到深山，我目睹了我家人被残忍地杀害，这些都讲给他听，我本来相信他会明白我之所以如此记挂我父亲，并没有什么特殊的原因，唯一的原因就是我的家庭遭受了这样的不幸，而我父亲是这一切的直接起因，并且他是我唯一健在的亲人。当然，我是指我怀疑他仍然活着，不过，即使在我在绿岛监狱中时，我也并不担心父亲会死去，因为我总以为他会有他的办法生存下去。更何况我在被关进绿岛之前，我确实是从一个朋友那里知道香港有个张先生，这个张先生跟我这个朋友的父亲提到过他认识李能红，而李能红正是我父亲的第二任妻子。那个女人叫六丫头，是广城畈西边太平街的大地主李朗斋的六丫头。

  不过，我被关押之后，并没有受到这方面的追问，因为无论是香港的张先生还是我这个朋友的父亲都是过硬的官员，可以讲，审问者们只有在刘行远这个线索上挖下去，他们才能有理由一直要改造我。我不知道他们是否调查了我这位朋友以及所谓的香港的张先生，但据我的养母在我刚被抓进绿岛来看我时跟我讲的，没有人认为他们会理解我。会跟远在大陆的父亲有联系的愿望，只有一种可能可以解释，当局和那些与此事有关的人，都只认为这种可能是我这个人仍然持有赤色的观念，就是说，当局认为我不仅是有一个当红军的父亲，更主要的罪名在于我是一个有红色倾向的可疑分子。

  好了，我之所以不断跟你讲我在绿岛的处境，我也是想让你明白，在我交代了那么多我父亲的材料之后，他们并没有真正能找到落实我罪名的理由。我想我的供述都是实话，连我自己也并不认为在这些事情中，有什么细节表明了我对红军或是红色的共产党有什么主观上的态度，我的过去仅仅是有一个当了红军的父亲而已。但是绿岛上的改造是漫长的，比我更能熬的是教官,而教官还有我们不知道的另外的途径,因为他们总可以在你的材料中,进行前后的勾连,以找出也许你本人并未意识到的逻辑,这个我后边会提到的。

我跟你讲过,我养母后来是不来看我的,幸好我妹妹在美国留学回来探亲时来看过我,她告诉了我,我女友怡忻已经嫁人。但她的意思并非是要跟我讲在里边好好改造的话,她是十分惊讶于为什么我以前不能把我有那样一个亲生父亲的事情告诉家里边的人,她想知道为什么我要保守这个秘密。对于这个已经在美国求学、接受西方教育的妹妹,我承认我那时反而又是有点抵触的,我觉得她在美国接受的教育会让她与周教官他们在骨子里变得一样,那就是他们不信你会单单从亲情上去看待过去和历史,他们总会看出你必然有一个人生态度,而那时还有什么比把人生态度与政治挂在一起更为流行的呢?

记得妹妹来见我,是在训导处最前边的那栋楼里,我们隔着一个窗子,窗子上甚至没有钢筋,只是木制的栅栏,况且这栅栏也就是临时用木条钉起来的。因为来探望的人并不多,而且经过了严格的审查,所以我想我妹妹来看我多半也是把我当成一个异类来看的吧。我妹妹跟我说,除了认真改造,没有别的办法可以出去。而那时我的想法是,也许一世都出不去了,我看她身后的门直直朝向远处,几乎能看到海岸边的树。其实我妹妹并不知道,也就是有人来探亲或是集体会议时,才会有这样的隔离,若是在平时,岛上都是自由的。

我就经常在这个接待楼前边的空地上滚着一只篮球,岛的四周都是海水,可以讲,让你自由行动,你也一点办法都没有。我妹妹跟我讲的话,也都是差不多比较积极的话,看来她跟教官们应该有了接触,所以我就不讲岛上生活的细节,但我妹妹好像对于我交代的材料也有那么一点兴趣一样,她在谈话中也提到了我交代的一些细节,我就说反正我在这里交代的材料,如果不是因为必须要交代,我是一辈子都不想讲的。我妹妹就说,那么讲,你是从来没有压力,要敞开内心,把过去尘封一世吗?我想她这个意思就是要我回答,其实我并非对我那个当红军的父亲怀有什么深刻的感情。我想对于这个问题我是很难回答的。我妹妹跟我讲,她还要在美国待几年才会回来。我差不多能懂她的意思,她告诉我怡忻婚后的生活很好,丈夫在高雄做贸易生意,夫妇俩也常到美国和英国去。

11

我讲我有个狱友叫老聂,他这个人在教官们看来理论水平也很高,他甚至可以跟教官们辩论,当然这种辩论纯粹是技术上的。那么多讲义,上边既有一些马列主义的原文,同样也有批判文章,虽然批判文章更多是有一些指向性,但作为到狱中才接触到马列原文的老聂来说,他却可以从这些讲义中找到一些问题,进而跟教官们争论起来。我知道的情况是,像周教官这样十分老练的教官对老聂这样的犯人也要更为客气一些,因为关押的时间久了,犯人和狱警也就互相熟悉了。这些狱警除了在岛上换勤之外,他们在台北还有别的事要做,所以他们也会带来一些外边的消息,并且总会在和老聂这样的人争执时挂在嘴上,比如什么,你们被关在这里,你们根本不知道外面的情况,当然他们指的是,外面的情况更加说明了我们有在这里进行深入改造的必要。

既然说到外边,我们这里也是有人想要出去的,因为这些人会以为如果不自己琢磨着怎么出去,也许会死在烂在这个绿岛上。当然,我是从来没有这种意识的,我也想过永远出不去,但我并非以为在这里会死掉,因为我觉得这里也有这里的生存法则,那就是你不断地交代你的问题就可以。在这方面,我有时想,我甚至要感谢我父亲有这些事,如果不是这样,我又怎么可以交代得那么多。当然这是自嘲的话了,我没有别的意思。我跟周教官也说过,你们不要以为我交代这些材料时是有那种倾向的,如果你们这样以为,你们完全可以封住我的嘴,不要叫我讲出来。因为这样的审判改造遥遥无期,所以你难免会和你自己交代的这些材料之间产生一种奇妙的关系。也就是说,连你自己也想找到为什么这些事情会发生在你的身上而不是在别人的身上。这是个很古怪的现象,在你刚被关到岛上的时候,你是不可能有这种想法的，但随着你交代的材料越来越多，你就会沉入到这样一种教官们诱导的假设中去。那就是，你过去所经历的事情并非仅仅是客观的，你也是必然要有这样的事情。我想，他们就是要让你自己也认识到，并不是别人在怀疑你有红色倾向，而是你本来就是有这样的思想的。我想，审判的效果就是这样一步一步累积的。

我有个狱友叫小馄饨，这是个小个子的年轻人，当然只是比我略小一点点。他起初是个很扛得住的人，但同时他又是一个倔脾气，他对自己的思想很看重，所以他就比较教条了，在我们学习讲义以及写文章的时候，他总是会阐发得很多。虽然在岛上的改造生活总体上是平和的，也就是说没有什么体罚之类的，但你也必须配合改造才行。大概也就是关进来一两年之后，小馄饨就萌生了逃跑的念头，他跟别人也讲过，他迟早要逃出这个恶魔岛。我是不大拿他的话当回事的，因为刚关进来那几个月，乃至一年以内，确实有人要跑，还有装疯的人，但都被压下去了。看那太平洋，任何人都知道，你无论如何是出不去的。

但这个小馄饨却在大概几年之后，也就是我妹妹来探望我之后不久，弄了一只打出来的船，从岛的北边向外逃跑，结果由于风浪，他又被吹了回来，然后就被关在岛南端的一座碉堡里。那个碉堡我们刚来时还去看过，就是一个很大的水泥工事，洞口都是敞着的。还是老聂跟我讲的，他讲小馄饨就被关在碉堡里，然后我们晚上就去看他。那时教官给他发了手电，目的是为了让他在碉堡里更加安心地学习讲义。说是禁闭，其实就是在洞口安了个铁栏杆，然后就不管你了，他自己的东西都带进去了。我记得老聂有烟，听他吹牛，他是从教官那里搞来的。名义上他是跟教官们在争辩，但教官们会把他反映的以及认为教材中不合适的地方加以修改，所以教官们对老聂总是很不错。老聂有烟抽，我就跟在老聂后面去碉堡那跟小馄饨谈心。

小馄饨用手电晃我们，老聂就讲你不要晃，我们是来陪你说话的。小馄饨就讲他还以为监狱里的人夜里会把他给干掉。老聂讲你就放心吧，他们不会杀你。他们把你关在这个地方就是来吓其他犯人的，看别人以后还敢不敢跑。小馄饨就跟我们讲，要不是海风吹的方向不对，他现在说不定已经漂到基隆了。我不晓得他是怎么得到这个结论的。我问小馄饨为什么要跑，我觉得这个问题很重要。小馄饨还是那句话，我们不逃，我们迟早要死在这个地方。老聂年龄大些，他就鼓励小馄饨，他说，小馄饨啊，不管你怎么跑，你都还是跑不掉的。与其这样，还不如好好改造呢，说不定，改造以后，你还能成为政治家呢。政治家？小馄饨问。老聂把小馄饨的手电从铁栅栏里边抵出来，在空中挥舞着，光柱向天空射去。他说，你想想，台湾不可能永远是这个样子的。我听老聂讲这话时，我浑身都是起鸡皮疙瘩的，我有一种奇怪的反应，但我又说不出来。什么叫"不可能永远是这个样子"？我想我以前恐怕也从来没有真正思考过台湾的命运吧。那晚老聂一直把那手电光柱朝天空射去，我总是在发呆。

12

　　周教官没有跟我明说他是如何从我交代的材料中得出我跟我父亲刘行远之间并没有那种别人想象中的感情，当然他指的是并没有那种极致的父子情深。这个结论在我看来，我也是无法反驳的，因为我确实也并不知道所谓的父子情深是怎么回事，对于一个九岁左右就目睹了家人被杀，以及因为自己的父亲被迫躲进深山老林里的人，我该如何去谈父子情深呢？即使今天，你要写书，你来听我跟你讲述往事，我同样是无法来讲述我和我父亲刘行远之间的父子感情的，这是一个很困难的话题。但我讲周教官的这个观点，也不是说我在意他们否定我和我父亲的感情，而是因为他们之所以在我的材料中说我和我父亲没有那种父子情深，他们是为了讲下面的这个定义，那就是我之所以要找我父亲，并且不惜从朋友、朋友父亲以及香港的亲戚熟人关系去找亲生父亲，目的并不是父亲，或者说父亲只是一个父子关系上的位置，重要的是我看重父亲的身份，也就是说我要找的是红军父亲。或者说我要找的是红军，是父亲刘行远的那个身份，我想他们得出的这个结论反而也让我并不吃惊，虽然有那么一点绕口令的感觉，但我想我是明白的，他们之所以要定我的罪，关押我，审判我，改造我，就是因为我对红军、我对红色是有倾向的。就是说我是反台湾当局的，我是反蒋介石的，他们的道理一直都是很顺当的，我能说什么呢？虽然我无法不认为这是荒唐的，他们得出这个结论，况且给我定材料的周教官是一位资深的类似于政治家这样的人物，他们并非是要突出我，但我想也许我的经历在他们看来有某种典型性，也有某种意外性。更何况我的养父母一家情况特殊，养父是大知识分子，哥哥是军中要员，所以能够从我这个人身上找到突破性，显然意义重大。

而那时，我知道的情况是，在我养父母家庭里，即使是我养母那样非常和善而有头脑的人，也不再来绿岛看我，因为时势使然，岛上的局势使他们无法不跟我划清界限；我妹妹即使从美国探亲回来看望过我，但想必也是跟监狱方面是达成什么帮助我改造的共识的。对于那些定在我身上的材料，我是没有办法见到的，我不知道他们写了什么，但关于我是在寻找红军，而并非是寻找父亲的论断，还是让我哭笑不得。但我在前边也跟你讲了，如果你被关得足够久，并且是以那种近乎自然的方式——因为教官和犯人，大致是在同一个时空中生活，所以使得你不自然地认为，改造是如此平和，就是具体地跟你谈，为什么你会变成一个对红色有倾向的人。当局远在台湾岛，而在这绿岛上，他们提供一个时空给你，让你对自我处于不断的发现之中。

我想，如果长期把你隔绝起来，又是在这样一个太平洋的岛上，这会使你意识到你至少要和自己和解掉，你没有任何必要和能力去对抗那些莫须有的东西，所以我讲周教官跟我不断地谈话，他得出什么稀奇古怪的结论，我都是要接受的。那么，我想也许只有事实是重要的，就是说你到底经历了哪些事。我跟小馄饨那样的人不同，我没有死亡的预感，我也不想跑，我至少在绿岛上有这样一个印象，那就是不断地审判和改造，至少可以使我对过去的事情有了记忆，这记忆会跟我在绿岛的生活本身一样，被纳入到我的脑海中。所以，我想这时候交代材料反而是重要的。至于交代了材料之后，教官们怎么看，那已经不是自己的事情了，我想我就是在这样的背景下不断深入地向他们交代了我目睹的别人屠杀了我一家之后，我是如何过下去的。

13

  我现在跟你怎么说都可以了吧，因为你写书，而且现在是什么社会了，我想每个人都可以想怎么讲就怎么讲了吧。但你发现没有，即使是到了想怎么讲就怎么讲的年头，你也还是只能讲事实，因为只有事实才有力量，才有意义，也才是可以讲的，对吧？

  但我前边跟你讲那么多，我既讲了事实，也就是你要写刘行远，写我父亲这个人，所以我就讲我记忆中的他。但你也发现了，我虽然讲他，但我跟你讲了，我是在回忆我在20世纪50年代初期开始被关在绿岛上，我在绿岛上跟周教官所交代的有关我父亲的情况。虽然情况就是那个情况，但我又必须要这样来说，我想你应该明白，其实之后很多年，我对父亲的记忆也就是我在九岁，我全家被杀之前的那个印象。我之所以要讲我在绿岛被审判改造所交代的我父亲刘行远也实在是因为如果没有绿岛的改造，也许我的生活会是另外一个样子。但不论改造与否，我的生活前前后后，都跟我父亲当红军有了绝对的联系，所以我想只有交代了我在绿岛上审判改造的情况，你才能明白为什么我记忆中的父亲是那个样子。也许你也会说记忆本身就有主观的成分，但我的意思还不止于此，我更想让你知道的是，人只有在意识到主观可能会对记忆有影响的情况下，你如何保持你记忆的真实性，那么这样的记忆才能更经得起推敲，也因而我前边甚至跟你讲，我都一直以为今生今世再也见不到我父亲了，自然我说的是我在岛上被改造时的心态。而事实上，你也知道，我在20世纪80年代，两岸关系改善，特别是有了通航之后，我到大陆又见到了我父亲刘行远。这个具体的情况我后边再谈。

  现在我还是讲，我在绿岛上的心态，就是以为再也见不到父亲了，九岁就分别了的父亲，而我对父亲的回忆都是在审判改造时对周教官他们所交代的内容。而今天，我可以向你保证的是我在绿岛的这些回忆，无论他们给我下了什么结论，或是对我有什么压力，但在我来说，回忆本身却是最重要的，因为如果没有这样的回忆，也许我根本就支撑不了在岛上那近乎绝望而艰苦的改造生活,我指的尤其是思想的改造。我前边讲了我交代了我目睹别人屠杀了我一家,我母亲和弟妹倒在我眼前,而我从现场逃了出去,我一路狂奔,到了东河口、毛坦厂,我到了那个地方,我那时也知道是到了山上。你自己也是广城畈出来的人,你应该知道,光从地理上说,毛坦厂这些地方离我们老家也不远,但从地形上说,那就有了重大的变化了。因为这里是山区,大山之大,几乎难以想象,所以一进到这个山区,虽然还没到主脉,但你从大华山那边翻过去,你就有一种感觉,任何人都很难在这个地方抓到人了,而那时我知道活着是我最大的目的。也许,直到今天,我也还是这个感觉,那就是我自己要活着。

虽然你现在写书,在绿岛上我交代材料是为了改造,但我都没有谈过我除了要活着之外,还有别的什么想法。确实,没有。你知道,那时我才九岁,也就是虚岁十岁不到,我没有这些考虑,我不过是知道现在我要活下去,也许活下去有点难,但我毕竟跑出来了。我对大山并不陌生,虽然我们广城畈上是畈上,但我们家也有亲戚在山里,所以对山里的情形还是知道的,但我在山里并没有停太久,我知道越往里边走,山会越大。我在毛坦厂向西南的那一块山头上待了一天,我喝生水,然后挖了些芋头吃,只不过吃生的东西很不习惯。我没有碰到大的野物,但我晓得如果我在山上时间久了,野物就会注意上我,这个我在山头上待了一晚上就知道了。所以我就往北边靠,那里是五显和大华山交界的大山弯,可以讲随时能上山头,随时也可以下到谷地去。我之所以想到这个,实在是因为我想我要活命,我就要要饭,也就是说我要讨饭吃,这个念头我很快就有了。

于是,也就是在第三天下午,我就到谷地那儿去,那里庄子不多,但还是有庄子的。我就是从那个叫东石笋的庄子开始讨饭的。起初的几家,我都张不开口,人家以为我是随便走路,所以也没给吃的;后来人家还是看出了我是讨饭的,但我也没能讲出口。记得一户人家的一个中年人跟我讲了几句话,他就给我一碗东西,大概是煮熟的带菜叶子的剩饭。我吃得很快,这过后,那个人跟我讲,你要有根棍子,还要有一只碗。我想他是在教我讨饭,并且我从他家大门口走了老远之后,他还追过来,在塘埂那里跟我说,讨饭不要紧,他自己也讨过饭。我想这个人的话对我有很大的鼓舞,所以我就弄了根棍子,并且在另一个庄头的路边捡到一只白碗,然后我就一路讨下去了。我在讨饭时一开始仍然讲不出话。这样别人一般都不会给我饭的,因为人家不知道我是要什么,也许别人看不出我是要吃的。后来,我只有到饿的时候,才能喊出来,要一口饭吃。可能我的声音有点吓人,反正虽然我总能要到吃的,但我感到别人并没有对我有什么同情,也许他们根本就不会考虑到我有什么身世,但要一路讨下去,我自己也没考虑过。我是要向外走的,不可能老在这个东石笋一带的谷地里要,那时我害怕离开这块地方,因为无论是从五显去南边,还是从小华山往西北,都不是容易的。往南要进山,我怕山里的野物;往西北要过东河口,也许那里有人要抓我。我就不敢离开这一块。

所以我在这一块要了几天饭,人家就盯上我了,说我怎么老在这个地方要饭,甚至有人问我是不是从底下广城畈上来的人。这样我就非常害怕了,我想毕竟这里相距不远。很快或许就会有人认出我来,那样我就麻烦大了。在我犹豫的时候,我在茶山那里遇到了另外一个要饭的,他说他看见我有好几天了。我就讲我没有吃的,我父亲都死了。他也不多问,他就讲你老在这个地方要饭不行,另外,你要有本事。我不晓得什么叫要饭本事。于是,我就问他要学什么本事。他就讲,你要唱戏,我讲,我根本就不会唱。他讲,那我教你。我多小的孩子啊,但我还是不想学戏,因为我也晓得学戏就是学个本事,而我跟这个老要饭的又并不认识,他凭什么要把这个本事交给我呢?我就害怕,我说我怕学不会。他讲你要是学不会唱戏,你就要不到饭。我问他,我前几天不是要到饭了。他就讲,你真是小孩子,你真以为别人平白无故给你吃啊,你想得通啊。我听他这话没头没脑的。他教我唱,他唱一句我就跟一句,就几个调子,但他跟我讲,调子我教给你,够你学的,但唱戏光有调子不行。你讨饭一唱戏,就是要唱自己可怜,要唱自己的事情。我讲我讲不出来。他讲,不要紧,你饿得不行的时候,你自然就讲得出来了。这个老要饭的,他叫老胡吧,我大概听他讲他叫老胡,我也听别的要饭的这么叫他。

老胡带我走了一个村头,我那时不晓得他要带我走出这块地方,我跟他到一个叫麦荫的山村唱起了要饭戏,他一句,我一句,我不唱戏,只跟着哼。那是在靠东河口比较近的山弯里，仍然是丰乐河，只是这里是上游，河水很小，但河谷很深。在那个庄子的角上一户人家，我听到我们转身后，有个大人在讲，这小家伙是刘行远那个广城畈人家的。我听了以后，没敢回头，我明白了这个老胡跟我讲的，在这么个地方，即使在之前那几天，人家给我饭吃，多半就是知道我是从广城畈跑上来的，也晓得畈上有屠杀的事。我一个小孩子，自然对远近没有大人那样的概念。于是我就紧跟老胡，直至老胡把我从东河口街的西边山坳里带过去。再往西，就是朝霍山大华坪方向走，过了东河口之后，坐在大石头上。那个老胡跟我讲，我把你从那里引出来，你现在不能回头了，你要唱讨饭戏。我讲，我唱。他又讲，你光哼小调子不行，你要唱戏给人听，你要唱你多穷多难，你要唱你多苦多灾。你要唱你有多少心里的冤，这样你才能唱到饭吃。

  他看我顿在那儿，于是他就唱了一段，他唱道，我家住在双河镇，大水淹着不能混，我到山头走一走，看见大雪披纷纷。我想我的儿啊，我想我的儿啊，我要讨到三碗米，一粒不吃喂我儿啊，我家住在双河镇……他这样唱，我看见他眼水都出来了。你知道吧，我以后很多年才知道他唱的是庐剧，但在我们老家那儿也不叫庐剧，只叫庐腔，反正戏文不定。我倒是可以记住老胡的唱戏，但老胡跟我讲，你不能唱我的戏文，你要自己诌。我就问他，自己诌不就是糊弄人家吗？老胡讲，不要紧，要的就是糊弄人家，反正不能唱自己的真事。他问我记住没有。

  夜刚起色，天上出星星时，老胡又往东河口那边去，他跟我讲你还是自己讨饭吧，讨饭不能结队，不然都要饿死。老胡走了，我看见他下了山坡，我一个人靠在树下，身边有一根很硬的棍子。老胡跟我讲了，困了就睡，一定要靠在树上睡。棍子一定要握在手上，棍头要支在地上。其实讨饭的人，虎狼是不吃的。我相信他讲的话，我就靠树上，但我没有睡。我在看天上的星，我在唱庐腔。我也想唱，我家住在双河镇，大水淹着不能混，但我又记得老胡讲的，我不能唱他的戏。我也不能唱自己的真事，我只能唱胡诌的戏文，我就轻轻地哼起来，我家住在将军山，一把大火烧得干。下到陈家河去游，半年三月饿得干。反正滴米见不到，伸手爬路讨口米。没米没饭不要紧，哪怕洗碗水一撮，尝点米腥头不晕。我就这么胡诌起来，一直唱来唱去，我就看到我自己唱得心里亮堂了一点，我在想，这唱戏就是好，什么都不怕，看到那满天冷冷的星，也都是在听我唱。

14

我跟你讲，直到今天，我唱的庐戏也还是要饭戏，我不是跟你讲，20世纪80年代两岸关系解冻我回去探亲过嘛，即使回去了，我也唱不出我那时的庐腔了。自然跟我父亲刘行远在20世纪80年代探亲的见面是几句庐戏也概括不了的，我跟你讲了，这个我后面再讲。现在我说的是我跟周教官他们交代了我从老胡那儿学唱庐腔，我才因而能讨饭活下去，所以他们在我的材料中也是自然得出了我对庐腔的喜爱似乎也有我对红军的好感，在其中，自然，你是广城畈人，你是知道庐腔虽然是苦情戏，但它并没有什么倾向吧？即使是大地主家办事，也有专场唱庐腔的，而我讲我唱庐戏是去要饭，我是要活命。

我跟小馄饨唱过庐腔，小馄饨一开始不以为意，他被关在碉堡里，我讲我跟老聂去找他讲话，他人在里边关禁闭出不来，我去唱戏给他听纯粹是逗他开心。但小馄饨后来就喜欢上了，因为他自己是江苏人，他讲在他们老家也有一种戏跟这讨饭戏有点像，我就说反正讨饭戏就是苦戏。小馄饨就叫我唱，我承认我那时，被关在岛上，我还是能唱几句的，但我没有鼓励小馄饨的意思，我也并不觉得他选择逃跑是个很好的主意。后来老聂就不怎么来碉堡看小馄饨，因为那些教官要跟老聂辩论讲义上的内容。虽然老聂是政治犯，但听他跟我讲，教官们喜欢跟他有时互换立场来讨论讲义内容，比如要讲到什么角度上，才能对犯人起到积极的攻心作用。我听老聂跟我复述他跟教官们的讨论，才明白原来教官们也仅仅是在工作而已，其实每个人心里对所谓的红色有什么态度，那完全是自己的事情。

我想我们被关在这里的改造，就是角色被限定了，你的罪已经定了，如果你确实想通过改造本身而出去，这是不太现实的。所以能不能出去，完全取决于台湾的形势,这个老聂跟我是有交代的。我想我有老聂这样的朋友是很好的,他可以跟你讲在这些理论后边其实无论教官还是早前的审判机关,其实大家都是在实现当局的意志而已,也因而几乎没有对错之分。所以,我又觉得像我妹妹告诉我的,怡忻很在意我有一个当红军的父亲,这是多么荒唐啊!她嫁了男人去欧美经商往返,她应该为这种看法感到羞耻才对。但我说,老聂跟我讲教官们的这些有些搞笑的辩论,也是在我们关进去有了好几年之后,而那时,我也说了,他们还在做我的材料,并且让我交代出了唱戏的事情。我跟小馄饨不是唱戏吗,这让小馄饨好像心里有了着落,这个事情后来被反映到教导队去了,反而成为新生训导处的一个新闻,意思是早年唱庐戏的人如今在绿岛上给狱友唱戏寻安慰。虽然周教官提醒我,要注意在岛上唱戏的立场,但这时大家也都知道所谓的改造只是一个形式而已。无非是大家角色设定了,所以在我唱庐戏这件事上,岛上就有了两层皮:一层皮是批判,认为是对过去的那种经历的反刍,当然他们找出了我红色的念头;而另一层皮,在私下场合,他们又认为庐腔是不错的地方戏,曲调婉转,很多人可以哼上几句。我想这在监狱里已经足够变态了,但我并没有主动跟别人唱什么庐腔,我想我给小馄饨唱,仅仅是因为他被关在碉堡里,如果没有人去看他,他就会疯掉。我这么说是有根据的,因为在被关了几年以后,就有人会自杀掉,方式很多,你简直想不出来。但在岛上这都是绝对封锁消息的,狱方担心自杀会传染,而当局在那几年的反共和戒严越来越趋于严重,所以我知道,在我们身边的这些人当中总会有人要扛不住的。

我前边也讲了,幸亏我唱了庐戏,这样我就能要到饭吃,真可谓这也是一桩本事,但事情诡怪的地方就在于你会唱戏,你有了本事,但你还是一个要饭的。我才因而明白人之所以讨饭,那是因为他已经不能通过正常生活而活命了。我记得我是怎么回事,因为我父亲刘行远,因为我一家人被屠杀,所以我只能出去要饭。我在那些人朝我家人开枪时,就明白我父亲刘行远是干了什么事。既然别人来向你开枪,那就是你犯下了大事。那是什么事,当时我不绝对清楚,但我晓得他是怎么回事。

我也讲了,我父亲最后一次回来找吃的,跟我们一家人分手前,他不是到厨房里跟我母亲还交代过几句话嘛。我是要把那话忘掉的,因为我在外边听到我父亲跟我母亲讲,这话不能让小孩听到,听到都会被杀头。那时,我就想我父亲心疼我们小孩,他是没有办法,所以他要躲出去。我要把我父亲母亲讲的话给忘掉,我想我父亲既然跟我母亲这么交代,那我就要把他这话忘掉,但我想小孩的心里很空,所以什么记住和什么忘掉都是可以换来换去的。我是不会忘掉我父亲的话,我听到我父亲说的是,我参加了红军,抓到我,就要杀我的。我记得我父亲他说过这个话,我就晓得红军就是我父亲犯下的事,那些人杀我家人,就是因为我父亲是个红军。

所以我讨饭以后,我心里也明白,我父亲是个红军,但红军什么样子,干什么的,我不晓得。我从东河口向山里边要饭,我之所以还要往大华坪、霍山、诸佛庵里边去,就是想山里边也许那些杀我家人的人来不了,我就死不掉。我讨饭是为了活下去,死不了才能活下去,这个道理我是懂的。我唱庐戏,我自己当时不晓得唱得好不好,反正我讨的戏文就是那几句,但我能要到饭。我记得我到霍山以后,老是碰到深山的竹林,这个我很喜欢,因为竹林里虽然竹子很杂很密,但依然有光线,视线也好,能看到所有东西。在山里讨饭一段时间,我经常碰到野物,但它们从来没有吃我,我就听老胡讲的,靠在竹子上,棍头支在地上,这样野物不吃你,这个法子很灵。尤其是到下雪时候,竹林里根本就什么也没有,很安静,有时我到山中庄上要到饭以后,就到竹林里坐好几个钟头,我感到竹林比我们畈上要安谧多了。

那时我常能找到山洞。这也是一个本事,因为找到山洞,你就有自己的窝;找到一个山洞,你就可以在那四周讨上一段时间。要了饭回来,自己还能烧火。但时间不能长,因为讨遍了那一带的山弯,你就讨不到了,你就得换一个地方。其实,在霍山那里,我没有想过找我父亲。你也晓得这些山也简直不是山,特别对一个讨饭的小孩来说,山太大,山头林立,可以讲这些山没有什么区别,山与山之间,都连成一块。后来,在大华坪西边那一带还是有很多人知道了有我这个讨饭的,有人也讲我庐腔唱得好,所以我走在山弯里,有时会听到有人家喊我,说你唱两句吧。那我就唱两句,人家就讲好。

后来我就在一个姓朱的地主家大门口的大石头上给很多人唱,因为我先是唱了几嗓子，大地主出来讲，你唱得好，你庐腔唱得好，然后就给我吃肉，还给我米，放在米袋里，搭在我肩上。这个朱地主头很大，人也很直，他讲你庐腔唱得好，天生的。于是我就站到大石头上唱，唱不完不给下来，但我唱来唱去就那几句。当然如果我不是在朱地主家那儿唱，我还不晓得这个大华坪西边的龙门冲，其实跟山下已经不一样了。这里在起事，这是我从朱地主门口大石头上下来听一个矮个子男的讲的。他讲，老朱就是听小家伙唱庐腔壮壮胆子啊。我听出来人家讲，这里在闹革命。这样我才感到世上事情总是在轮回，终于我又听到人家讲什么闹革命了。我对这事不懂。因为那段时间在下雪，所以我就从大华坪那个山洞往山里边走。

有一天，我在山头上看到一片竹林，看到竹林里冒烟，然后我就走过去。我就是在那个竹林里又见到了枪，当然持枪的人不是那种杀我家人的人，我分得清这个。但我害怕，又想知道怎么回事。我在跟周教官他们交代这一块时，我也是这么说的。我就是看到了持枪的人，但我没有意识到他们是什么人，然而他们对我很好，他们问我怎么会在这老山里要饭。我就讲我家人被杀了。他们就问怎么杀的，我就讲在广城畈杀的。这些人中有一个人一直在听，后来他就过来，跟我讲他叫宋公江，我讲我不认识你，他讲你真不认识，我讲我不认识。这个宋公江给我弄点吃的，他枪就挂在背上，带我烤火，看我吃饱了，才跟我说，他晓得我家人。我就很奇怪，结果是他跟我讲的，他讲你父亲是哪个我晓得，他没有讲刘行远名字，但我看他那样子，我就猜到他是晓得我家里的事情的。然后他就跟我讲，你在这一块碰不到你父亲了。我讲我就是讨饭，我没想过要找他。宋公江这个人性子慢，所以他跟别人不一样。他跟我讲，你年纪小，不然你找你父亲也对；但你太小了，你找不到了，你父亲往金寨、英山那边去了，或许去江西也不一定，你不可能找到他了。我就跟他讲，我不找他，我就讨饭。其实我是不晓得这个宋公江到底是什么人，我不想多讲。再讲他讲我父亲往英山那边去了，我晓得我找不到。

他给我一些口粮，他跟我讲，你不要再在山上要饭了，迟早要被饿死冻死的，你还是要往东，往畈上走，往老东边去，往城里头去。我问他为什么要往城里头去。他倒讲的实话，他讲，你晓得我们是什么人吧？我没有反应,他就讲了,他讲跟你家阿老一样,我们就是红军。我们在打仗,多少人在围剿我们,你晓得吧?跟你家阿老一样,我们是红军。我听得很清楚,但我并非是绝对能理解他的话,但他讲的话又是那么明确,一是你是找不到你阿老的,二是你要往东边,一直往老东边去要饭。不知为什么,我觉得宋公江的话是有道理的,我就听他的。其实我从大华坪西边从另一道山冲往东北方向走时,我在一个山头上,看到山谷下黑压压的军装,一大批人在朝一个山头包围,而那个山头上就是宋公江他们那样的人,也就是红军。我看得很清楚,背着布袋子,我向老北边方向走。那个路朝丘陵一带延伸,山开始小下去。我跟你说实话,我听宋公江跟我讲找不到我阿老,我反而心里很安稳,我就晓得我阿老还活着,他在英山还是在江西打游击,我是不会去区分的,我只知道我阿老还活着,我就可以安稳些了。

15

我不是跟你讲,多亏那个乞丐老胡教会我唱庐腔,不然我肯定要不到饭吃,要饿死在霍山那一带。但是假如我就在霍山那里要饭,我恐怕会被别人用枪打死了,因为你晓得霍山那地方,红军游击队跟包围他们的国民党军队打得很厉害。这个后来我们都知道,残留在各个根据地的红军基本上都被打掉了,而红军主力从江西于都转战云贵后又都长征往西北去了,所以又多亏那个老乡宋公江给我出的主意让我到东边去。我晓得他是红军,我父亲也是红军,我跟绿岛上的周教官就是这么交代的:我说我是遇到了红军,但红军很自然啊,红军也没有劝我要加入红军,虽然那时我是个小孩子,但红军没有把我留下,红军也跟人讲实话,他叫我不要找我阿老呢。

当然周教官他们对我所讲的、我撇清的我与红军的关系是不以为意的,因为他们自然是知道为什么我要找我父亲,因为他们就是认为我不是在找父亲,而是在找红军。但我说得很清楚,我遇到红军了,红军还给我粮食,但红军叫我到东边去,这我都跟他们交代了。我在往东边去时,我是在唱庐腔的，可以讲我的庐腔是在向东边讨饭的路上唱得更加圆熟的，我能随时胡诌出戏文，但我自己也知道别人要听的是我的调子。我想我往东边去，先要向北边拐一点，这样我可以绕开广城畈，当然这个也不难，我想不是每个人都知道我是被屠杀的刘行远一家人中的一个。

我讲我唱庐戏了吧，其实在绿岛上，我不是说给小馄饨唱戏嘛，小馄饨被关禁闭出来以后，他也要跟我学庐戏。我讲你学不会，这个戏太苦。小馄饨就讲我很教条，他讲艺术就是一种体验，体验是可以找的，他就要跟我学。我想他要学他就学，但老聂是嘲笑我们。

这时我发现老聂跟我们好像不大谈得来了，因为他已经跟教官们处得更为熟络了，有时他还会跟教官们出去，虽然次数很少，但我见过，教官们用那种带多个舱门的白船把他拉出去，他回来跟我们说，教官是带他去太平洋钓鱼。当然，同时，他们是在讨论讲义，而我的教官周教官跟老聂是不大谈得来的，周教官是个过于严肃的人。但老聂有时也会带点好吃的东西给我，他有时提醒我，他讲人还是要有点头脑的为好。我自然是不太明白他讲的话什么意思。他就耻笑我，说我交代的材料可以写历史了。我就晓得我交代的材料在犯人中是比较完整的，也可以讲有了典型性。现在我跟你讲，至于庐戏，我在绿岛上给许多狱友也唱过，特别是我们搞活动的时候，犯人和教官们都坐在一起。每逢节日，我必然要给大家表演，大家也就因而知道我唱庐腔是有一部苦难史的，但别人也都不以为意。我后来就不想给这些人唱庐戏了，我觉得每个人都有自己的想法，并且这些想法之间差异很大，也可以讲，大家都麻木了。

尤其是一直让人尊敬的老聂完全沉入到对讲义的兴趣中，有时他也会问我为什么我认为自己有必要被改造这么久，我想以前他是不会这么看我的，但显然，他已经往前大大地跨了一步。对于他来讲，他已经可以自己审讯自己了。我是亲眼看见过的，他在自己的讲义边页上向自己提出问题，然后自己作答，而教官们不仅看他提的问题，也看他的答案，可以讲后来就没有人能改造他了，而是参考他的改造。他会写很长的心得，然后跟教官们一起讨论。其实他跟我也交过心，但他跟我明说了，他讲我的路子不对，他说我并没有对自己的处境有什么思考。我对老聂是很失望的，但他在岛上的地位很高,到后边可以讲,他可以指使教官了,因为教官除了有时离开岛上,当他们在岛上时,我们过的是同一种生活。有时老聂会在教官改造别人,尤其是新来的犯人时,坐在教官旁边,给教官出主意,那样就好像他自己反而成了教官。当然,他那神气样子我是做不出来的。而且,我始终觉得,摆脱那些压在自己身上的标签才是第一位的,所以我要讲的就是我所经历的事实,而我的亲身经历表明,我从来没有想过我在哪个地方表现过我有政治倾向。我不过是一个一直要争取活下去的人而已。

我讲我唱庐腔,后来我再不想在绿岛上唱了,原因就是在第一次小馄饨逃跑被海浪打回来关禁闭之后的又一年,那时他在岛上跟我学庐戏,已经人人皆知,虽然别人也跟着哼,但没有人会像他那样要实实在在地唱,所以我们在一块的时间就长了。小馄饨年龄比较小,家境以前很优裕,他这个人头脑很灵,也正因为他脑子灵,所以他就总要逃跑,这就是他的事了。我后来,就是最后一次给小馄饨唱庐戏,是在上午十点钟,而小馄饨已经死了。

他是之前的晚上,又是从岛上用大树根挖的船,乘月色要驾船上太平洋。他已经偷偷准备了很长时间,但这一次他的出逃其实已经被狱警们掌握了,可以讲从他偷偷打造独木舟,就已经被盯上了,但教官们没有点醒他,而是随他。那次他上船前跟我还见过,我记得他那样子有点吞吞吐吐的,但又兴奋。我们在探亲楼那个口子上谈话,他讲他现在唱戏才发现人跟人都是一样的,但艺术不一样,就好像他对艺术很有了解似的。我讲你唱庐戏是在绿岛上,我学戏是在讨饭途中,我说那是不一样的。反正小馄饨就跟我东拉西扯的,当时我不晓得他当夜就要逃跑,而且是第二次了。在绿岛上,如果想干掉一个人,那是一件并不困难的事情。但在我印象中,教官们一般不会这样,他们很清楚,他们改造的是一些什么人,而且他们也清楚自身的处境,跟犯人在本质上没有太大的区别,都是在太平洋上荒废着而已。但我并不明白为什么教官发现小馄饨要逃跑,却并不阻止他。他一驾船上了海,他们就从另一个弯角处跟上了,大概也就划出了几百米,然后他们就从后边开枪了。这个情况后来我们都知道,就是把小馄饨在大海上杀掉,原因就是他在逃跑。

所以第二天早上，我看到沙地上的小馄饨时，看到他身后长长的拖曳的印子，大概在海水里血就流干了。他脸是白的，泡得很白，手很细，脸很小，就像换了个人一样。我翻了翻他的肩膀，后背被枪打得很烂，你看不到完整的样子，尽管这样我也并不害怕，我就给小馄饨唱几句，这个倒是老聂跟我讲的。老聂讲，刘宜强，你给小馄饨唱几句，送他去西天。那天，老聂也在旁边，他在抽烟，我就给小馄饨唱，我唱庐戏，我想小馄饨躺着能听懂。自然我仍是胡诌的词，但我也没觉得有什么不妥帖的。老聂烟抽得很凶，因为我们是好朋友，所以教官们也不管，我晓得教官们的意思，他们就是希望大家都来看看，逃跑是没有意义的。我不明白他们为什么要开那么多枪，难道这很有意思吗？后来老聂就叫我停下来，他讲我唱的他听觉得很吵。于是我俩就坐在沙地上，老聂就跟我讲，现在小馄饨死了，下一个不晓得是谁呢。我说反正我不会逃跑。

老聂发烟给我，然后对我说，刘宜强啊，我跟你讲，你这个人什么都好，但就是有一点，你这个人没有观点。没有观点，你懂不懂？我想我是明白他的话的，但确实这也正是我这个人的样子，尤其是对像他这样一个可以跟教官们一起改讲义的人来说，我确实是太没有观点了。关于这个老聂，也许我可以多讲一点，你就会明白，他为什么那时会那样跟我讲，因为即使他自己也明白他跟教官们混得那么好，其他狱友是鄙视他的，但他还是会那么做。后来，我们也都明白一个犯人即使跟教官们一起改讲义，甚至跟教官们一起去改造犯人，那也并不表明他就不是犯人了，他仍然是犯人，其实他只是有他自己的考虑而已。

这个老聂在后来，就是在20世纪90年代以后吧，你也应该能接受吧，他成为一个那样的人，什么人？我告诉你，后来他就真成了政治家了，就像他那次在碉堡前跟小馄饨说过的，也许以后你成为政治家，而老聂自己确实就成了政治家，他后边发起的红衫军，包括游行，包括弹劾当时的地区领导人，等等，他委实成了政治家，而再看他在绿岛上的行为，你不会惊讶政治也是给有准备的人的，这个，也许以后可以再谈。我现在讲的是庐戏，也讲到了小馄饨之死，有人讲小馄饨被放到海里喂鱼了，还有人讲小馄饨被拉出绿岛，回到基隆那里让其家人最后见了遗体，具体情况已经不清楚了。

但我在那次给小馄饨唱庐戏之后，我发现我在岛上再也难以唱出庐戏了。

16

真对不起，你看，你要我讲我父亲刘行远的事情，但我却讲了这么多我关押时期被改造交代的事情，但你知道，这些交代的材料，就是我对我父亲刘行远的印象，或者说他留在我记忆中的就是这些事情。不过你也听出来了，我跟你讲我在绿岛上的经历，包括讲到我在岛上审判中交代的那些材料，当时我的交代也是真实的，这份真实与现在的谈话是一样的。

我就是想跟你说，即使在监狱里，在绿岛这样一个与世隔绝的地方，我能说出来的我父亲的事情也就是这么多，可能你也记住了我讲的我的改造生活以及绿岛上的情况，还有我的狱友，我讲了被枪杀掉的小馄饨、后来当了政治家的老聂，当然还有那改造生活结束不久就病故了的周教官，我想大家都只是角色不同而已。对待历史，我想你也看出来了，一切都是烟云。但你来问我我父亲刘行远，我讲了这么多，其实你知道这些经历其实跟他有关，是他对我的影响，我希望你从我的交代中，明白这既是对你的交代，也包括我讲过的我对改造生活的交代、对教官的交代，我一直是在讲述我的父亲，我早年生活中那个当了红军的父亲。

好了，现在我不必再讲我的改造生活以及改造审判中我后面交代的那些问题了，因为我后边所交代的，我已经可以不讲，跟我父亲刘行远没有什么关系了。无论他们怎么逼迫、诱导，乃至帮助我，我都不可能再提到我的父亲。尽管他们仍在强调我父亲和我有关，我父亲的红军身份在吸引着我，但无论如何我都无法顺应他们的话，因为我后边的流浪，去城市遇见收养我的人，乃至后来进入养父母的家庭，这一切都跟我父亲无法扯上任何联系。尽管他们认为我在思想上有红色倾向，有对父亲那个红军身份的向往和寻找，但事实上，我只能谈我的事实，我没有办法绕开事实来谈我的父亲，当然也可以讲我没有办法再谈我的父亲了。再说为了活着，我那时就认识到，我必须在我的生活中抹去我父亲。虽然在心里边我一直记住我父亲，但我已不可能再说去寻找我父亲，我想他会当好他的红军，这就是那些年我在心里边给父亲留下的位置。

你知道，我是一个讲实话的人，后来我妹妹从美国回来，当然那时我们还没有走得很近，因为更后来，我就从绿岛被释放了，我觉得我没有被绿岛拿走任何东西。现在也可以说，假如绿岛生活重来一次，我仍然是我刘宜强本人。我之所以说我妹妹从美国回来，以及后来我从绿岛被释放，是因为你知道，我妹妹后来还是冲破了她父亲——我养父的反对，以及她哥哥——那个军中要员的反对，不过那时已经相当不同了，时代有了新的见解，也因而我妹妹后来和我走到了一起，这个我后边再说。

我要先跟你讲的是，即使后边改造生活中仍在不断地挤迫你交代材料，但我那些年，我是先被一个叫作琴科的传教士收养，那是在皖苏交界，在泗州一带，他有一个教堂，但是并不完全公开，在一个大湖的边沿。那个地方很奇怪，人们相信耶稣。后来，我才知道琴科在传教，已经在山东那边待了很久，后来在泗州、淮阴一带。多亏我唱庐腔，琴科雇了我，在他逼仄的教堂里唱诗，他看重的是我的庐腔。据后来他写文章回忆，当然这是很后来的事情了，他说他雇了一个姓刘的流浪儿，因会庐腔地方戏，而唱了不少对上帝的歌颂和福音。我想，那时我不过是按他的要求，唱了些他要我唱的歌而已。再后来这个人去了西边，我不太清楚，他把我交给了一个白俄，那是一个很老的老头。多老呢？我没有判断。那时我跟这个叫作别列夫的白俄在上海，我给他做了大概两年多的佣人。他给我吃的。他会讲中文，之所以雇我，是因为我会唱戏，所以我一直感谢乞丐老胡教会我庐腔，正因为我会庐腔，别列夫才雇的我。这个白俄在上海过着很消极的生活，他会问我很多问题，当然他也问过我父亲的事，我没有多讲。他就问我老家，问我的生活，问我流浪讨饭的事，后来他自己倒说了，看来你父亲是个红军。你知道吗？我在绿岛上交代这一段时，周教官跟老聂都狂笑不已。他们说，你看，谁都看得出来，红色没有什么好下场。我在绿岛上，跟在你面前一样，仍然是有什么就说什么。别列夫是个很老的老头，他跟我讲了不少俄国戏剧还有作家的事情。不过那时我不懂，但我想他讲的那些俄罗斯的故事是让我印象深刻的。当然，他太老了，他后来回苏联去了，我再没有见过这个人，但他讲的话我都记住了。他是一个流亡到上海的人，这个他当时跟我讲过，他讲他对他的生活一直是抱有希望的，他还说他是一个艺术家。但我那时太小，并没有领略到他有什么艺术上的气质。再说，他有时听我唱庐腔会睡着的，这就是我的流浪生活的尾声吧。在那之后，这位别列夫先生就把我介绍给了高绍珩，就是我养父一家。从此，我就生活在高家，并一起撤到了台湾。

17

好了，你也听出来了，我在绿岛改造生活中交代的情况就这么多，这也是我真实的交代以及有关我和我父亲之间那仅有的现实关系的全部内容，我甚至都讲到了那个白俄别列夫猜出了我父亲的身份，但我并没有觉得我在别人面前表现过任何对于政治或是世界的独特的看法。我说得很清楚，我所做的一切，仅仅是为了我要活着，这就是我自己和我父亲全部的内容。也许你听我的交代，你也发现了，我从不是在孤立地谈论或交代我父亲，我总是跟你说，我对我父亲也就是一个儿子对父亲全部真实的记忆和认识。我不能说这认识中他个人的选择和存在就是全部，而仅仅是对他作为我父亲，我记起的包括他在内的一家人的历史。我在高绍珩——我养父家生活的经历，这个已经调查清楚了。我没有必要再谈我父亲，否则他们也不会从不知道我是一个红军的儿子，这是千真万确的，我从没有在我养父母家收留我之后，谈过我父亲一个字。可以讲，我是在养父母家的生活里，几乎在言语上完全抹掉了我父亲，尽管在心里边，我一直在惦记他。

好了，这就是我对我父亲的交代，请原谅，我又用了交代这个词，这不是说是在跟你用交代的方式，而是因为我确实也讲了许多我在绿岛监狱的经历，我相信你会明白，即使在那种改造的高压态势下，我也是按事实交代的，你就会知道，真实具有怎样的力量，真实能包容多少情感和内心活动。这一切都在里边了。

我前边也跟你说了，我后来是见到我父亲了，两岸关系解冻了，我不是最早回大陆探亲的那批人，因为你知道，寻找我父亲还是费了些力，当然这并非仅仅因为我父亲，也包括我有一些思想压力。我在考虑么多年过去了，我们双方是否能承受这样的压力，而且我也估计过很可能他早就死了，因为大陆二十世纪六七十年代也发生过很多事啊，但是，后来我还是找到了我父亲的消息。你知道，他是一个很低调的人，可能讲低调都好听了，他是一个不那么合时宜的人。但是，我知道他还活着，我想这就是最重要的了，而那时我早已从绿岛出来，我跟你说了，我跟养父母的女儿结了婚。我在台大工作，可以讲我的生活是稳定了，但我一直在考虑我见到我父亲，我会不会不能承受。我更担心的是我父亲刘行远会是什么样子，多少年过去了，我和我父亲都成了老头子了，只不过他是个比我更老的老头。

见他离现在也快十年了吧？我记得我是从县城坐客车去的广城畈，虽然县城已经有人接，但那个后生是刘家的晚辈，一直不敢跟我讲话，可能是我的表情吓到他了吧。后来，我就回到广城畈，回到了河嘴庄，你听到了吧，我回去了，还是那个庄子，还是那个祖屋，只不过草房换成了瓦房。我父亲刘行远就是那样的人，他坐在堂屋，你看看，多少年过去了，但没有变，还是那间屋子。我父亲刘行远坐在一张大桌子旁，虽然不再是我一家人被屠杀前的那张大桌子了，但模样都还是一样的，跟那时候整整六十年过去了，现在我们都成了老头了。但是，人就是这样，我们又见面了，他在吸烟，坐在凳子上。我从院子中走到门边，我看见我阿老坐在桌子旁，我浑身发冷，头皮发紧，时间像一下子淌了回去。我眼泪太多，但我没有哭，也没有声音。我阿老只站了一下，他身边有一两个人，他们也站了一下，然后身边的人退后了。我阿老坐在那儿，我走到我阿老身边，两个老头子，人生都快过完了。我看我阿老，脸上没有什么表情，他这人就是这个样子，他也没有动，还是在吸烟。我喊了一声阿老，然后我就放下包，我看见我阿老的白发还很硬，他这时才看我，笑了一下，他讲了一句，你也老了啊。我阿老真是的，他就这么讲，他讲，你坐，你坐。我就坐在下沿，他也没有坐上沿，他坐在那个左边的方向，叫我自己倒水喝。屋子里有七八个人，都是老刘家的后生，许多人歪歪倒倒的，我听到他们在哭。是啊，这么多年过去了，我和我阿老又坐到了六七十年前的家里，坐在凳子上，看那茶壶，虽是新的，但跟那六七十年前仍是一样的。我倒了水，给阿老也倒了水。阿老给我拿了根烟，让我抽，我手发抖，几乎夹不住。他讲，烟孬，你抽几口吧。我点不着火，阿老也不帮我；一个后生过来，想为我点火，但又退回去了。我终于点着火，我看着吸烟的阿老，他讲，还是那个样子。我晓得他讲的就是最后那个样子。那个晚上，他回来找吃的，然后我母亲给他收东西，他跟我母亲讲，他心疼他的小孩。但是，这么多年过去了，我母亲和我弟妹早已化为尘土了。世上只有我和我阿老，两个老头子，父子两个人，坐在大桌子旁，我阿老是个很冷静的人，他没有伸手来摸我的头，因为我们都老了。他没有摸我的头，他有时看我一下，也笑笑，但更多时候，他在抽烟。厨房那里，跟六七十年前一样，刘家的后人们在做饭，传来阵阵米香。院子里阳光很好，我看我阿老眼睛还很明亮。我抽着烟，然后我就慢慢地、慢慢地向中堂那儿望去，就仿佛我的家人们都还在。我母亲，还是那个样子，在围腰上擦手，看着我的阿老。我的弟妹们在里屋那个门旁边站着。我站起来，然后我向边上退了退，我跪了下来，在我阿老的脚边，我的头就磕在他鞋边上，我嗓子里在喊，阿老，我阿老，我阿老。

第四部

1949 李能红说

★
★
★
★
☆

方政委说：你们家刘行远是从大别山出来的，他那个地方是畈上。刘行远懂劈土法，因为劈土法，所以工事进展速度提高十倍，这样我们就可以迅速开进。现在时间很宝贵，所以我讲你明白了吧，刘行远是有用处的，他是个好工兵……

1

真不知道怎么会是你这样一个人来写这本书,而这本书却又写的是刘行远。你听我讲话,会以为我是个爱抱怨的人,那你这就错了,我倒不是这个意思。我是想讲,不论哪个人来写这本书,我都感到很奇怪,想必也是因为你写的是他这个人吧。你恐怕已经听出来了,我很不好讲,我心里是有结的,我倒也不想终究怎么把这个结给打开,反正它已经在那个地方了,就让它做个结吧。都到这岁数了,反正也无所谓,不过他的情况,听你讲,倒是不怎么好,至于怎么个不好法,你也没有细说,我就不那么细讲我这时的心情了。我知道你是广城畈人,很好啊,我这个岁数了,碰到家门口人,就冲这一点,我就跟你讲,反正也没有什么好遮拦的了。

你是广城畈人,这就是一个地方的人,但你晓得我是狮子屁股那个地方的人,这个你前边听刘行远跟你讲过了吧。你前几天跟我提到的话中,我听出来了,你对我多少掌握一点情况。不过狮子屁股跟广城畈就隔着几个山梁,从南官亭往西边就是,从小华山那边也能插得过来,狮子屁股是山区了,不像广城畈是畈上,但我们那块地方因为也在丰乐河边上,所以跟广城畈都是一条河上的。而广城畈谁不知道呢?我就不绕那么远了,反正你写刘行远,我是讲你这个事情要来问我,我倒想,如果搁一般人,大概不会跟你讲了,有些事情还是带到棺材里去吧。反正都是这个岁数的人,不过刚才我也跟你讲过,也就是因为到了这个岁数了,反正也可以想讲就讲吧。你恐怕看出来了,我这么犹犹豫豫的,本来这不是我的性格,但如果你动一下脑子的话,你会发现,也许我确实宁愿不讲。这个意思,你应该明白,因为我是在想,刘行远他会怎么看待我讲的这些。当然,我也明白你写的书,虽然写的是他刘行远,但你却不是写给他看的,对吧?

你是写给天下人的,或者讲,你是写给看书人看的,那我就想反正你绕不开我,那我就讲。我之所以这样来跟你先把事情还没讲就捋一下我的分寸,那是因为事情不是一两句话就能讲清楚的。我们已经很多年都没有见了,至于多少年,我却想不起来了。不过你应该看得出来,我们俩的关系,最终弄成了这样,虽然主要原因在于我们双方,但如果他不是那种很奇怪的性格的话,我想事情也许又不会是这样的。所以,我想讲,他刘行远真是个跟别人不一样的人,我现在是冷静了,当然,对于死,我也一直是冷静的,只是那时候我是被他带得有点不冷静,但这都不会被当成什么事。所以,我难为情的地方倒在于,也许我根本就不太适合来讲他,当然,我可以跟你讲的,也包括讲我自己。这我跟你也预告过了,我就是把以前的事情讲给你听,或许你听出来我讲的就是我自己,那我也不管了。不过,我讲我自己也并不是没有意思的,你一听就会明白。

不过,因为你写书,你这个年轻人,身上还是有特殊的东西。所以,我不难发现,即使我讲我自己,但我讲的这些事情里都有刘行远,你就自己去把刘行远写出来吧,这样可好?你看,你会满意的,但你这样可就使我有那么一点难堪了,假如不是你三番五次地跟我谈,并且把前边你听来的事情跟我讲了那么一点段落,我想,我是很难开口讲他的。我说了,我并没有明确知道他刘行远是否同意我来讲他,我这么说,你应该能理解,如果他特别反对我来讲我和他之间的事情,那么我是不能讲的。

不过,你已经跟我讲了,他现在身体很不好,他只跟你讲了他的事情最前边的一个段落,他就没有办法再跟你讲下去了,所以我知道你感到了某种紧迫性,你希望我们这些老人能够在活着时,把知道的都讲出来。但你又很直率,你讲了你要写的书,是写刘行远的,所以我很严肃地对待这个问题,如果这个传主不同意的话,别人去说他就不对劲了。好了,你说我和他不是一般人,这个我知道,确实我和他怎么可能一般呢?我们之间的事情,加起来可以说跟全世界都差不多大了,当然,我说的是那个有点玄的意思。其实这个也不全怪他,要怪可能也要怪历史和时间。当然,现在我们也不是要反悔什么,我之所以先讲这么多,那是因为几十年过去了,也许我对他的愧疚，可能终生都难以平复，我说的是我的愧疚。当然，至于他那方面是怎么理解的，我不知道，也许他根本就不当回事了，尤其现在到这个年岁了，谁知道他怎么想的呢？不过听说他已经不能对你口述他的事情了，对于他的身体，我是真的很担心的。

2

那是1949年春天了，我们在打阮山。阮山你知道吧？可能以你现在的年龄你不一定知道，但是你既然来写刘行远，并且要了解这么多事情，那你很快就会了解这个地方。阮山是在苏皖鲁交界的地方，那次战役打得有多惨烈，现在我怎么讲都很难复述当时的情况，我就讲我记忆中的情况吧。

那时我是在野战医院里，我们是下边的一个师。我们师是相当奇特的，士兵的组成主要是以当初的红军，是红四方面军的人为主，当然战斗总是在减员，中间也补充过很多人，但总体上是红四方面军的人。所以我们是打着红军的精神旗号的，你晓得那时并不是每一个师都能有自己的医院的，但我们那个师就有一个战地医院，不是这个战地医院只为这个师服务，但我们一直是跟着这个师转，这个六师打到哪里，我们这个叫作紫茄子的战地医院就跟到哪里。所以你想想，我们几乎就跟六师是一块儿成长的，从我们建立之初，也就是六师下边的一个特别营的建制，这在战地医院中也是很少的。成一个整营的建制，倒不是说它有多大，而是它那绝对军事化、战争化的性质，决定了我们这个战地医院，见识了太多的血腥和牺牲。

所以在我们这个紫茄子战地医院当医生，如果你心肠不够硬的话，你是没有办法坚持下去的。我是那个战地医院的副院长，我们院长是一个特别有资历的老红军，而且他在师部里也有特殊影响力。我们师是我们纵队里最重要的一个王牌师，凡是难打的仗、难啃的骨头基本上都会让我们师上，所以我们师的师长在纵队里是有特殊位置的。我们师长姓张，人家都叫他老张，但当时他年龄倒并不大。我之所以先跟你介绍我们战地医院以及我们师的情况，是想跟你说，那时之所以那么惨烈的情况，我却得跟着上，是因为我既然是个军人，到了这种快要解放长江以北大片土地的时候，我能够见识到的除了阵亡还是阵亡，尤其是作为一名战地医院的副院长，我对这种情况比别人掌握得要更多。

我虽然是副院长，但我分管得更多的是政治方面的工作，我们院长主要是负责对医院的管理和搬迁，跟随部队协调等事情。而战地医院的政治以及医护人员的政治管理基本上都是我负责的，在那个战争年代，即使是军人，在思想上也还是会出现一些问题，尤其是那些从战场上被撤下来的人，老实跟你说，虽然有些人是救活了，但大部分人，可以说有很大比例的一部分，都是死在了我们战地医院里，因为抬下来时，基本上就已经是没有什么救了，但我们还是会认真去抢救。这些在医院里死去的军人们，虽然很壮烈，但说到底，他们是英雄，永远留在了解放战争的事业中。还有一部分士兵，因为受伤特别严重，而当时的条件很有限，所以他们在战地医院里所受的苦，你今天是难以想象的。

我跟你讲，那一次，二三月份吧，我们一直在打阮山。阮山只是向南打通的一个关口，但阮山尤其难打，我们从霜冻时节就开始打，始终打不下来。敌人的兵力确实很厉害，他们也很明白，如果把阮山给丢了，那么整个包括宿州、泗水在内的皖北平原和苏北一带就没有了屏障，国民党是不会轻易放掉阮山的。而阮山的地理也很奇怪，那儿有一条茨河，在下边还有一片叫作林业的地方，那个地方地形很复杂，等我们后边讲到林业时，我再详细跟你讲。

我想跟你讲打阮山，而那时我本来已经很少直接去给伤兵看病了，但因为人手不够，我还是得不停地去处理病人，那种受伤的惨烈程度，简直不能描述。可以跟你说的是，很多人是少了一条腿，或是炸断了一只胳膊，因为在打阮山时，还没有那种在打江堰或是更南边地区时的近包抄。阮山是个三峰并列的横亘的山区，可以说战场被困结在一个方圆十多里的地方，但真正要去打的也就是三个山头中的两个山冲，而山冲不大。可以说不管是我们，还是国民党一方，只要有人打进这两个山冲中的任意一个，可以讲很快就会被打烂；但你要想占这三个山头中的任意一个，你却必须先进这两个山冲。问题就在这个地方，我们当时是在靠西的方向，我们所依托的只有一个李庄，而国民党军队靠的是东侧和南侧，他们有林业那一块做依托，所以比我们要有利。

我在医院里，每看到有人被抬下来，就要去翻看他们的伤处，可以讲没有人是完整的，当时即使是我们最强的那几个医生，也几乎承受不了了。战士的疼痛几乎就连在我们的身上，我们的止痛药早就用完了，所以我们在手术时，战士是很痛苦的。当然也不是每个被抬下来的人，都可以手术，可以讲我们只能选择那些最重的危及生命、但生命还有指望的人，才会给他们做手术，其余的，要么是转到河南的后方去，或者就放在那里。那时的减员情况，实在太严重了。

作为战地医院，我们不仅要治伤员，做手术，我们还要承担对阵亡人员的殡葬处理。即使在那种情况下，凡是从战场上被抬下来，而死在我们医院的人，我们都会给他们安葬，这是我们的政治任务。而光这一点就让我们的工作增加了很多任务。我跟你讲这个，是说我那时的工作情况，以及战争给个人带来的空前的压力，你几乎没有时间去处理个人的事情，而那时我也没有心思去想别的。这时的刘行远，他在河南，可能在三门峡那一带吧，他不在我们这个纵队。我跟你讲，我跟刘行远离得很远，而且那时我们的通信工具都有很多问题，虽然在部队之间本来是有沟通的，但我们开进了淮海这个大战场之后，我们整个战区就处于一种几乎难以言说的境地。每个人基本上都放弃了自己的日常生活，所以你几乎也想不到要去找自己的家人什么的。

3

我们最终是把阮山打下来了，但打了阮山以后，我们才发现敌人本来就是准备在茨河的东岸来防守的。夺了阮山，我们就在茨河西岸有了一个战斗据点，相比较我们本来所依托的李庄，有了阮山之后情况是不一样的。

但敌人在阮山跟我们打了大概有半个月,可谓是双方都吃尽苦头,战斗减员也很厉害。我说了若是双方不停地填充山冲,来回去争,至少上万人在这场战斗中丧生,但夺了阮山对于我军气势上很有利。尽管后来战争情报分析表明,敌人也并非绝对守不住阮山了,之所以敌军从阮山后撤,那是因为国民党军队分析,在河东岸的林业做阵地战的准备是他们最重要的事情。情况这就明朗了,他们之所以要在阮山打这么久,这并非仅仅为了保住阮山,可以说相对阮山来讲,他们更看重茨河,也就是说他们要在林业做防御工事。虽然我们的人对林业也掌握了不少情况,但他们是守在那里的,所以我们当然不会比他们更清楚林业这一仗接下来的艰难。我跟你讲,打仗就是这个样子,就是这样一寸一寸地打,或者讲,你打一尺,我打一尺。

我在医院里,我是知道我们死得有多惨,反正这些战士一旦打上去,确实也没有什么顾虑的,在我们整个六师情况就是这样的。张师长自己也打,有时拉都拉不住,如果不是纵队司令让十多个兵把张师长从阮山左侧那个山包上拉下来,他当时也要去填东边那个山冲。可以讲,即使张师长填进去也得死,谁填都不会活着出来,因为那个山冲完全暴露在山头上的火力射程中。但张师长没有填进去,当然他这样玩命打,是把士兵也给教会了如何不怕死的。我跟你讲这个,是说我们打阮山是付出很大代价的。当然,你很难讲,从局部看,这个意义有多大,比如说如果不直接打阮山,而是绕开,从稍微南边一点的章渡那个口子去过茨河,可能也行。但纵队司令的意思很明白,因为整个前委都清楚,必须打下林业,如果打不下林业,那么整个皖北皖中,你是打不下去的,林业是个不能绕过去的点。

在我们医院里,我们是有数字的,尤其是那些战死的战士,都有明确的记载,他们的坟场就在李庄后边。那个高粱地头,你可以看到,那一片土地上埋着这些年轻的生命,但因为战斗还在继续,所以你也来不及去细想,但有些士兵,确实胡子都没有长出来呢。战争就是这样,你心疼那是肯定的,所以把阮山打下来,虽然我们也知道接下来的林业更难打,但终归是拿下了阮山,所以我军还是士气高昂的。司令和师长自不必说,就是一般的士兵也都沉浸在兴奋之中。可以讲,现在是喘口气的时候,马上渡茨河去打林业是不现实的。在国民党军队那边,他们已经做好了工事,而我们还不太主张立即就去打林业,因为茨河不大,所以不存在强渡的问题,而且对方也没有在河对岸立刻建火力点,我们打探了一些情报,但不是很清楚敌人的布局,因为林业是一块丘陵地区,没有大的山包,后边有黄庄和土地庙,再后边是一些岔路口,反正在那个地点他们做的工事很奇特。

我们的宣传政策是,因为整个战区作战配合是有计划的,所以我们在选择时机去打茨河东岸。在这种情况下,我军呈现一派平和气象。这也是在两次战斗之间一次难得的间歇。在打下阮山后,我们后边有一个纵深,可以讲当地老百姓都很支持我们,我们做群众工作的工作组是很有成效的,他们推着许多包括粮食在内的东西给我们用,可以讲军民在打下阮山这一仗之后有了很团结的气象。

我起初不晓得张师长会问我刘行远的情况。我跟张师长讲,刘行远应在河南,我和刘行远已经有一段时间没有联系了。师长很关心我,他讲我们在阮山要停段时间,大家都可以跟家属放松一下。我那时心里有点紧,因为刘行远不在身边,而这时我也不好意思提刘行远。部队首长对刘行远了解不多,但他是知道我的。我和刘行远是在开进鲁皖苏交界地带之前,大概应该有七八个月了吧,在河南和河北交界那块叫作十里堡的地方结的婚,是张师长和方政委给我们主持的婚礼。那时他们还跟刘行远开玩笑,说刘行远有福,一个普普通通的兵,却找了一个院长当老婆。

我跟刘行远的婚礼很简单,就是师长他们来宣布一下,然后我们在一起,也就是在当时十里堡的野战医院里生活了几天。之后我们就要向南开拔,而刘行远是留在后方大队里的,他当时是在后勤大队里做一些战争物资的看管工作,他是一个很不多话的人。当时他追求我的事情,在我们整个纵队里都知道,当然他也是老红军,不过相对来讲,人家更能记住的是他那有些奇怪的性格,总认为他这个人跟一般人不一样。他在部队里是个能人,总会想很多办法,比如运东西,比如捆扎东西,又比如平时给人家帮忙,他都做得很好。但他在部队里一直没有升上去,这也不完全因为他文化程度不行,可能也还在于他这个人性格上就不想向上爬,所以他跟后勤大队里的领导相处得都很一般。

他跟我结婚以后，后勤大队也问过师长，问要不要把他抽到师里来，进入随便哪个团，师长也跟我谈起过，我说刘行远待在哪里还是由他自己定。结果刘行远是宁愿还待在后勤大队里。师长还开他玩笑，说他是不想在师里边，让人笑话他娶了个比他要有水平的老婆。我跟刘行远也是交代过的，我说我们结婚了，但我们还是要以部队任务为重。我说的意思是不要因为我们结婚了，我们就放松了对自己的要求，在这方面他自己也还是有认识的。我唯一感到不太好的地方就在于刘行远，他总是认为自己有一套，比如就在我们结婚住在一起，我开赴南线之前，那几天，即使是对于像打下淮海这一大块地区，他倒像个指挥似的，跟我吹牛，说要是他打，他会怎么样怎么样。你要知道，我是赴苏联学过军事的，我虽然在野战医院做副院长，但我也是打过仗的，在中间我上过战场，我是说我也真正打过仗，而不是仅仅做一名医生，但我对像打淮海这样的战争并没有把握，自己会有什么思路。但刘行远他就敢讲，他讲怎么打怎么打。我就想笑话他，但他很认真，他还讲张师长就是能拼，其实倒没有什么头脑。也幸亏他不在战场上，否则张师长不知道会怎么看待他呢。

4

你叫我讲刘行远，我却在外围讲这么多事情，我也不晓得你会用哪些材料。当然你们年轻人现在写书还是别的什么东西，估计跟我们那时候整理材料什么的恐怕是不一样了吧。我之所以要讲这些，因为我要不这样讲，可以说我就没有办法把这些跟刘行远有关的事情给讲清楚。我不是跟你说了，师长跟我讲过，他说现在阮山打下来了，大家都可以跟家属们聚一下。这个在部队里都传达开了，但你要知道能跟家属聚上的，大部分都是领导，可以讲一般战士，都很年轻，甚至扯不到有没有家属这一块。而我们野战医院的那个院长对我是有意见的。他是个老红军，当然我也是，我也是从埠塔寺的起义那个阶段就参加革命的，但我跟院长还不是特别能谈得来，因为他知道我是从学生身份开始加入红军的,而他那个路子的人,倒是跟刘行远差不多,就是从最穷的地方最穷的家庭开始加入打土豪分土地的革命活动的。我对院长很尊敬,当然组织上也找我谈过话,他们也有心要培养我当院长,当然要不是司令那边对苏院长有关照的话,可能我已经升上院长了。

苏院长对我还是有意见的,他有一天接到电话,是张师长打来的,他把电话撂下之后,很奇怪地跟我说,张师长叫你到师部去一趟。而那时师部在李庄,我们野战医院离李庄有几里路,我们倒是离茨河不远,我赶紧把电话拨回去,张师长在电话那里笑。他讲,你整天跟伤兵打交道,我看你神经都忙乱了,你还是到师部来一趟,让你见个人。我心里不知道师长叫我到师部去见什么人,我还在纳闷呢。但是,院长在我放下电话之后,问我,不是要叫你到师部去给他看头疼病吧。我知道师长有头疼的老毛病,但那是没有办法治的,再说假如他要药,他可以让警卫员来取,大概不会这样吧?但听得出来苏院长就是讽刺我的意思。

我赶忙就带了一个兵,当然也是个医生,是个从延安时期就加入革命的一个上海人,他在那边牵马,让我坐马上。这是师里边少有的几匹马之一,主要是因为师长喜欢马,所以才从河北那里一直带在路上的。这匹马是分给我们医院在喂养的,平时也没有人动它,现在小廖之所以牵马让我骑了去,不是为了我方便,而是想把这马牵给师长看一下,以表示我们战地医院对这匹马是认真饲养的。我们先沿着茨河岸走了一段,然后就向西北方向,那时我们几乎能看到河对岸的敌人,但因为双方隔着河,并且河岸是平铺着的,所以双方都没有动枪。这在当时看来,也并不奇怪,要是有人放冷枪,也不是铁定就打不到你身上。后来,小廖还是和我从田里穿过去。路上,小廖就很怪里怪气地跟我说,院长,你到师部去,问问师长,我们什么时候打过去。我跟小廖说,打仗的事情就让他们去打吧,你还是做好你医生的业务吧。小廖戴眼镜,他说,你们当官的说得轻巧,但迟打早打,不都是要打嘛。我听小廖讲话有情绪,也难怪,部队里边的军官们大部分在讲家属团聚的事情,像他这样的年轻人,自然是把这个看在眼里,他心想解放全中国指日可待了。那时我们的政治宣传搞得很厉害,其实大家虽然知道大仗是要靠小仗一步一步打出来的，但对于打下长江，大家心里还是没有底的，至少我是这么看周围这些人的。我们到师部时天已经快要黑了。

5

师长的警卫员中我比较熟的是那个小圆脸，他看起来年轻，但实际上岁数倒不是太小。这人也很传奇，师长之所以一直把他带在身边，据传他救过师长的命，也是一个特别能打的人。但做了警卫员之后，司令给他下的一个死任务就是一定要在关键时刻把张会勤师长给拽住，师长是不要命地能打，但师长要是被打掉了，估计王牌师也就垮了。这个小圆脸要是在不打仗的时候，他就是一个很多事的人，他爱说笑话，所以我还没进门，在外边等小廖拴马，我自己也在整理军装，就看见小圆脸从师部里边跑出来，他在大门那儿就喊，李院长，你赶快进去，你们家刘行远跟师长干起来了。我还一愣，不知道刘行远已经到这里了，我还以为小圆脸在跟我说笑话呢。

我从大门那儿进去，师部是一座两进的院子，是从当地人那里临时选用的。我看见院中的桌子两边坐着师长和刘行远，他俩正在下棋。他俩下得很投入，所以我就站在石阶那儿看他们。刘行远先看见我，但他也没有站起来，还是小圆脸从堂屋那里钻出来，喊师长，讲李院长来了。师长赶忙回头，他看我到了，就一把把棋盘给推了。刘行远脸就红了，他讲师长你耍赖，棋没有下完，你就把棋盘推了。师长讲，我跟你下个屁的棋，你媳妇来了，你赶快让你媳妇把你领走吧。我听出来师长是在开我的玩笑，那时在部队里，人家都是这么说我们的，就是把刘行远当成我的家属，而不是把我当成他的家属。这里边可能还有别的原因，但刘行远自己知道别人这么说，并非因为轻视他，而实在让别人看不懂的倒是由于他那么笨拙地追求我，但他最终还是把我追到手了，并且跟我结了婚。有人也说，一朵鲜花插在牛粪上，这话听起来很粗，但在部队里确实传得很广。刘行远还要跟师长急，师长就从我边上绕过去，他有点神秘兮兮地说，李能红啊，我老张怎么样，对你不错吧？我是派了最能干的战士，到河南去把刘行远给你找来的。

刘行远还愣在那里，我就准备转身，我见刘行远还愣在那里，我就冲着他说，那你还不感谢人家张师长。刘行远没有讲话，他从我边上走过，对我笑了一下，然后他就往堂屋那边去。他自己跟小圆脸熟，所以他也不买师长的账，就要到外边去。师长扎着皮带，总是很干练的样子，他嘴里说，我就知道你们家刘行远心肠狠，根本不把别人放在眼里。我跟师长也讲不了什么，我心想师长也不过是心血来潮，看我们那时刚结婚就开赴了南线，所以他是要把刘行远给找来，他倒是要看看这个刘行远怪在什么地方。我是谢了师长的，师长跟我讲，你要把你们家刘行远好好调教一下，他这个人有点拿别人不吃劲呢。我心想，师长倒不是在意刘行远对他不够尊重，他是没有看出刘行远对他有什么感谢。

当然我自己也没有什么惊奇，没有别的夫妻那种久别重逢的激动。我这个人本来不是这个样子的，但对于刘行远，我确实没有这种感情上的大波澜。这个我不怕你笑话我，你们现在的年轻人，恐怕即使在和平年代，也会在个人感情上有许多让人羡慕的地方，但我跟刘行远没有。别人看起来我们是新婚不到一年的夫妻，也许我们应该在别人面前表现得亲密一点，但我做不到，再说刘行远也不是这样的人。刘行远跟小圆脸已经到师部外边去了，师长和我在院中还讲了些话，他问我那些阵亡士兵埋葬的情况，我把数据什么的都报给他了。他在那儿吸烟，然后跟我说，你们一定要注意立个青石碑，立一块涂上石灰的石板也行，上边要写上名字，历史会记住这些人的。我说一定服从命令。师长还跟我讲，之所以一定找人把刘行远从三门峡那里找来，就是因为考虑到要让你放松一下。他还跟我讲到了苏兆光院长，我听出来他对苏院长不满意，他认为苏兆光有点摆架子，而且因为资格老，经常在医院和一些营部团部交接事情时，动不动就骂人。张师长讲他从不把什么老红军当回事，我听出他话中带怒，我就不想跟他多讲了。张师长朝门那伸头，他又小声地跟我讲，以后就把刘行远留在师里也行。我没有作声，我知道张师长是好意，但我想这个倒要看刘行远他是不是乐意了。

6

  我跟你讲吧，我那次从师部出来和刘行远一起往医院那边回时，他在路上就是怪怪的，我不大看得出来他的心思。因为有七八个月没有见了，而我是表现不出那种夫妻相见的急切心情的，这个在我这方面，我自己是有点原因的，因为全师乃至全纵队的人都知道，是他刘行远死追的我，不然我是不大可能跟他结婚的。不过像张师长、方政委还有纵队的王司令，他们都还是看好我的，只不过我同意跟刘行远结婚，先是让他们吃惊，很快他们也就发现我结婚反而是对我的一个很大的刺激。因为那时我已经有几年时间，可以说心情十分压抑吧，照今天的话来说，是很抑郁的。我跟刘行远一样是结过婚的，刘行远这方面你知道，他是参加埠塔寺起义加入了红军。

  而我这边呢，早年的革命经历也很曲折，但后边我就转入地下了。你知道我们是在城区开展工作，而且在上海、武汉都有活动，之后也到地方上做工作，但总体上是地下工作做得多一点。有一些年头刘行远跟我是失去联系的，但当初我不知道在他参加红军这件事上，我不仅发挥了作用，而且照他的说法，从最开始，他就是听了我的话才去参加革命的。他还跟我讲，他记得我跟他讲过，我认为他是我们广城畈那块地方唯一让我看得上眼的长得还算有点英武的男人。这话也许我讲过，但讲那话时，我是在帮我大表姐汪孝之发动起义，我是有目的的吧，可他是听进去了，这个倒也不要紧，但他的意思是，他是喜欢我的。

  关于他怎么追求我的事，其实也很枯燥，你想想那时候人都很简单，再加之他刘行远是个很冷的人，所以也没有什么花花肠子，无非就是那个意思，什么他觉得我好啊，最早就服我啊，等等。我刚才讲，我是结过婚的，可以跟你讲，我和刘行远的事情，我之前也讲我对刘行远有愧疚，具体是个什么过程，我后边会讲得更清楚。但现在我先跟你讲，我是结过婚的，跟刘行远结婚之前，我是有过一任丈夫的，而我跟刘行远结婚时，他已经失踪了大概有六七年了。但是，就是在我跟刘行远结婚之前的一年，确认了他牺牲的消息。当然这个确认是根据一个并非绝对有把握的消息推导的，但因为已经有了五年的时间失踪不见，组织上确认了他的死亡。所以那时我才同意跟刘行远交往。

这个人叫翟言飞，当然你也许会对这个人感兴趣，自然他也有很多的内容、很多的事情，只是这是另一个话题了。但事情有许多反复，这在我们那个时代也很正常，我跟翟言飞是在20世纪40年代初就结了婚，你想想我们之间的故事是另一个故事，可以讲我一下子无法完整说好它，但你一定要记住我是跟另一个叫翟言飞的男人结过婚的。他是一个地下工作者，当然这还不是重点，我们之间的感情是经过血雨腥风考验的，早年我们是在留苏期间就认识的，是同学，但那时他已经是一名很有影响的党的理论家。他跟别人不同，有复杂的身世。不过你也知道，我父亲李朗斋也是一位开明的乡绅。翟家就不一样，是一个大资本家，但翟言飞对事业是有自己十分精确的理解的，他是那种既有家学，又有政治热情的人，所以我们在中山大学时就互相埋下了情感的种子，只是那时候，我还并不十分有把握能否跟翟言飞成为合适的一对。

我在留学苏联之前，在江西是跟刘行远见过面的，他那时在新四军，可以讲他是费了很大劲打听到我所在的部队。他来找过我。我那时并不清楚他为什么费那么大劲找我，当然我很快就明白他是喜欢我才找的我，但那时我根本看不上他。他也跟我讲了他家人都牺牲的事，我也知道这个，因为埠塔寺起义失败后，我就迅速被组织上转移走了。刘行远是到霍山打游击去了，我知道的就这么一点。所以在我留苏之前，他来找过我，他那时就是在新四军里做物管方面的工作，所以他可以到处跑。我见他我是没有什么情绪的，但他很激动，不过他表现得还算得体，他比我大了七八岁，所以他在隔了几年后再见我，他也知道我不是当初那个和他认识的人了，他有点失望，但他样子看起来还是讨人喜欢的。

在江西，我跟他没有多说话，因为那时组织上已经要安排我到苏联留学，这是很重要的政治任务。我跟刘行远也讲了，我要到苏联去留学，刘行远一直是表现得对什么事都不吃惊，他讲打仗就是打出来的，不是在学校里学出来的，他当然是不希望我去留学。但我想我跟他没有共同语言。听他讲，他在部队里待得还不错，但你听得出来，他跟别人不太一样，他不是太把打仗啊还有敌人啊什么的挂在嘴上，他有另一种成熟的感觉。

7

刘行远和我回医院的路上，我不是说他显得怪怪的嘛，这个我当时也猜不出来他有什么心事。我说过他人很怪，也很冷，他不大容易跟你讲他真实的情况，他有的只是笨办法，除了让我知道他从最早开始，就非常喜欢我之外，我确实也不明白他这个人对我具体有什么吸引力。

我们回来时，师长是让小廖把那匹马又牵回来，小廖听师长讲马长得不错，小廖也就觉得师长还是看重他的马的，但小廖把马牵回到医院之后，我也听到苏兆光院长在叫他，小廖就站在医院那个木棚的外边，苏兆光院长就说现在你们跟师部跑得这么勤，就不是治头疼了吧。我听这话很刺耳，但我也不想跟他多讲。小廖是很害怕苏院长的，因为苏院长在医院里是个说一不二的人，再说里边老红军也还有几位，虽然我也是红军出身，但因为后来就做地下工作了，所以在苏院长他们看来，根本就不是那种打出来的红军，所以不把我放在眼里。小廖被苏院长训了一顿之后，就在木棚前边站着。苏院长找了个什么理由，好像是让他在那里整理纱布捆之类，分明是让他在那里罚他劳动。

天色已经很晚，我跟刘行远住在战地医院东头的一个小房子里。刘行远在窗户那里能看到外边的木棚，他在抽烟，烟是张师长给他的。我跟他讲你怎么这么听话，人家派人去接你就把你接来了。刘行远就说，要是人家就是把我接来做个样子，我不来还不行。我听他这话知道他也有点冷嘲热讽的。外边的苏院长好像又找来了一个伙食班的姓鲁的师傅，这人是个脾气很大的黑头黑脸的汉子。我一直不太搭理这个人，但他是苏院长的同乡，是早年在一起打过仗的，他一直给我们医院做伙夫，并且他毛病很多，唯一的优点就是很听苏院长的话。我知道他在外边是在帮苏院长盯那个小廖，当然小廖自己并非那么老实，他是个学医出来的人，是投奔延安的知识人，他是有政治觉悟的，所以院长训他可以，但这个鲁黑子来找他的碴，他就不干了。不知为什么，我听到他们吵了起来，刘行远在窗边上抽烟，然后就看他们笑。我呢，让刘行远坐下去，刘行远不干，刘行远讲这样迟早要出事。我想这个鲁黑子最多也就是挑衅一下小廖，也不至于怎么样。

后来，我就听小廖来敲门时，一股哭腔，他这个人毕竟是上过学的，他讲鲁黑子讲话很难听。我就问鲁黑子怎么讲的。小廖就讲这话没法讲，但鲁黑子讲你们到后边去吃饭，要叫我在边上给你们擦嘴。我一听也知道鲁黑子可能是嫌我们回来迟，还要给我们弄吃的，但他那样讲小廖，小廖是受不了的。我就拉开门，我让小廖跟在我后边，让刘行远在屋子里不要动，我就到后边的伙房去。鲁黑子在锅灶那儿，他看我进来了，招呼了一声。我就跟他讲，你不要跟小廖乱讲话，你如果不想为我们弄吃的，我们自己可以弄。鲁黑子也不讲话，我就从伙房出去了。

这时刘行远来了，他这个人，年纪比我大，跟鲁黑子相比，他自己也是广城畈穷出身，他自己拿碗就盛饭。鲁黑子晓得刘行远这个人，他不敢讲什么，但从小廖身边过去时，他说了句，我看你还能洋多久。小廖没有回话，我让小廖回去。我自己也添饭吃。刘行远跟我在灶台边吃饭，那个鲁黑子自然是没有回伙房来。我们那晚睡得很晚，因为小廖一直在木棚那里解纱布条，好几大捆，苏院长自己也拎着麻灯在医院大门口跑来跑去。刘行远坐在床头吸烟，有时他也冷笑，就好像他很明白外边这些人在演戏。其实我心里反倒有些怨我们张师长，为什么要派人把刘行远给我接到这个死了那么多人的战场上。

刘行远问我，什么时候才能打过去。我跟他讲林业很难打，现在整个纵队，全军上下都很明白，打过去不是那么容易的。刘行远就讲，那找我们这些家属来，就是给你们鼓劲的吧，或者讲作陪吧。我知道他讲的意思，他这人就是这样，他说的就是要是打不过去呢，或者这样让家属来，要么是见上一面，要么就是一起战死在林业这一带。但他又不明说。我想，或许他自己有落差，因为他只不过是个物资看管员，而我是整个六师里人尽皆知的人物，事情的根子还在于我那已牺牲的前任丈夫翟言飞，人家都知道他是个大理论家，是个举足轻重的人物。但刘行远是不怎么拿别人当回事的，所以他一直摆出来的姿态就是他看不上别人，就像他说张师长有勇无谋一样，他认为理论家跟他不是一个路子的，他是一个兵，但他有他的一套做法。其实部队里的人虽然觉得他怪，但人家还是拿他当回事，认为他是个不一般的人。

他在我面前一般不会提到我那前任丈夫，但彼此心里也都明白，我是因为失去了翟言飞，才同意了他的追求，跟他结的婚。因此，他这个人即使是在新婚分别，七个月后又重聚的晚上，也并没有忘掉拐弯抹角也要提上那么几句话。

8

烛光红红的，我躺在那里。外边动静很大，虽然在为打林业做准备，但医院里的伤员并没有全部康复。小廖在外边忙，那个鲁黑子还有几个兵，也被苏院长支使在外边通宵忙碌。刘行远一直在抽烟，他就坐在床头，我能看见他的脸，不然我们是不会说得那么透彻的，也许他看出来我是在想念我那牺牲的前夫。他很清楚，他在江西找我，在我去留学苏联之前，他就知道他只能把他自己的希望寄托在我的某一次特别意外的选择上，但他这个人的特殊的地方也就在于他不是在赌，也不是要押宝，而是他总是能看出，生活中会有一些意外的东西。因此，他终于等到了，不是说他会料定我跟别人结婚之后，会再次选择他，而是他恐怕也明白，或许他只能这么做，他自己才能过得去。这样的烛光，在这样的战争间隙，又加之我们新婚一别重逢，但我们并没有别人那样的欢乐，虽然我们彼此也懂得对方，但我说过了，他在回来路上时，脸色就有点怪。我并不后悔我跟刘行远结婚，这个选择是我自己做的。

我想我对你说过，他刘行远算是一个英武的人，我们老家是同一个地方的，而且我早年帮我大表姐发动起义，找刘行远时，我已经断定这个人是有革命意志的,他是一个很有定力的人。虽然那时他只是一个农民,但我很小时候就见过他,对他留下过印象。那个早年陪我一起去找他的史八丫头,跟我也讲过,她讲刘行远是广城畈一带的能人,能人你知道什么意思吧?就是说他是一个让人看出他有本事的人。我嫁给他,也并非因为我失去了翟言飞,而是我自失去翟言飞之后,我好像听到了头脑中另外的声音在喊我,这声音叫我要生活,要过下去,而打仗是一种方式,同时,我还要生活吧。

我要生活,那我就要有一个男人,而我又知道这个男人也许跟翟言飞越不相像越好,越不同越好。所以,你明白了吧?我这就答应了刘行远,可以讲我是在瞬间就同意了的,而在这之前,他用的那些追求我的笨办法,我都是从来没有考虑过的。所以我跟他重逢在茨河边阮山下,我当然是不可能不想起翟言飞的,但那是另一种感觉了。我们在苏联期间,先是在中山大学时,我就在我们那批学员中听别人讲,翟言飞是一个了不起的人。不过,那时我不太懂理论,同时因为他出身于一个南方的大家庭,所以我觉得他是个很知书达理的人。当然后来我们在一次饭后的散步中,有一次详谈,在那次谈话中,他跟我谈到了中国的现状,讲到了同去苏联学习的国民党的情况,以及和中共的区别,我也才知道像他这样的人,并不从出身和家庭来看问题。他谈革命形势,谈革命,谈道路,说的是个人的选择,说的是理想。我那时是比较幼稚的,当然这是相对于翟言飞来讲的,但组织上派我去也是考虑到我的革命要求的。

翟言飞最早跟我谈话,就不是把我仅仅当成一个年轻人,当然他那时也很年轻吧。不过他资历很老,他跟我谈话时,是很准确的,可以说,我是被他讲话中的那种精确性给吸引住的。他是一个在理论上很有建树的人,并且在我们那批学员中,他是威望最高的一个。这样,我那时对他是有向往的,但我不会向他表白,而且我知道他也不是一个轻易向别人敞开心扉的人,所以如果说到革命爱情的话,也许那段留苏时光,尤其是在中山大学那段早期的时光,恰恰是最美好也最珍贵的。我之所以要跟你讲我跟翟言飞的爱情经历,是想让你知道,在我们的革命人生中,我们即使在革命,但革命并没有让我失去敏感、感情和生活。相反,也正是革命反而让我们看待事情,对待他人,包括在爱情上,变得更加细致而真实。至少我想我对翟言飞是这样的,不仅仅是因为他对革命思想的理解和表达影响了我,更是因为他在和我交流这些情况时所表现出来的那种风度、那种气质征服了我。你想想,我很年轻,参加过起义,到过延安,并且做了地下工作,深受组织重视,我是一个对自己有要求的人,可以说我自己也觉得翟言飞不仅是一个革命同志,同时他更是革命道路上的一个引领者,给了我无限的向往。

9

早上醒来时,刘行远已经不在床上了,当然也不在房间,并且也不在医院里,他到哪里去了呢?我让人把小廖找来,小廖讲他早上是看到刘行远的,那时他在洗脸,刘行远拿着一把凿子,从他边上过。小廖跟他打招呼,但刘行远只是哼了一声。我想,刘行远拿凿子干什么去呢?就让小廖到外边去找。小廖讲他走不掉,因为苏院长叫他上午在医院里等命令,我想医院里没有接到什么命令;再说组织上是把小廖分派给我当助手用的,因为我做的是政治工作,需要跟医生和护士人员做工作的地方很多,苏兆光这么干,完全是出于对我的不满。他是不是想孤立我呢?小廖不能去,我就自己出去找。

后来我在中大道,就是通向李庄的那个道上碰到几个兵,他们跟我比较熟,他们跟我讲,怎么,刘行远来了,你脸色还这么不好。我就知道他们一定是在什么地方碰到刘行远了,原来刘行远在李庄坟场那儿,我就赶紧去李庄那儿找刘行远。我到李庄时,空气中雾还没有散,但能看到他的影子。我也听到了凿子凿击石块的声响,我知道他一定是在给这个坟场上那些死者做石碑,我就站在那儿看他。他干得很认真,还有三四个兵,都很年轻,大概是在给他做帮手,看样子应该干了有一阵子了。可能有一两个兵看到不远处的人,于是他们就喊刘行远,意思是让他注意我来了。刘行远也不转身,只是扭过头,好像是看到我了,然后就在那儿继续凿。我看见那几个人把那些坟上的木牌子都已经拔出来,搁在原地,已经上了十多个石碑，其实也不是碑，只能算个四方形的石块吧。但刘行远凿得很好看，石块的上端还凿出个菱形的形状，下边也为了便于嵌进坟堆中，做了个齿状的尖尖，那几个人就跟在他后边忙。我招手让一个兵过来，他走到我面前，我才发现这个人就是前段时间被炸坏一只眼睛的伤兵，他是在我手上治的眼睛，现在还没有好呢，当然那只眼是盲了的。他有点哆嗦，他讲，院长，我们跟刘行远凿石头呢。我说，谁让你们干的？他那张嘴答不出来。我就说你把刘行远叫来。他马上跑过去，但刘行远还是不来。我呢，抹不下面子，但我还是过去了，在穿过坟地时阳光很强，并且空气中的雾似乎很快就退去了，所以我站到刘行远面前时，我确实是被他凿刀上的反光给晃了眼睛，他哦了一声，那意思是我不应该来到他凿石碑的地方。

我蹲下来，看到他边上的石块都造了型，现在正在凿名字，已经又凿了一大排了。他讲，是师长让我干的，昨天就讲了。我讲，师长也跟我讲了啊，但师长没说让你凿碑啊。他讲，师长是没让我凿碑，但他跟我下棋时提到了，师长讲坟里那么多人，连个碑都没有，插个木牌子，下一场雨，就全部倒掉，尸骨都分不清了。我心想刘行远他不是个粗人，他果然是听进了师长的话，不过他这么干也有点鲁莽吧，毕竟掩埋战士遗体的事是我们的政治任务，是医院方面的职责，现在他这么自己动手来干，算什么事呢？于是我就问他，跟师长汇报了没有。他讲他已经让人跟师长讲了，师长说要是人不够，就让杜团长派人来。于是，我就看这几个人，大约就是杜团长派来的。我在那里还站了一会儿，但他要把坟场的这些木牌子全部换成这种简易的石碑，估计够他忙一阵子的。

这时我看到从中大路那里有个人边跑边喊，向我冲过来，我就问他怎么回事。他是医院里的一个保卫干事，姓田，田干事冲到我面前，拉我的手就叫我回医院去。我只好走出坟场，走前我跟刘行远讲，不要搞得太累，你是来团聚的，你不是仅仅来给人家修坟的。但他也不计较，在那儿跟几个战士点火吸烟。我回到医院那里时，才意识到事情很严重，原来在那个六团的操练场上，鲁黑子已经被绑在了木柱上，杜团长正站在那里看着大太阳骂娘。我来到操练场上，我问杜团长怎么回事，杜团长就讲，这个鲁黑子完全不拿别人当回事，他居然让小廖把你们睡觉的被子从屋子里弄出来，硬要他顶在头上晒。我没看见小廖，我就问田干事到底是怎么回事。田干事就讲，小廖现在在方塘那块呢，他气得不得了，而且这鲁黑子还踹他两脚。

我看鲁黑子被绑在木柱上，因为他人很凶，所以绑起来之后，就很滑稽。平时他依仗苏院长，在医院里乃至在团里师里都不把别人当回事，但现在被绑起来后，他情绪反而平下去了，只是光在那哼，却讲不出连续的话，他已经不那么狠了。杜团长跟我讲，我把你叫回来，就是让你看看，我怎么收拾这个鲁黑子的。我已经让马干事送我的口信到师部去了，就是让政委放句话，政委要是同意，我就崩了他。现在是什么时候？打林业了，要打大仗了，出这种事，要把我们懂政治的人都搞掉是不是？他指了指被绑起来的鲁黑子。鲁黑子也不求饶。我看了看医院，也许苏兆光这会子没有想到出这么大事，要是知道了，不定他会怎么发火了，说不定他会闹到纵队去。我跟杜团长讲，杜团长，你不要跟老鲁一样冲动，这还是个军纪问题，不是政治问题吧？杜团长本来心里就有气，他是吃过这个鲁黑子不少白眼的，他做团长已经有段时间，打阮山又立了功，现在他是要收拾他的，不过我不太明白，为什么是杜团长来捆这个鲁黑子呢？

田干事把我拉到一边，不时看大太阳。田干事讲，杜团长是听师长命令的。你不知道，师长听马干事电话里汇报了鲁黑子逼小廖把你们睡觉的被子顶出来的闹剧之后，是非常愤怒的。不过那会儿这个老鲁还没有踢小廖。张师长要尊重啊，他能怎么样？张师长打过电话来了，跟杜团长讲，把这号人崩掉吧。杜团长叫马干事到师部去一趟，他是让方政委也知道下这个事，要是方政委也同意毙掉这个老鲁，那就动手。我听他这么一讲，我心里也明白，老杜不是糊涂人，他也晓得师长就那么回事，他不那样，就没办法带兵。一个投奔延安的知识人，你一个老红军是想打就能打的吗？我到杜团长边上，杜团长跟我讲，你回屋去吧，我等马干事回来就毙这个老鲁。我们心里都清楚，马干事一回来，老鲁也就毙不了的。我从鲁黑子边上过，鲁黑子朝地上吐了口唾沫，我想他实在是对我太有意见了。其实如果我那时不到操练场去可能更好，但这个田干事去坟场找我，恐怕也是这个杜团长的意思，他是让我看到他是听师长的，但同时他又是有政治觉悟的，他懂得只要马干事去一趟师部，方政委就会把事情拦下来。我在那里站了一会儿，杜团长跟我讲，刘行远是什么人，他们也不想想，不也是老红军吗？从埠塔寺起义打出来的，一家人都被杀光了，他是你们想作践就作践的吗？我听他抬举刘行远，我就明白，他也并不想让老鲁、苏兆光他们以为他是仅仅对知识人尊重才这么发火的。

后来，阳光更强了，四周的土地一派好景色，马干事从师里回来，就先被苏兆光叫住了，自然鲁黑子是毙不了的，但师里的意思是，把鲁黑子的班长位置撤了，叫他去喂马，就喂小廖牵的那匹马。

10

我跟你讲这些，你也听出来了，不是说我们在等着打林业，这些人还闹出了这么一堆子事，但实在是在我们这个纵队，在我们这个师，也包括在我们这个医院，其实人家恐怕还是不拿刘行远当回事。我也说过他这个人虽然有让人佩服的地方，但毕竟他只是一个兵，而且作为家属，他又是反过来的，因为那时我在部队是个副院长，跟司令还有政委他们也都熟，但刘行远就不一样了。再说他这个人脾气又怪，他不大跟那些基层的指战员相处，当然像张师长那样拿他当朋友的人也不多。尽管这样，别人也说师长拿他当朋友，不过是看在我的面子上。而看在我的面子上是什么意思？意思就是师长对我很不错，师长对我不错，别人也不讲是政治上看重我有知识、有技术，而是说师长看我是个有意思的女人。这又是什么意思呢？你写书，你应该明白，其实说到底，师长也还是在别人的谣传中成为一个追求者。但事实上，确实不是这么回事，关于这位敢打敢拼的张师长，我们还能说什么？那是一个大英雄，他后边怎么样了，我后边会跟你讲。

但因为苏兆光挑唆老鲁来羞辱小廖，然后差点把老鲁给毙掉了，这在师部乃至纵队里立刻也就成了一个奇闻。人家都很吃惊，说师长这是动了什么火，如果不是方连发政委让杜团长枪下留人，其实老鲁就要被毙掉了。因为师长已经下了命令，师长只要给纵队和前委那边拨一个电话，毙一个人在这种战争场合上其实完全做得到。我那时还以为大家在玩政治斗争，但事实上，那是我对政治形势基本上没有估计。因为我们医院跟着师部转，一旦开打，我们压力很大不说，也容不得你有什么心事，反正一旦跟敌人打起来，伤员和死难战士一被抬下来，也就什么都考虑不到了。所以，在我们医院里，在这等着打林业的间歇，出了这么个事情，也确实让大家很是惊奇。

但老鲁留下一条命，弄去喂马，苏兆光还是不服气，不过他没有跟我有什么正面冲突。我自己也还在担心，要是刘行远跟苏院长正面遇上，说不定以刘行远的脾气会对苏院长出言不逊。他俩都是老红军，但苏兆光是跟司令王志强打过几次大仗的，他不会把刘行远这样从大别山打出去的人当回事的。他这个人头脑轴，但刘行远又绝不是一个服软的人，好在刘行远是在李庄坟场那里给遇难的战士们立碑。可以讲，他在政治上是有要求的，师部里都在讲，刘行远这个人特别有分量，我被他们说得都有点不好意思了，因为以前我只当他是一个追求我的兵，一个同样从广城畈丰乐河出来的兵，但现在他是我的家属，而他的表现似乎也都被记在我的头上。

因为老鲁踹小廖的风波，我觉得野战医院里立刻就有了分派一般，好像稍稍有点知识的人都站在我这一边，而那些跟苏兆光多年的人，基本上都还是跟苏兆光一起，对我这个做政治工作的副院长有一些隔阂。其实我倒宁愿仗赶快打起来，不然大家被困在这个地方，况且我是有一个家属来团聚的，我就感到非常被动。不过，事实上，我是没有了解到部队并不是仅仅停在茨河西岸的，我不晓得部队其实已经派出了六团作为先遣绕过了河，而那个要毙老鲁的杜团长只不过是临时从河对岸回来向师部汇报的，他的几个营都在河对岸，不过这是秘密的。我没有参加师部关于派先遣团去河东岸的会议，苏院长是与会的，但他回来没有向我传达。在师部里，基层指战员也都不清楚先遣团已经过去了，但是在师部的几个核心人物那里，关于先遣团去茨河东岸的决议，也并非是统一的。

我知道这个情况还是因为刘行远晚上一整夜没有回来，我就让小廖去坟场那里找，小廖回来跟我讲刘行远没在坟场那里。黄昏时候，刘行远和那几个刻碑的人就已经不在坟场那儿了。我就问小廖那刘行远到什么地方去了。小廖讲，他到师部去问了师长的警卫小圆脸，小圆脸一开始不说，后来他老是问，并说是我的意思，这个小圆脸才让小廖去找的李参谋，这个李参谋是师部里的"小诸葛"，对于作战计划，他是一个关键人物。小廖跟李参谋聊了一会儿，后来李参谋也没有全部讲派先遣团过去的情况，只说刘行远是去了六团的六营，这个六营是工兵营。小廖就觉得奇怪，这个刘行远怎么就进了六营呢？小廖能跟我讲的就这么多。我想，小廖也确实打听到了不少消息，不过既然苏院长去开过会，他应该把派先遣团这个作战计划传达给我吧？我是有些生气的。

我于是就去找苏院长，老苏正在房间里抽闷烟，他还以为我要讲毙老鲁的事情。他有些阴阳怪调的，但我开门见山地问他，为什么去师部开了会，却不把先遣团的事情告诉我。老苏弄了弄头发，他这个人其实就是心里有点毛病，人还是不错的，他讲，没有人讲要跟你这一级传达啊！我知道苏兆光是把级别看得很重的，我就没法再问下去了。然后，他有些怪异地说，你要是出于医院的角度，来问先遣团过去，有可能的减员和战士们的情况，那我可以讲，也不是不能讲；但你要是担心的是你的家属，那我可以不讲吧？他刘行远是兵，别人就不是兵吗？他有那么金贵吗？我没法跟苏院长讲了，因为刘行远又不是我们师的人，他是家属，但他怎么会去参加六营呢？这个只能去找师长问了。

11

我打电话到师部去请示，说我要去找张会勤师长来问一点跟家属团聚有关的情况。一开始师部机关的人还挡了我一下，我只得声明我必须尽快见到张师长。后来别人到张师长那请示，张师长亲自回电话过来，我说我要面见你，我要问一些事情。张师长在电话里不像以前那么干脆，我听出来，他刚才可能在休息，因为师部的人之前说了，昨天他们开了一夜的作战会议。不过张师长同意我去找他，他还不忘叮嘱我，一定要让人把那匹马牵来。

他这人就是这样，总是要看看他的马。我就问张师长，是不是让小廖把马牵来。张师长有时也还细致，他讲不是不让小廖管这匹马了吗？我说现在是鲁黑子在喂这匹马。张师长讲那就让老鲁牵马来，你可以骑马来。

于是我就让鲁黑子牵马，老鲁起初不太乐意，但我讲是师长让你把马牵去的。小廖见我要骑鲁黑子牵的马去师部，他就自告奋勇说他要一起去。我就让小廖跟我一道，鲁黑子牵马，我没有坐，我跟小廖走在前边，他跟在后边。后来快到师部时，碰到师长的另一个警卫员，一个高个子，他讲小廖你怎么跟你的仇人一起来了？原来他是在笑话前段时间要毙鲁黑子的事。我让老鲁把马拴在师部外边，我跟小廖一起进去。师长在屋子里睡觉。小圆脸进去喊，他皮带扎好以后出来了，坐在堂屋里。他看见我把小廖也带来了，就先招呼小廖，他讲，小廖，你不要怕，你跟李能红在一块，我保证你进步快。小廖在那儿只是有些羞怯地笑。接着师长又问我，那马呢？小廖讲，鲁黑子拴在外边。师长抽着烟，他讲，你让鲁黑子把我的马喂好了，我就喜欢这一匹。小廖先出去了。

我坐在堂屋下边的长凳上，屋里的麻灯都还没灭，大概是参谋们忘了熄了。我问师长，刘行远怎么去六营了？师长看了看我说，你真要问啊。我想，也许关于先遣团作战计划，作为副院长我是无权过问的。师长努了努嘴，我知道他是在提示我，政委在隔壁屋子里，但政委这个人比师长要冷静多了，他俩不仅是搭档，司令也是让政委来把握师长的。师长能打，但能打有时反而是掣肘，最好有老方在那里给他减压减速。我是要问出个究竟的，我说，你不是看刘行远还不错吗，怎么能让他去工兵营？师长嘴张得老大，他说，亏你还是个院长，你怎么讲这种话？刘行远的政治不比我们差，你想想，我下棋时无意讲了战死的战士们立碑的事情，他就听进去了，还自己就干了。我跟你，还有苏院长，明明也讲过，但你们没有他动手那么快吧？我说，刘行远也不是一个爱表现的人啊。张师长在皮带上摸了一下，他说，刘行远的心思，你们夫妻你不比我懂啊！我听不出他什么意思。张师长朝堂屋的画上瞥了一眼，然后眯了眯眼睛，对我说，他跟我请示，说他想发挥点作用。我就问他，是不是想打仗。他刘行远讲，就是这个意思，那我就问他要不要跟李能红商量一下。他讲他不要商量，他自己本来就是一个兵，都是纵队的人，凭什么不能打仗了？他这人多少不把你这个院长放在眼里呢。我听张师长这么讲，知道大约是刘行远请命要进先遣团的。张师长用手在黑木桌上划拉了一下子，他压低声音说，人家想打仗，幸亏我有这么个权力，我就让他上，不过你放心，他也是人尽其用，要不是他去刻碑，我们杜团长还不知道刘行远在工兵这一块有强项。

我自己也知道六营就是工兵营，张师长也不瞒我，他讲六营并不缺人手，但刘行远进六营，听说人家都讲他打沟壕、筑工事比别人强。我不晓得先遣团的作战计划，但打林业这样的地方，因为只要一过了茨河，敌我双方就非常近了，土地庙和黄庄的兵压得太近。但林业本身是个平地，视线无挡，炮火射程太短，几乎是短兵相接，现在六团是怎么在那儿打先锋，我是不知道的，但是，刘行远确实是进了六营。然而，他本来是来和我团聚的，虽然道理是这样，但我也没有办法强调刘行远跟我团聚的事。

这时师长也有点奇怪地笑了，他讲你真在乎老刘在不在你身边啊！我不太能接受师长脸上的笑意，我觉得他这笑意跟刘行远刚来和我一起回医院的路上时的那种笑意有那么一点异曲同工，这不禁让我有点困惑。他们到底在卖什么关子啊？师长又努了努嘴，我不太明白，就现在讲的这些话，跟政委又有什么要回避的呢？

师长站起来抬高了嗓门，大声地说，林业是块全是骨头的大排，你明白吧？就是全骨头，你明白吧？有肉，但全都是骨头，怎么个吃法？没有办法不行啊。他站起来了，似乎他跟我讲的就这么多了，因为他已经努过几次嘴，所以我想也许政委有什么要让我明白的地方，但政委一直没有出现。他好像在等政委从里屋出来，在政委没有出来之前，他喊警卫员把老鲁叫进来。老鲁牵着马站在大门外，光线有点暗，师长看了看马，他没有过去，对鲁黑子讲，好好喂马，不然对不起收起来的那颗子弹。师长说完只是笑，鲁黑子在外边低着头，呵斥了几句，老鲁牵着马又往外边拴马的那棵大树边去了。这时政委从里屋出来，他向我招了个手，然后对张会勤师长讲，师长，你去睡觉吧，把觉补回来，那个事还是让我跟李能红讲吧。

12

　　方连发政委是做政治工作的。他这个政委我前边也跟你说了，实际上就是纵队按照上边的意思，派下来专门跟张会勤搭档的。张师长是敢拼敢打的，他的六师是六纵的王牌，而整个六纵又是我们能否把整个华东打下来的最核心的力量，所以方连发政委在师里的地位那是一般人难以想象的，可以讲他在军中的威望一点也不比师长低，但他却非常密切地配合师长的工作。张师长回屋以后，这个方政委跟我谈问题了，我是有点紧张的。我想你写书，你应该能懂得那种气氛吧，一个上级来跟下级谈一点问题，况且又是在打林业硬仗之前的那么个间歇，我觉得我非常不得体，你明白吧？我想也许他们对刘行远不满意吧，所以我觉得在政委跟我谈话之前，我应该有所表态，否则到后边我就更加被动了。

　　方政委在堂屋的案头给我沏茶，我手心都出汗了，更别说师里有人还在说，其实师长也是对我好的，不是对下级，而是对女院长。你想想，自从翟言飞不在以后，我就处于这种舆论中，所以讲如果不是我跟刘行远结婚了，也许情况会更糟。但部队里的人终归还是明事理的。比如说方政委，他就特别清楚，因为他在理论上也是一个非常有见识的人，他应该早年跟翟言飞还打过交道，只是那时候，同在地下工作的人，对有些交往是不甚明了的。再说我在翟言飞被捕之前，是没有与他在地下工作中有什么明确的交流的，他的级别比我要高许多，比方政委也要高。

　　我看方政委给我泡茶之后，在那儿抽烟，当然他烟抽得很慢，并且在点烟时，也看我几下，我想也许他是在组织措辞吧。我想我应该先说，我讲，方政委，我来师部找领导也没别的意思，我是想弄明白刘行远到六营去是不是合适，我没有反对他去工兵营的意思，我也不是要打听你们派先遣团去河对岸的意图。我这一级，如果不让掌握这个情况我是可以理解的，我仅仅是希望，他作为我的家属，作为来团聚的家属，我个人觉得我对他也应该有个交代吧？方政委在我讲话时，频繁地点头，我想他是明白我的意思的，他是个专门做政治工作的高手。我说过了他是从纵队司令部下来的，其实他在级别上很可能比师长还要高，完全是因为配合王牌师长，才高职低用的。但他很老到，只是当时我不甚明了他的底牌，在我这件事上，他到底要跟我交代什么呢？他还是先从刘行远说，我也听出来了，他还要试探我，到底我有什么顾虑。

所以方政委把烟熄掉以后说，以后有些事情你不必跟师长说，你也可以找我谈。我说，那也行。方政委说，你看，刘行远去六营的事，我可以告诉你，这是没有问题的。因为刘行远自己申请要去，组织上是有考察的。打林业，看起来是六师的事，是纵队的事，但其实它是整个二野的事，也是整个解放军的事，是全国的事。如果打不下林业，那么华东打不下来，长江打不下来，怎么解放全中国，你懂吧？我点了点头。政委又说，所以刘行远讲他要在这里发挥点作用，他不只做个陪在这个地方团聚的家属，他是个有能力的人。我又点了点头。政委往前又伸了伸腿，好像他比较不舒坦似的。他说，刘行远去做工事，现在你也可以理解一点了吧，就是说我们在打阮山时候，国民党一直在林业做工事。你知道吧，这个地方四周是丘陵，这里除了偶尔几个土包，基本上是大平地，但又不是平原，地上小形势很复杂，坑坑洼洼的，小河沟又多，还有的地块不平整，所以带来了在战斗中有许多不确定性。主要是没有依托，而大炮射程已经出了，尽是机枪的射程，可以讲一点遮掩没有，没有工事，那就是上多少死多少，而敌人是筑了工事的。但在我们看来，你又看不到，奥妙就在这里，工事要小，要精，要适合两三个排四五个班，或者半个连，要装得进去，撤得出来，所以这工事难不难修？方政委不是在问我，但他这是在跟我讲，刘行远进了六营是背了大任务的。

我这就有点糊涂了，既然是这样强调工事的重要，那六营为什么独独要收刘行远这样的人？我没敢直接问方政委，但方政委还是看出了我的疑问。他说，你们家刘行远是从大别山出来的，他那个地方是畈上，师长做过担保，他讲刘行远进六营，肯定会给六营带来好处。什么好处？我可以跟你讲，刘行远懂劈土法。这个我倒很新鲜，因为我自己对这个不是很理解，方政委也不跟我多解释，他就说，因为劈土法，所以工事进展速度提高十倍，这样我们就可以迅速开进。但我们是绕着开进的，如果正面做工事，双方就会交火了，敌人还瞒着，因为他们从南通那边调的兵还在运，包括从海门那里也在调防。现在时间很宝贵，所以我讲你明白了吧，刘行远是有用处的，他是个好工兵。我听得有点费劲，因为我不太明白，刘行远是怎么给六营带来了劈土法，那他这么神，还真不枉我早年为大表姐来鼓动他起义呢。不过我是有疑虑的，因为他一夜都没有回，而且他有点怪啊。方政委看出我的心思，他不愧是政治工作的高级领导，他说，事情太急了，所以，刘行远帮六营周营长解决了开掘进度的问题之后，立刻就领队到了六营的尖子班，可以讲就在敌人的眼皮底下挖沟呢。

13

方政委喊一个士兵进来把麻灯给熄了，屋子里有一股奇怪的味道。政委叫我喝茶，我以前跟政委没有打过什么交道，因为师部人都知道师长跟我不错，师长是尊重知识分子的。好在，我在医院里也是分管政治工作的，所以我对方政委刚好也有一种工作上的亲近感。我本来还想跟政委讲一下苏院长和我闹矛盾的事，但方政委摆摆手，马上制止了我。我想政委是很老练的人，他大概不想在师长和司令之间，夹得太紧吧，两边都不是那么好惹的，再说他也不认为苏院长有什么大问题。所以我就准备走了，我想，政委也知道师里传我的话很多，即使是师长，也被夹在谣言中，好像人人都看出我跟刘行远没有真情实感，说我是在恋着那个理论家，但人家又都在讲师长保护我，也是出于爱慕美色呢。这个在政委这里，他又会怎么想呢？我感到很苦恼，但我看出来，政委是个在政治上十分突出的人，他这个人自然会有他的判断的，否则他也不会那么费神地跟我讲刘行远加入六营的事。

我站了起来，但这时政委让我坐下去，他讲，李院长，你不要急，你还记得师长进屋前我怎么跟你说的？我说，你讲你要跟我讲那件事啊。政委问我，那你让我讲了没有。我以为政委讲的就是刘行远入六营的事。所以我讲你是帮助刘行远的。政委这时笑了一下，他的笑声很爽朗，让人以为他是一个很透明的人，但事实上，政委是另有意思的。

政委从桌子另一端绕过来，为我茶杯里加了水，并且用手在我肩头按了一下，这有点意味深长。我想政委平时不是这样的人，他为什么要这样呢？政委回到桌子对面坐下，他掏出烟，然后打着火，点了烟，吸了起来，足足有五六分钟没有说话，中间有个战士在外边报告，政委没有让他进来，让他在门外汇报。

后来，政委到门那边去了一趟，叮嘱警卫员，不要让人进院门。他再回来时，我后背有点发凉，心想政委这是怎么了，他会跟我讲什么天大的事啊。政委清了清嗓子，看着我，他讲，我跟你讲的情况很重要，所以我们是反复研究才决定的。即使这样，现在跟你说这个情况，也是有一点不合适的。部队首长也在犹豫，是否要跟你讲。后来让张师长和我一起研究怎么跟你讲，但这不是定论，也就是说先把事情告诉你，至于后面怎么办，这是下一步。但现在又卡在这个节骨眼上，部队要打林业，我和师长现在是火烧眉毛，全军都在看着我们，但要跟你讲的这件事，看起来又必须要跟你讲，这是问题的第一步。这么讲你应该能理解了吧，为什么是我，而不是师长来跟你谈了吧。政委是个做政治工作的，他讲话逻辑性很强，而且是一步紧逼一步，也没有把事说死，但他定了调子了，这是一件重要的事情。

我呼吸都快屏住了，因为我不明白为什么政委要用这么慎重的口气来跟我讲话。我说，政委，无论什么事，都请你直接告诉我。政委在抽烟，他看着刚才挂麻灯的房梁下的钩子，眼睛瞪着上边，他用很稳重的声音跟我说，现在是向你宣布一个事实。我说，政委你就讲吧。政委说，李能红同志，组织上让我告诉你，你的丈夫翟言飞同志没有死，已经找到他了，他在重庆监狱。我听得很清楚，我想这个话，政委说得是很明白的，那就是以前得到了关于翟言飞在上海被处决的消息是不对的，现在得到的情报是他被关押在重庆，并没有死。由于他被捕时，组织上用了大量的精力去营救他，但又没有公开他的身份，所以营救工作异常复杂，但现在，政委却向我宣布翟言飞没有死，他还活着。我没有什么表情，非常震惊的同时，我几乎不能立即明白这个事情到底对我们意味着什么。政委喊了我一声。我听见了，没有作声。我看了他一眼，但我记住政委刚才说的每一句话。他说的是，你的丈夫翟言飞。确实他是我的丈夫，但组织上以及我本人都认为他牺牲了，所以我才有了新的生活，有了第二任丈夫刘行远。

但政委是个政治上的高级领导，他讲话是有度的，他说了翟言飞还活着。我的丈夫翟言飞还活着，我蒙着脸，但我也没有哭。我觉得组织上很不容易，他们一直没有放弃对他的营救，但现在的情况是，他还活着。政委拍了一下桌子，大概他是不满意我蒙着脸，让他看不见我的反应。他说，翟言飞仍被关押着，他还活着，至于下一步怎么办，这不是你我的事，你知道这是组织的事。但作为家属，你应该掌握这个情况。我看了看政委，政委说，让你知道这个情况，这是组织的决定，但这个决定是张会勤师长提出的。坦率地说，纵队王司令、二野领导，都是没有先做这个打算的。你应该明白，在这个阶段，有这样的情报，这是很不容易的，但张师长差一点就违反程序要跟你讲了，是我拦下来的。我也最终同意了告诉你这个情况，但你应该明白这是组织上的决定。

我看着政委，我真难以想象，如果他们不告诉我翟言飞还活着，那又将会是个什么情况。但历史就是这样，真相就是事实而已，只有事实才是真相。政委又说，现在你自己先掌握这个情况，你有要求可以提，你有什么想法也可以谈，但你自己要先考虑一下。我能跟你说的是，一切都要看组织上的态度，看组织的安排。我知道，战争很残酷，尤其在现在这个形势下，但说到底，这是党和人民的事业，我们要服从组织。临了，他又说，现在你可以考虑，回去考虑，你的丈夫翟言飞还活着，下一步，会有什么情况，有什么举措。我想，我们会和你沟通的。政委站了起来，握了握我的手，就让警卫员把我领出去了。

14

在茨河西岸我方阵地，我们的兵力是按照梯形在布置，我在莫斯科学习过军事，按这种布阵，我相信这是要打过去，进攻林业的姿态。但布阵是比较慢的，可以讲现在前边的工事应该没有做好，但在河对岸已经有零星的枪声。在河西岸，我们向南的那个位置，也有部队在河边移动，但我们河西岸的工事做得较少。从方政委那儿听完他讲话回来之后，我没有再给师长打电话，我直觉上认为师长在这个问题上是有他独特的考虑方式的。相对于方连发政委的政治高度来讲，张会勤师长应该有相对较为宽泛的一面，我是说在他的心里，应该有更多的实实在在的考虑，比如纵队里也有人在谣传师长对我有感情，但这些毕竟都是捕风捉影的事。师长是个拼命打仗的人，他在纵队和首长那里都是有口碑的人。我自己跟他凡是私下里有接触的时候，他都是特别爽快的，我并没有觉得他对我有别人所讲的那种喜欢，除非他这个人隐藏得很深。但对于我的前夫翟言飞还活着的事，他应该有他的态度。

我跟你讲，称他为前夫，那是现在在你写书时我这么讲的，当时我不知道该怎么办。如果说他已经死了，那么他显然是前夫，因为我已经跟刘行远结婚了；如果他还活着，当然那时情报证明他还活着，政委已经跟我传达过了，那么他就仍然是我的丈夫，不仅是我的丈夫，而且我后边跟刘行远结婚又算是怎么回事呢？所以我在听方政委传达这个情况之后，一直在茨河岸边徘徊。那时天还有点冷，但大地在解冻，可以看到河水里有那么一点生机。茨河是比较宽的，水速不快，但你在河边可以感觉到河水有一种凶猛的力量，这是北方的河流都具有的一种暗暗的力量。在林业和阮山之间的这道茨河，属于淮河的支流，从地理上讲，这里已经在向江淮一带过渡了，不过因为处于淮河以北，所以这个地方的地理和习俗，仍然是北方的。

我在河边散步，当然离河岸还有一段，因为小廖一直跟在我不远的地方，也许是师长跟他打过招呼，让他盯住我，他们害怕我现在情绪上失常。坦率讲，在河边散步还是有危险的，因为一旦对岸有人放冷枪，实际上是可以打到人的。但我前边也跟你讲了，在那时的战场上就是这样的，没有人放冷枪，没有人干这种事，从河的两岸都可以看到各自部队伙房里飘出的炊烟，有时也能听到对方的军号，但就是没有人放枪。客观讲，大炮的射程虽然太近，但只要双方向后移动一些，仍然可以互相炮击。只是作为医院的副院长，从我们医护角度来讲，因为没有打起来，没有新增伤兵，所以医院也处于大战前的紧张中。但现在我个人突然出了这么个事，我自己是很难接受的。小廖见我靠河岸近，有时也来喊我。我跟他没有什么好说的，但小廖也是一个到过延安的人，应该讲他在政治上是有敏锐性的。他讲，你要是再靠河岸那么近，没准就让人看到了。我想他讲得也不假，现在双方都在布防搞工事，只是我们挖得迟些，敌人没有把工事筑到河岸上，因为对方知道渡过茨河不是什么问题。他们把他们的主力以及交战地点选在林业那一大块地坪上，他们的工事是做在那儿的，他们不想在河岸上跟我们消耗。小廖的意思是，如果对方知道我是一个医院的领导，说不定敌人就敢放枪，这不是不可能的。

所以后来小廖就把我劝回了驻地。在驻地我睡了大半天，其实我心里很矛盾，当然我感到组织上对翟言飞的营救应该是特殊的。组织上永远有一套救人的程序，再说翟言飞是一个重要的理论家，他不是军事上的高级指挥员，所以他那一派应该讲既直通高层，同时他本身又是政治领导，所以敌人如果在长期的拷问中一无所获，或许就会对他动手。但从另外的角度讲，他是大家庭出身，我知道的情况是，即使在苏联留学期间，他跟我还没有确定关系时，他就跟我讲过，有许多像他那样出身的人实际上是加入了蒋介石集团的。只不过，从他自己的理论家的角度来讲的话，他是被红色革命的理想塑造的人，所以他对于人的命运的理解是有他自己的一套的。不过由于他身份特殊，除了他刚被捕那段时间，组织上还会向我通报对他营救的一些消息之外，后来就没有向我讲他的具体的情况了。再后来，组织上让我感到的大致的状况是，翟言飞已经没有希望营救了。再后来，我知道的消息是，组织上初步核实他已经在上海被杀害。当然，因为组织上一直没有对外公开翟言飞被杀的消息，所以关于翟言飞的情况，一直处于这样的一种认定中，那就是在组织内部，至少组织上给我的消息是他已经被害。但对于党内，以及高层人士中，他具体是个什么定论，我是无从知道的。

所以像方连发政委这样的做政治工作的人来说，他应该比一般人要更为清楚，在那个特殊年代，许多事情的处理是有一套规则的，这种规则本身也是革命方法之一。我说我睡了大半天，是想告诉你，或许我的情绪也不仅仅是自己的丈夫还没有死给我带来的生的希望，而是我在考虑在他失踪的这几年当中，他到底是怎么熬过来的，组织上和他个人之间，又是一个什么样的关系。我跟你讲过,我是在苏联留学期间跟他确定爱情的,但我们结婚在 20 世纪 40 年代初,那时我们已经回国做地下工作了。凭我跟他恋爱生活期间对他的了解,我想他在革命立场上是坚定的,同时他在理论上的建树,也并非是我个人可以完全理解的。因为他对于革命事业的理解是有一套他个人的认识系统的,虽然我在野战医院也是分管政治工作的,但我的工作相对比较具体,而翟言飞是一个比较高的理论家,所以我这么说的意思是,即使我们是夫妻,但在革命上,他是我的引领者,我是一个追随者,可以这样说。

15

我可能是很糊涂地睡了一整个晚上,而晚上十点钟的一个会议,我也没有参加,因为头疼得厉害,可能苏兆光院长已经从政委那里得到了什么指示,所以他倒是主动来跟我讲,让我可以休息一两天。我本来以为他知道了翟言飞的事情,但听他口气,好像他是不知道的。后来我吓了一跳,我想我怎么可能对方政委那么看呢?他是什么人?一个从纵队下来专门做政治工作的人,他怎么会把翟言飞还在世被关押的消息告诉他苏兆光这样的人呢?但我又明白,方连发政委这也是在考验我,也许我并非完全不能发表看法,或是提意见的,所有的事情都在于当事人自己的选择。

因此我在糊里糊涂睡觉时,其实我心里一直是在斗争的,我觉得既然我的前夫翟言飞还没有死,那么他也就不是前夫,而仍然是丈夫,就是说他和我的关系并没有变。不过我想说的是,他和部队的关系、他和组织的关系也没有变。但这些不变的关系应该是包括一切的,也就是说,他和我的关系没有变,他那个人一切都没变,他还是那个人。关于组织上得到了结论的情报,或者是中间有什么环节出了问题,更或者是某种需要,宣布了他的被害,这都可以理解,毕竟从革命来说,他是属于革命的,而不仅仅属于他的家人。在这个问题上,也许张会勤师长跟政委意见是不同的,他应该有立即告诉我这个消息的冲动,但组织上真的有什么考虑吗?他们会怎么办?

我在思想斗争时,心里想的就是我必须有一个自己的态度,那这个态度就是组织上说他没有死,那他就没有死。组织上让我知道他还活着,组织上就是把我当成他的妻子,那么我还就必须要跟以往一样,仍然与他处于夫妻关系中。但现在的问题就在于组织上先前已经认为他牺牲了,所以我又结了婚,组织上也是知道的,我跟你说过吧?我和刘行远结婚,还是张师长和方政委一起主持婚礼的呢。那么现在我有个态度的同时,我不能不考虑刘行远,因为他是我的丈夫,这听起来就很矛盾,但在那个风云动荡的革命年代,这也是不可避免的。因为我们为革命必须生存下去。因此我认为我应该尽快见到刘行远,他来团聚,现在加入先遣团的工兵营,到敌人眼皮底下挖工事去了,虽然他这是在战斗,但摆在我们面前的还有一个基本的生活问题,那就是我们面对一个新的情况,怎么办?

我打电话给张师长,张师长在开会,他没有接电话。我就派小廖到师部去,小廖带去我的一张纸,上边写了我的态度,我没有讲别的,就是告诉张师长,这事我需要和刘行远商量一下。当然张师长是一个急性子的人,他不可能考虑那么细致,我的意思是,得把刘行远从前边的工事那里找回来,因为我决定我怎么办时,我应该要跟刘行远先把事情说出来。小廖去了三个多钟头,中午时才从师部回来,他告诉我张师长脸一直是阴沉的,在看了条子之后,他对小廖讲,如果你们院长一定要让刘行远也知道这些麻烦事,那就你们都坐在方政委那里摆事实,讲道理,要撤刘行远下来,你们问刘行远自己。我听小廖复述这个话,我不确定小廖是不是也知道翟言飞的情况。我问小廖有没有见到方政委。小廖说,他在师部没有见到方政委,方政委去独立团做报告去了。不过从小廖讲的情况来看,师长并没有太把这件事放在心上,好像他不太看重这个情况。当然我了解张师长,他对理论家一直是有点看法的,至少对持理论在嘴上不放的人并不那么当回事,不过对于像翟言飞这样的人他会怎么看,我就更不明白了。我心想,要是师长不把这当回事,那倒也好,那说明每个人都不同,我并不能因为翟言飞还活着就一定要认为革命具有这么复杂的内涵,他仅仅只是活着而已。

但是在下午，大概四点钟吧，刘行远突然出现在医院驻地，我正在洗衣服，这让我有点猝不及防。他身上全是泥土，戴的军帽上还有水渍。他回来就抽烟，我泡茶给他喝，那个喂马的老鲁对刘行远还是不客气的，刘行远就朝他瞪眼。我想刘行远在前边挖工事肯定不是那么轻松的，他见我放下洗衣板，站在木柱旁，他就大声地讲，我们做家属的，就是不容易，干活都没有自由。我想他是不想明讲他在前边挖工事的事，那在部队里是个秘密。老鲁牵马到水塘那里去了，院子里没有别人，他讲，你把我找回来干什么？我就是躲出去呢。我听他讲话，不仅是怪，而且像是有所指的。我就问他，是师长让你回来的？刘行远烟吸得很凶，他讲，不是师长叫我回来的，是你叫我回来的吧。师长是说你叫我回来，只是让我自己拿主意，要不要从前边撤回来。我就说，那到底也还是师长让你回来的。他说，你不要这样讲师长好不好，师长没有太拿这当回事。我说，什么事？他说，什么事，你还不知道吗？我知道刘行远是个说话不那么正面的人，当然这是说他在有情绪的时候，总体上，他这个人就是不愿意让别人为难的人，所以一般他这个人只讲他自己，他不大去讲别人，也不大搭理别人。我不清楚他是不是知道了翟言飞的事，我就过去拉他，我让他回到屋子里去跟我讲话。

他起初还很不愿意。他讲我在外边透透气，你不知道我在前边又潮又冷，全是泥巴。我知道他在前边挖工事不那么容易，但他还是老实的，他跟我进了屋子之后，就掐了烟，好像有点不好意思似的。他看着我，一字一顿地说，你不就是想告诉我翟言飞还活着吗？我很吃惊，但这也在预料之中，我想他一定是知道了，否则他不会有这种腔调的。他稍稍平复了一点，他又说，其实师长早告诉我了。他看了看我，用一种很奇怪的表情。这表情，就跟他刚来这儿和我从师部一起回驻地时的表情是一致的。我想那时我就感到他有点怪，心里有事，想不到他刚到这儿，师长就把翟言飞还活着这个消息告诉了他，而他居然没有跟我说，而师长也没有先告诉我，而是先告诉我丈夫刘行远。难怪政委讲师长是被他拦下的，不然师长也应该告诉我了，师长不是那种心细的人，再说他有他的一套东西，他真的像政委那样很慎重地看待问题吗？

16

  我跟你讲吧,我这个人虽然在战地医院是分管政治工作的,但革命年代对政治的理解应该讲是有一定的复杂性的。可以说政治这个东西,只有把自己全部交付出去,才能有更深入也更无私的理解。所以你听得出来,我让张师长把刘行远叫回来,张师长正面没有答复我,但还是让刘行远回来了。而刘行远回来之后,我并没能跟他达成什么共识,或者说我们没有拿出什么办法来面对这件事,在今天来看,也许可以讲我们是有些幼稚的,同时也可以讲,我们是比较有惰性的。

  所以刘行远走了之后,一方面我怅然若失,更加不知所措;另一方面我感到在我体内有一种强大的力量在驱动我,它叫我必须要有所行动。你应该听出来了,既然是组织上决定把我前夫翟言飞还活着的消息告诉我,并且方连发政委向我传达时,还称他为我丈夫,这表明什么呢?这至少说明组织上是把这个消息当成一个重要消息的。现在我必须要有行动,其实也就是在我比较犹豫的时候,我想到的不再是把刘行远派回来的张师长,而是找我宣布消息的方政委。于是我就到师部去了一趟,这一次我没有让小圆脸去汇报找张会勤师长,我找的就是方政委。

  果然方政委很热情地接待了我,看得出来,他早就在等我,他见我终于来找他,也就问我,考虑得怎么样了。他真不愧是做政治工作的人,知道我是在考虑。我说,我在考虑。他又很关心地问我,跟刘行远见面了吧?我说,刘行远从先遣团回来了一趟,他已经知道了这个消息。方政委没有再问及刘行远,看来他只不过是要让我明白,我必须要做出一个决定。我跟方政委说,我要去重庆看我的丈夫。方政委笑了一下,然后弹了弹烟灰,他很坚定地说,这是你成熟的决定吧?我不知道为什么方连发政委这样说,但他能这么说,表明他是支持我这个决定的。接下来,他就不作声了,我想批准我去重庆看望我的丈夫翟言飞,这不是一件小事,需要组织上的协调。另外,作为一个被组织认定已经牺牲的高级理论家,现在让他的妻子去探望他,这本身也是组织在冒一定的风险。而方连发政委的意思是他是同意我这个决定的，并且感觉是他一直在等我主动来提这样一个决定。但接下来，我该怎么办呢？这不是我说去就能去的啊。

所以我就问方政委，我说，组织上会为我提供身份吗？方政委没有作声，我只好更直接地问，组织上可以做到对我的信任吗？因为毕竟翟言飞在重庆监狱，现在去探望，如果公开的话，对革命形势是不利的；但如果缺少组织协调，去探望又几乎是做不到的，因为我们都是组织的人。方政委一直是盯着我的，他没有作声，但他那意思表明他认为问题的关键不在这个地方，所以我就比较胆怯了。我想他这个做政治工作的高级领导跟张师长他们到底是不同的，他会有他看事情的视角，并且做政治工作的人，向来喜欢下属主动，以表明政治过程都是很顺畅的。方政委见我怔在那儿，他就说，事情不是你想的那样，你要知道你看的是什么人。我知道他要说的是他认为我前夫翟言飞不是一般人。那么，我就不能仅仅把他理解为我的丈夫。我要把他理解为一个重要人物，无论是对于事业，还是对于组织，这都不是一个常规行为。我考虑了一下，我说，请政委放心，我去看他，我做好了一切准备。

政委这下又终于笑了，他说，你做好准备，怎么了？准备牺牲吗？我不太明白政委为什么要这么说。我说，如果必要，为了他，我可以做到。政委赶忙摆手，他喝了一口水，说，你不要这样理解问题，其实不是这种逻辑。你现在知道了这个消息，那是组织上认为可以让你知道，否则组织上是不会通知你的。而你现在要去看他，你的身份仍然是他翟言飞的结发妻子，关于这个身份，未必是要让别人知道，但你们自己请注意，你们是夫妻。我听他说得有点绕，但我还是明白了，我去看望翟言飞，是以他的妻子的身份去探望的，当然至于监狱方面、敌人方面，这些事情，只能听任组织上的对待了。我脑子转得很快，对方政委说：那你的意思是，我必须和刘行远把婚姻手续处理掉吗？方政委说，这是你的决定，你要记住，这是你自己的决定。你要知道你丈夫翟言飞没有死，你现在去看他，这对于组织、对于战友、对于革命，大家都知道，这意味着什么。你要去看他，你是去看你的丈夫，至于他的生死、他的结果，这个另一回事。但我相信，你应该清清白白、利利索索地去看他，所以我同意，代表组织上同意你和刘行远解除婚姻关系。

我听方政委讲得很明白,那就是我得自己向组织上提出和刘行远的离婚要求,然后我将获得去重庆探望我丈夫翟言飞的机会。但方政委的意思也很清晰,那就是这个决定是我自己的,我和刘行远离婚的要求必须经由我本人向组织提出申请。

17

你这次写的是有关刘行远的书,对吧?所以一开始我就讲了,我不太晓得刘行远是否乐意别人来讲他。你知道我是做革命工作的人,我也反复跟你讲了我对政治的看法。在我们那个年代,确实革命不仅是一种理想,其实它是一种日常生活,我这么说你明白了吧?因此今天来看,你因为写书,你来问我刘行远的事情,作为我来讲,我是实实在在地谈刘行远,但我不隐瞒我对于我们个人历史上事情的一些态度,或者说我们个人的感情,我必须尊重它。只有尊重这种感情,你才能明白当初我们为什么要那么做,这里面没有谁被谁抹黑,或谁为谁增光添彩的成分,有的只是事实,以及每一个决定的具体的、历史的、个人的原因。

我不是跟你说了嘛,我在方政委那里,其实是我自己悟出来的。我必须要那么办,我必须要跟刘行远离婚,也就是说我要恢复成翟言飞被捕前的个人身份,那就是我是他的妻子,那么我就不能是刘行远的妻子,所以这个事情就只能这么办。当然方政委是同意的,他没有明确地要求我这么做,但不这么做又是不可能的,所以,我就只能向师里打报告说我要跟刘行远离婚。

这个事情本来是可以保密的,但不知为何,事情却又没有办法保密。因为报告打上去,要交师部领导讨论,还要到战地医院来调查,因为离婚的理由是具体的,这个理由并不包括我的丈夫翟言飞并没有牺牲还活着的这个事实在内,更别说要提及去重庆探望他了。在我离婚这件事上,关于翟言飞的消息是全部封锁的，再说因为师里乃至纵队里，除了少数核心人物没有人知道翟言飞已经被确认关押在重庆的消息。所以，为了便于离婚这个事情能尽快落实而又不引起别人的猜疑，方政委等人决定还是要把离婚这个事作为一个公开透明的案子来办。这就是在我们纵队打林业，刘行远来和我团聚，却反而上演了我要和他离婚的一出戏。这个戏如此真实，几乎让人有些莫名地难受：一是因为刘行远在追求我时，全师乃至纵队都很清楚；二是如此快又要离婚，并且是在打林业这个大战之前突然要在团聚期间来离婚，全军上下都沸沸扬扬，不晓得我这个人到底要干什么。

而我打报告时，我都没有来得及跟刘行远沟通，因为按照方政委的意见，关于这次离婚，他可以跟刘行远去交代，现在是非常时期，并且面临的是非常的任务，所以可以不跟刘行远特别具体地落实。方政委跟我说，完全可以以刘行远的政治素质来担保，刘行远应该可以理解为什么要在这个时候做出这个决定。显然，方政委应该以他的政治经验，明白了刘行远在这个事情中会扮演一个什么样的角色。因为我是战地医院的副院长，况且又是在整个纵队里大家都认识的人物，所以为了考虑到我的政治影响，只能把离婚的理由归结为刘行远这一方面；又因为这是军事组织，是由部队来解决的离婚事件，而按照当时的规矩，似乎也应该和我们纵队所在地的地方系统相互通气。因而这场离婚就不是自己能定的，只好交给方政委，方政委又要安排独立的人来处理。

但总之，我前边跟你说了，我跟刘行远的离婚，实际完全是由于我这一方面的原因，所以我说我是有愧疚的。你也知道，婚姻不是儿戏，但在革命年代，可以说是不是儿戏，已经不是你一个人说了算的，要看你的婚姻，处于什么样的具体的历史关系中。反正我是有点担心刘行远的，平时我倒不是很在乎，但到了要跟他离婚的这个关口，我反而又以为这样来对待我的现任丈夫那是很残酷的。可以讲，直到我打上报告，要跟他离婚，我跟他都没有见面，也没有传什么消息，我们等组织上的决定。别人是不明所以的，我想刘行远应该会有他的想法，但那又怎么样呢？我们都是革命中的人，何况，现在大战在即，林业一战，已经箭在弦上。

18

我跟你讲，我确实拿不准刘行远如果知道是我在这儿来讲述我跟他的事情，他是否乐意，以及他是否会记恨我。而这一点，我确实不是按革命事业的逻辑来讲。我是说说到任何一个具体的人，你都要讲到感情，讲到人性对吧，所以我去重庆看望我的前夫翟言飞，要打报告给师部，要求和刘行远离婚；但在师里面乃至纵队里大家流传的说法是刘行远犯了错误，因此组织上已经同意我李能红跟他离婚。在离婚的报告没有批下来之前这段时间，其实我一方面有内疚，另一方面我也很忐忑，因为接下来我的任务是到重庆去看望我前夫翟言飞，而因为他的特殊身份，组织上始终没有跟我明确我会面对一个什么样的处境。

后来，我当然也知道组织上之所以没有立即就把我们离婚的报告批下来，并非因为这个事情有什么棘手，而是因为一旦批复离婚，就意味着组织上会安排我立即去重庆，在这期间，我是很焦灼的。这时候，打林业的呼声已经很高，部队在做动员，因为气氛十分严肃，乃至整个部队都凝结着一种暗暗的冲击力，好像随时要扑过茨河去。我不会忘掉你来采访我，是写刘行远的书，而现在我可以跟你讲刘行远那时候的情况。我说过我要跟他离婚是对他不公平的，但我们没有机会见面，后来还是杜团长给我打来电话，让我到独立团团部去一趟。那时候，我还以为杜团长要我向他解释为什么要跟刘行远离婚，但我见到杜团长才发现，杜团长根本不问这个事，因为在他看来，刘行远也许不在意这个事。听杜团长跟我讲刘行远现在在前线非常忙，我听杜团长提到前线，也知道开打只是非常短的几天内的事情。杜团长说刘行远让他带话给我，叫我放心地去办自己的事情，当然杜团长也没打探是什么事，他找我来，是为了跟我讲刘行远现在不再挖土方，而是有了重要任务，我才知道刘行远在前边挖工事却有了另外的想法。当然，这个想法后来在部队上下都引起了反响，人家也都知道刘行远正在离婚，但刘行远却被师长派去谈判了。

这个情况确实让人感到很意外，杜团长只是跟我讲了个大概，后来我是去师部找李参谋，才知道了事情的面貌。不过，因为这在当时属于军事机密，所以李参谋也只是讲了一点非常表面的部分，不过后来关于二野以及六纵的材料都公开了，可以讲，你们能从史料中找到刘行远去谈判的情况。但我跟你说，刘行远之所以能去谈判，还是他自己主动要求的，这个谈判的历史地位其实各人看法不同，但作为战争来讲，也属一个创举吧。我不是跟你讲刘行远在挖工事嘛，后来他就挖到林业的前沿，因为是绕着从侧翼挖的，所以后来有一天晚上就挖到了距敌人只有几十米的距离。因为已经开战在即，所以双方对对方的工事进展都很了解，我方在挖到这个区域时，已经公开用大喇叭向敌人喊话，就是劝其改变政治立场，分散敌人注意力，起到涣散敌方军心、宣传我们的解放思想的意思。在敌人那一方面，也有政治攻势，这在双方都是正常的。

但刘行远在工事里听到了家乡口音，也就是六安口音。他本来不是胆子很大的人，但那一次他却主动跟六营营长请示，说他愿意去喊话，因为他听出对方是老家人。营长自然是请示团长，团长又请示旅长，然后是到师部，是师部确定可以让刘行远尝试一下。于是刘行远就走出工事，他这是要有点魄力的。因此，他就跟对方那个喊话的军官直接对上话了，大概互相喊话，经过了几个钟头，刘行远和对方都从工事里出来，站得更近，双方不再喊话，而是可以直接交谈的样子。再后来，刘行远就回来跟营长汇报，说敌方有意起义。

那时的情况是，敌人在苏东战场的失利，促使我方政治攻势更为明显，敌方想起义，确实也有可能。就是在这个背景下，刘行远才传回敌人的意思，是想起义，但关于敌方起义的真伪以及具体的操作方法，却非常含混，也因而师部为了慎重，决定一边继续观察，一边做好彻底战斗的准备。在我们六纵的六师准备打林业的时候，其实在苏东战场上传来捷报，敌人少了东边的迂回支持，这仗对他们很不利。所以他们起义的可能性是有的。不过，师部本来是不同意派刘行远过去谈判的，但对方指名要求刘行远去谈判，这有点奇怪。不过对方还要求我方出一名军长去谈判，这怎么可能呢？张会勤师长自己还不愿意去谈判呢，因为六师的人看得很清楚，敌人在南口、章渡、黄林一带仍在集结、推进，这是援助林业的征兆，他们既然做好了死保林业打恶仗的准备，又怎么可能真要起义呢？刘行远和师部的梁参谋一起去的对方阵地，对方为首的是一个师长，自然是守林业的先头部队。这位师长见刘行远和一位参谋一起来，非常看不上，那位最早和刘行远在战场上对面喊话的军官确实是六安人，是一位校级军官，对刘行远倒很客气。刘行远和梁参谋把对方的师长的意见带回了师部。师里自然是不同意对方起义，因为敌方部队仍在茨河下游集结，起义是不成立的。

我知道的情况是，刘行远就是在前线跟梁参谋成了谈判搭档。对方那个汪师长是个六安人，不然那个校级军官也不可能喊刘行远过去，表达他们想起义的愿望。刘行远是广城畈人，这个地方，你知道，你是那个地方的人，对吧？你知道它在六安的南边，已经快靠近山区了，所以它跟六安的关系有点怪，人的生活习性上基本上快靠近舒城了，但在根子上，它是六安，这个没错。对方那个守林业的主力师、汪师长带的这些兵，基本上都是六安人。现在你明白了吧？刘行远跟他们能谈下去，是有道理的。那时的蒋介石已经很难支撑了，他们已经在做其他考虑了，而六安那个地方的人很少在国民党军队里待。那是个穷地方，出去打仗的人基本上都是抓壮丁出去的，那时国民党的壮丁抓得很凶，那是那个时候国民党政府的军事政策，所以打到淮海的时候，已经很难维持了。虽然他们装备上很强，但在政治上已经很难立足了，不是说我们政治攻势有多强，但仅仅就战争中人的想法和气势而言，双方已经没有办法比较了。我们这一边是要打过去的，打到长江南岸的，而他们那一边，已经打不动了，他们士兵都知道蒋介石和政府在做别的打算了。

所以刘行远才能去跟他们谈，那个汪师长虽然看不起刘行远，因为他只是一个兵，但他也知道，在这种时候，争取一点时间是必要的，所以汪师长就让刘行远和梁参谋带话过去，要见我们更大的领导。这个提法当然是幼稚的，在我们师部他们能够说上话已经不错了，再说方政委他们看得很明白，汪师长带的虽然是主力师，但毕竟只是整个林业战役的一个部分，更何况这个师的一个独立旅还在南口一带牵制我方。谈判虽在进行，但师里上下都知道大战在所难免。不过刘行远是个认真的人，既然组织上同意他去谈判，他就很负责地跟对方谈。后来汪师长看出了刘行远是个人物，就跟刘行远说，如果可能他愿意到我方阵地来谈。师里一开始不同意，后来是方政委提议，如果对方来谈，一个师长是不行的，必须是军长来谈，因为既然起义，至少是守林业的整个部队都起义，不过是起义还是投降，要取决于敌方的具体表现。刘行远把这个话带过去以后，汪师长有点动情，他跟刘行远说，这些都是六安人，真不忍心让他们送死啊。后来刘行远才知道这个汪师长也是六安人，是霍邱的。

19

你叫我讲刘行远，你看我也讲了他，但我又讲了不少我自己的事情。我是个女人，也是个革命者，但在今天，你知道我又不完全是按那个时代的逻辑来看待事情了，对吧？我想时代在变，但不变的是人性，这一点，你是写书的，你是作家，你应该也很清楚，对吧？所以你应该理解我为什么讲了这么多我自己的事情，也许你可以认为这是为了更好地向你讲述刘行远，或者说跟你讲刘行远在那个时候，在解放前夕，他有一个怎样的妻子吧。

现在我倒要跟你讲讲我去重庆的事情，因为若不是翟言飞的死而复活，我是不会和刘行远离婚的。我前边说了，我们的离婚报告打上去之后，有好几天都没有被批复，也没有人跟我解释，我自己是猜测组织上没有安排好我的行程，但我自己也明白，一旦组织上叫我去，那说明组织上已经考虑了一切后果。那时我是有一点冲动的，我不可能伸手向组织上要，我是组织的人，是信任组织的，更别说，我的前夫翟言飞他是那么一个有建树的理论家。我们的报告批下来时，我没有跟刘行远见面，那会儿他正穿梭在林业和师部之间，在做谈判工作。对方要求起义，我方要求他们投降；对方在调部队协防，而同时又在林业做出起义姿态。可以说刘行远这时根本也顾不上跟我谈离婚的事情。

我出发那天，林业一仗还没有打响，我是在半夜，被一辆军车秘密接走的。师里的方政委坐在车上，他说要把我送到陇海线的徐州，我不知道组织上具体会怎么安排。方政委在我跟他分手前跟我说了，他讲，你到重庆去，你就是以一个妻子的身份去看望他，你就是见到他就可以了。之所以组织上同意你跟刘行远离婚，以翟言飞妻子的身份去探望，就是让狱中的同志们明白，他们在坐牢，外面的人没有忘记，一切仍在继续，解放已经指日可待，让他们坚持，坚持住就是胜利，就是要看到解放全中国。我不太明白方政委的意思，因为他这样级别的政治工作者，往往跟前委以及更高级别的领导都是互相沟通的，所以你无从捉摸他最重要的看法。他是在车站外跟我分手的，他乘军车回去，在车站外边还有两个人接我，他们将护送我直到重庆。

20

　　我干吗要说翟言飞呢，但这也是非说不可的吧。你是写刘行远的，但我想你应该能理解我说的那个时代，那是一个真正的革命时代，也许有些东西你是无法完整地理解的。我跟你说，方政委是用军车把我送到徐州，然后组织上安排了两个人送我去重庆，他们可能也是政治工作者，但我看不出他们的明显的身份，因为涉及翟言飞的身份是否在更大范围内公布，更或者，即使是这两个送我去重庆的人也未必就真的掌握全部的情况。所以一路上，我基本上没有什么话讲。

　　但是，我在路上一直在想，无论是什么状况，我总是要见到翟言飞的。而那时我的直觉是组织上让我去看望翟言飞，但组织上并没有把他救出来，甚至在那么多年都把他当成一个已经牺牲的人了，我心里是有些难过的。其实因为我们在留学苏联期间，所谈论的革命理想以及我们对现实的看法，我始终认为翟言飞的过人之处，是我不能完全理解的，也就是说，他是一个与我有距离的人。所以组织上对我的态度应该和对翟言飞的是有所不同的，他们是把我当成一个妻子，一个高级理论者的妻子。而现在，在解放之前，他还活着，组织要把我送过去见他，这意味着组织上是要让他翟言飞明白，组织上是知道他活着的，组织没有忘记他，而组织本身不可能用别的办法来提示他这一点。我想得很多，但我缺少交流。

到达重庆后，我被带到北碚的一个私家花园，在那里，我见到组织上专门协调我探望翟言飞的办事人员，他们还给我化妆，给我衣服，并叫我说自己是什么人。当然，那是对监狱方面说的。当时重庆的情况，还是比较平静的，因为国共双方在淮海僵持，所以曾经作为国民党政府陪都的重庆，显得比较平静。由于民主党派的压力，国民党是允许部分监狱的部分犯人，就是那些政治犯，可以有家人前去探望。而我没有，组织上派来协调的人问，监狱方面对翟言飞身份到底破译了没有，可以讲，我没有办法得到任何一点实际的信息，一切都是被安排的。我记得应该是在23号吧，那天早上，有一辆车子来接我，我打扮成一个比较有知识的妇女，并且有了身份，还有人陪我，上了汽车。

车子一直往南开，在车上，陪我去的人，就是要跟我一起去监狱的人也没有跟我讲话。我看我自己的衣服以及早上给我身份的那个人的感觉，我想敌人应该并没有掌握翟言飞真正的身份，这样我自己心里就明白，这次去看他，实际上就是组织上跟他在告别。当然组织上也说过，让他坚持，坚持到解放，但无论是组织还是翟言飞本人，都会明白他的身份是不能被公开的，如果被公开就不会是这个样子。我当时就是这么想的，所以我是有些难过的，因为这样又是生死离别，虽然他曾经被当作一个牺牲了的人，然后又活了，现在又处在这样的探望和告别中，我心情很难受，这个你一个写书的人应该能懂吧？车子是在上午十点多钟到达监狱所在的那个山弯的，就是在大门外边，我听到那个陪我进去的人下车和监狱大门那边的人在交接，我听到他们在讲话，但不是很清楚，因为隔着玻璃，他们在阳光下，看他们那样子，好像都很为难。

我就坐在里边，我有直觉，好像事情跟预想的有所不同，我看着他们，心里有一种很难说清的东西。当然，就像方政委在徐州送我时跟我讲的，要我做好一切思想准备。当然，那个陪我的人回到车上时，他没有跟我讲话，而是让司机继续把车子向前开，经过大门，经过林荫道，上了山路，然后拐弯，能看到山溪从树林中流淌下来，环境还是很安静的。这个人是个非常冷静的人,冷静得让人有点害怕,他在冷静了大概十多分钟后,终于从前排扭头过来,对我说,李能红同志,很不幸,翟言飞同志已经在昨天,就是昨天夜里被处决了,是蒋介石亲自下的命令。我听他讲这话时,是没有过多的反应的,我的前夫翟言飞,这个死而复活的人,现在又死了一次,并且这一次是真的。我已经来看他了,但他却没有等到见上我一面,也许我只是组织上派来的一个妻子,但对于翟言飞来说,我至少意味着过去的存在,意味着过去没有改变,但他并没有等到我。我没有流泪,我感到一种被抽空了的疲乏感,但即使这样,我也并不完全是像自己的,我要记住,你来看望翟言飞,这既是你的事情,也是革命的事情、组织的事情,而正因为是组织的事情,所以你还必须要坚持下去。

这有点像戏剧,我在那个情景中。而这个坐在前排的冷静的人,便是组织派来的人,那么他在这个时候就是组织。所以我必须听他的安排,假如我这时有别的反应,也是正常的,但我没有,我想我表现出一个革命者的素质,即使是我的前夫就在我眼皮底下被枪决了,我也必须承受。我知道我是永远也见不到他了。但是,我必须坐着这辆车子继续前行,我的组织就坐在我的前排。

那天,我到了监狱,我看到了他的牢房,并且我收到了他留下的少量的几样东西。那些东西我有点陌生,我甚至怀疑,在监狱中被折磨了那么多年的我的前夫,假如真的出现在面前,自己是否能控制得住,然而,他已经被秘密处决了,我并不知道,他到底是否被确认了身份。当然,我说的是国民党方面是否已经破译了他的身份,但至少在我们这方面,在组织上,是认为翟言飞的身份是并没有被破译的。但是,很多事情在那个时候,确实是复杂的,即使是像我这样,亲历在其中的人,也会有恍惚感。革命在革命年代就是一个又一个戏剧,你身在其中,只能理解自己;对于他人,你只能保持冷静而已。所以,我始终没有对那个组织派来的人,表达任何个人的情绪,即使是我拿着翟言飞遗物的时候,我也一直是有那种陌生感的——既是对这个监狱的现场,也是对他的死讯。我想,我来了,没有见到他,但我终归是来了的,我没有辜负组织对我的安排。我想,内心的事情是另一回事,就让它沉浸在它自己的世界中吧。

21

我从重庆回到茨河边的时候,林业一仗已经打完了,那时我的心情跟我出发去重庆前没有什么两样,要讲我自己也有点震惊。为什么自己没有在心里边有那种巨大的波澜?因为我自己在战地医院里也是做政治工作的,我想我内心的强硬连我自己都没法解释的话,那只能说,是那个时代,是革命以及革命事业的性质,让我们必须选择对于命运,做出我们强硬的理解。我当然没有对翟言飞之死有太大的意外,我说过了他是死而复生,再由生到死,永别成了一再延长的戏剧。所以像重庆之行,我是必须忘却的,而对于我们活着的人来说,最重要的反而是活着,没有比活着更重要的。虽然讲牺牲也是革命的一部分,但对于革命的前进性来说,只有活着才能继续革命,所以活着又是最为重要的。

我想回到茨河边,我必须要给刘行远一个交代,这是我个人的事,是我们之间的私事,而不仅仅是组织的事,尤其是对我们的情感和生活来讲,我们必须能够自己面对。但我回到茨河边才发现,林业一战已经结束,我一回到驻地,就发现驻地已大变,野战医院正在收拾,大部分装备已经拆除,只留下一个病区,那是打林业收下的伤员,可以讲伤员并不多。

对于林业一仗的情况,我很快从师部的梁参谋那里了解到情况。梁参谋是奉政委之命来跟我交代相关情况的:苏兆光院长已经带着一部分拆好的装备,到了林业后边的土地庙,在那里野战医院正准备跟随主力部队向南迁移。由梁参谋介绍,我才知道,原来师长已经牺牲了,而刘行远据说正在准备向南进发。梁参谋说,刘行远可能还要在李庄那里逗留一段时间,也许就是几天。我知道梁参谋跟刘行远是一起到对方劝降的,所以他奉方政委之命来跟我讲这里的作战情况,我是可以理解的。梁参谋是一个很热情的人,但他很有分寸,他是知道我跟刘行远已经离婚了,但我想组织上不会跟他讲我去重庆探望翟言飞的事情,所以梁参谋只以为我是到后方去了一趟,至于别的他就不知道了。

梁参谋跟我讲的情况是张会勤师长带了一个突击团,去章渡那里迂回到林业背后，在那里碰上了敌人的阻击，这个事情非常意外，因为张师长带个突击团过章渡时，对方的王牌师的师长，也就是刘行远去谈判的那个的汪师长，其实就在我们的师部里，当时方政委正在跟这位汪师长做谈判。而双方在林业已经有交火，可以讲敌人的军心涣散，汪师长一边在谈判，一边却无法说服他后边的另两个师跟他一起投降，也正因为这样，张会勤师长才决定带突击团准备到林业后翼的土地庙那里打它的退路。而当时汪师长是跟张师长、方政委承诺过的，在章渡那里，有他师里的一个旅，那位旅长是他老部下，还有九师的一个旅，他们驻守在章渡东岸。当着张师长和方政委的面，汪师长是给他部下打了电报的。但意外的是，当张会勤师长过了章渡后，却遭遇了对方的顽强阻击，其实，真实的情况是，对方并没有彻底放弃，他们无非是在拖延时间，所以即使汪师长已经躲进了我方的师部，跟我们谈判，但另两个师的火力却没有减弱。张师长是个拼命的人，跟他一起打过去的团，基本上都死在章渡至南口一线的河岸上。

张师长死了，梁参谋很自责，他说如果不是他和刘行远去对方谈判，也许根本就没有这种打章渡包抄土地庙的战术。张师长死时，小圆脸一直在身边，小圆脸为张师长挡了几十枪，但张师长还是中弹了，张师长当时没有死，他是被士兵们抬下火线，然后从河岸边用船，又从茨河往林业这条主线的渡口撤回了后方。在医院里，小廖见到了浑身是血的张师长。小廖说，张师长死都不闭眼，他伤得很重，但他不服气，他始终认为对方即使是投降，也没有资格，因为对方军令不一，完全不是战争上的让人佩服的场面。至于张师长之死，小廖讲得比较透，他说张师长始终认为只有把敌人打趴下了，敌人才会投降，所有主动的投降都是可疑的。事实证明，对方的王牌师，即使师长有了起义的念头，但大战牵制因素太多，没有人能保证一切按照计划进行，而事实是来谈判的对方师长汪大年没有战死，躲过去了，而我们的师长张会勤却身负重伤，死在了战地医院里。小廖说，张师长被抬回医院没有立即死去，在最后那段时间，他还把刘行远叫来了，他跟刘行远似乎有话交代，但具体讲了什么，小廖说他也不清楚。小廖还告诉我，那个为师长喂马的鲁黑子，也跟着师长去了突击团，鲁黑子也死在章渡渡口。那匹枣红色的战马还在伙食班那里，听小廖讲，马的颜色仍是亮亮的。

22

　　再见到刘行远，是他向南线开拔的前一天，那时接亲友来团聚的各级干部们基本上都已经让各自的家属回到原来的驻地了。而刘行远却不一样，他已经回到师里，这不仅是因为他和师长的关系，也更因为林业一战中，刘行远参与得很深，并且他是和对方谈判的重要人物，而不幸的是，也正因为这场谈判的出入，使张师长丢了性命。所以无论是师里还是纵队都没有再论及这场谈判。可以说这是一个很难理清的话题，但后来我知道，部队首长还是认同这样的谈判的，至少在部分程度上，有效地降低了我方强攻所造成的伤亡。当然张师长之死，有我方战术上安排——尤其是张师长强硬突击的做法——的原因。

　　那天下午，我是在李庄的坟场那里见到刘行远的，他还是带着独立团六营的那几个人在那刻碑，显然这些都是为了在打林业时牺牲的战友。小廖跟在我边上，去喊刘行远，刘行远见我站在木桥桥头那里，他向我挥了挥手，我不太明白他的意思。这时另外几个在刻碑的人就退到坟场另一头去吸烟了。小廖让我过去，我就到刘行远身边去，有一些天没见，刘行远没什么变化，他这个人就是这个样子，你很难发现他有什么情绪，或者他会让你看出他有什么心理上的变化。他总是这样四平八稳。我跟他说，他死了。他说，你说张会勤师长？我倒不是先讲的张师长，我要说的是翟言飞，但听他这么讲，我就没有办法讲翟言飞了，翟言飞跟他刘行远有什么关系呢？至少我不便跟他大谈特谈翟言飞吧。我说，张师长的事，我听小廖讲了，是过章渡时被打死的吧？刘行远说，张师长是条硬汉。我说，你跟他不是很好吗？

　　刘行远已经快要刻好碑了，跟别的碑不太一样的是，张师长的碑面上石皮颜色要更深一些。他的手很巧，这个早年我在广城畈就注意过，他还做过裁缝呢，而事实上，不论什么活儿，只要他愿意学，他都能很快就学会。我看上边还有几个笔画没有刻完，我就用脚在泥地上踏着，其实我是希望他跟我说点什么。我想在我们之间有那么一点尴尬，但我想他是不会像别人那样来理解的,他是一个有自己想法的人。我说,你明天就要往南去了吧?他点了点头,他没有问我明天要南下的事情,其实我可能在夜里就要向南,因为我们战地医院是要有一部分人先行到南边的战区边沿,我是负责政治工作的副院长,我理应会在夜里就开始南下的。但刘行远没有问我,再说这时我们已经不存在夫妻关系了,全军上下都知道我们离婚了,我再和他说这些有什么意思呢?

刘行远把张师长碑上的最后几个笔画刻得很慢,我还是忍不住问他,我说,张师长在最后的时候你是待在他身边的吧?刘行远说,我在。我问他,那他没讲点什么吗?刘行远说,张师长讲你不错。我说,张师长怎么最后还讲到我呢?刘行远说,张师长是在讲我,他顺便讲到你的。我说,那不是专门讲我。刘行远看了看我,又说,张师长说,李能红这个人不错,你们的事情还是要让方政委今后有机会向大家讲清楚。我听这话,有点难过,但我想,师长临终还把我们挂在心上,他确实是个值得尊敬和信任的师长。我还能讲什么呢?我转过身,刘行远也站了起来,他跟我讲,搭把手吧。我就和他把张师长的碑从平放的位置掀了起来,碑靠在他腿上,他用一块潮布耐心地擦着刚刚刻上去的笔画。

第五部

1951 刘宣洋说

★
★
★
★
★

我爸爸刘行远差不多也算是这样一个硬汉吧。只怕他自己从来没想过什么硬汉,或者说他会嘲笑做个硬汉什么的,他是一个坦荡荡的革命者,一个兵。然而,他是多么好的一个兵。请原谅我,我有点激动了。

1

你要叫我说，我说不了那么多，也许我可以尽兴地说，但我实在是没有底，我能谈到多少对你有用的内容。不过，我相信既然我答应了跟你谈，那我就试试看吧。现在，我跟你说，你也清楚，我跟别人还是不一样吧。所以，我要讲的话，就不是那种能得出什么肯定的结论的话，因为这不是我想要你得到的印象，我无非把我能讲给你听的内容，按照我觉得顺畅的方式来讲。

你看，每当我自己要讲，我就不那么明确我是个爱说话的人了，我只是在讲到我爸爸时，我才会这样的。这或许跟我这个人的性格有关，毕竟，如果不是因为你要写这本书，我是想不到要讲我爸爸的。你知道，我是一个或许最有必要来讲讲他这个人的人。但是，我又不那么愿意讲，因为我很想看看你会写出一本什么样的书，而我自己呢，我倒宁愿并不需要向你讲他的什么事。但现在的情况是，如果我不讲，或者会对你写这本书有些影响了，因而我才下定决心，要把我能跟你讲的话都告诉你。

但你也要明白，我不能保证我能讲好，但现在你我都知道，刘行远是个什么样的人，仅仅凭他自己讲的，你也知道了。只不过他讲的部分很少，我听你跟我讲他只讲了他整个人生中很前边的那个部分，之后他就没有办法口述了，所以我想这给你写这本书带来了难度。好在，后边你又听到了不同人跟你讲述了我爸爸各个阶段的事情，尽管这样也并非是完整的，但我想，也许你已经从某些方面了解并得到了你想要取得的内容。这样，我确实也不必太过细心了，因为我不是那种能把一个人、一件事或一大段历史全部捡起来的人。我不是那种人。更别说，你在写的是我的爸爸，那么我就说一些方面吧，可能是一些片段，也可能是我对我爸爸的一些看法，这些看法，你听起来是我主观的,但事实上它来源于我爸爸给我留下的直观的印象,我既不需要去刻意地分析,也不需要去细想,我想还是从点滴谈起吧。

我能谈什么样就什么样,不过如果这样给你后边写书造成什么困难的话,我也管不了那么多了,毕竟那是你自己的事情。我前边讲了,我爸爸只跟你谈了一部分内容以后,他就不能说了。他太老了,这是十分可惜的,关于我爸爸生病以及后边的事情,我可以往后放一放讲。

我倒是先讲讲我自己吧,因为只有讲了我自己,你才能知道,为什么我会对我爸爸有这些特别的认识。你想想,如果我跟你讲我自己的身份,那么你并不能理解为什么我对我爸爸的感情与别的父女之间的关系有那样的不同。我是我爸爸的养女,这个你已经知道了,但我来讲我爸爸刘行远,那我还是要先强调这一点。当然作为他的养女,我更理解了父女关系,以及作为女儿我是怎么看待他的。

可以讲,他是一个最好的爸爸。当然,我们没有血缘关系,这个是肯定要讲的,也许没有血缘关系,可能并不适合我来强调。这么说吧,我还是要讲他生病了,那时他已经不能跟你谈他自己的人生了,他并没有什么值得可怜的,可以说他这个人有他自己的一套看法。他不能跟你讲了,他也并不着急,可以讲他并不急于要把他自己讲清楚。

作为他的女儿,我没有看到。他对他周围的人,尤其是他的后人有什么要求,但看得出来,他对他自己是有要求的。这从他的举止上,尽管病得很重,但从他那些被动的、对于疾病的反应和挣扎中,你仍然可以看出来,他仍然对自己是有要求的,他始终是那个对自己看得清楚的人。这个是我现在跟你讲的,这是他一个很重要的特点,那就是不管在什么阶段,不管在什么位置,也不管在什么处境下,他首先都是他自己。有他自己的一整套做法,这个我作为他女儿,这么多年,我是最清楚的。

对啦,前边我跟你讲了,我不是他亲生女儿,对吧?我是他养女,我先讲这个,是说我们之间没有血缘关系,但我们的父女关系却反而比别人的要更为牢固,这个后边你会听得出来。但我之所以要讲我是他养女,这也是因为我对他的那些印象,有可能反而更为冷静和客观。再说,我很小的时候,他就收养了我,所以我对于这样的养父养女关系的认识,是分了些阶段的;如果有必要,我会在谈我爸爸的那些事情时,结合我爸爸和我之间的关系的不同阶段来讲,这样你会更清楚为什么我会对他得出那些也许别人不会有,也想不到的认识。

2

他那次病倒不能跟你这个为他写书的人讲话了,但他的思维仍然是清楚的,这个我明白。但是,他已经不能表达了,也就是说他不能对别人说的话做出回答,而他自己也不能亲自来口述他准备向你讲述的内容了,这一点是明白的。

他住在医院里,他是个很固执的人,但尊敬他的人会说他是个坚强的人,而作为他女儿,我至少觉得他是个强硬的人。他躺在那里,眼珠在转,嘴角在抽动,他能翻身,尽管只能侧着动一点点,因为刚住进医院时,护士和医生对他有很多要求,但很快包括院长在内的人却发现,要想医治好他,就必须用他能接受的方式,跟这个病人处好关系,否则他的固执会否定掉你的一切努力。作为他女儿,我是深知他的那一点原则的,前边我跟你讲了,不论在哪个方面,对他来说,最重要的是他要表现出他在某一件事情上,纯粹要有属于他自己的那一点想法,也正是这个想法在一直支撑着他这个人。比如他住到医院里,我发现虽然他不能讲话,但对于你讲的每个内容,他是有反应的。也就是说,假如你说得对,他会肯定;假如你说错了,或者说你说的内容与他知道的或理解的相反,那么他就会否定。尽管他是很困难地用他的肢体语言来表达这一点的。

我之所以告诉你这个,是想让你知道,包括我自己在内,我们在任何时候,都不可能得到违反他意愿的表述,假如他知道他所表达的内容的话。好啦,我说了这些,我想你应该明白了,作为一个为他写书的人,你必须要顾及你要写的内容必须是他支持的,或者说是符合他的实际情况的。

当然前边你也说了,你写的是一本有关他的书,而不是为他写的书。

但在我看来，你就是为他写的。没有什么，比书的主人公更能要求一本书的真实性，甚至是真理性了。我讲了，我爸爸是个固执而又有想法的人，但并不是每个人都清楚他这一点，所以他也没有办法要求每一个在他生活中出现的人，都能和他相处好，或者说都能重视他这个特点。

现在，他是在你书中出现的人物，我还是先拣重要的内容来讲。我先说他有想法，是个到什么程度的事情吧。我告诉你他在粮食关的时候，那时候饥饿是中国社会普遍的现象，我爸爸虽然可以有办法做到不那么挨饿，比如他有很重要的熟人在重要的位置上任职，而他自己也是一位立过战功的军人，但他却并没有伸手向别人要吃的，他是个很能坚持的人。那时我正在长身体，可以讲我是对饥饿有记忆的人，我没有见我父亲到什么老战友那里去要吃的。他那时跟我讲过一个事，他说人在最饿的时候，可以吃牛屎，这是他亲自跟我讲的。我不明白，父亲就讲把牛屎糊在墙上，从墙上把牛屎揭下来之后，墙上会有一片印子，而那个印子的边缘那种软塌塌的东西，是可以吃的。我自然是没有吃过的，但我爸爸想必是吃过的，因为在他拿回来的口粮中，我是吃了大米的，而爸爸却很少吃。我推测我爸爸是吃过那种东西的。

当然那时候，他已经从部队退伍回到农村，他就是这么个情况。像他这样的军人，如果换了别人，也许完全是另外一种处境，但我爸爸就是没有得到一官半职，他就是复员到乡下，到农村以后，就是务农。至于他这样选择的原因，有他自身性格成分在里边，如果他自己对组织上提要求，或许情况会不一样，但我爸爸没有向他的老领导或组织上提这样的要求，于是他就回广城畈做了一个农民。不过后来农村还是让他做了生产队长，不为别的，也仅仅因为，这些村民们觉得他刘行远做队长会对大家有好处，因为他是个有想法的人，而有想法的人，总能让他的庄上跟别的庄上在争东西时处于有利地位。总之，你可以想象，也还是利用他，看他有为大家服务的本事。

我说了，我一个小孩子哪能知道爸爸复员回乡下，对自己意味着什么，但乡下人就是这样，嘴上不说他刘行远，但实际上人家还是在议论，说他在部队里表现得不好，否则怎么可能打了那么多年的仗，却被踢回了乡下呢？而且那是一个红色年代，如果当兵很好，怎么可能复员回来，是那样一种表现呢？如果你要问我他什么表现，我的看法是，他仍然很固执，并不向组织提要求，同样，他也并不向身边的熟人或是什么有地位的人提要求，他就是这样硬到底的。不怕你笑话，我说我爸爸在粮食关时吃过牛屎，他生病在床上，我是问过他的，他不能讲话，但他用眼神回答了我，那是事实。他确实在粮食关时，为了把粮食省下来给我吃，是吃过牛屎的，这说明我对我爸爸的了解基本上是对的。

3

他躺在医院里，其实很多人都很惦记他，包括当地政府的人都会来看望他，但他因为不能讲话，所以也就没有什么交流。我曾经问过他，对你正在写他的那本书会怎么看。因为他不能讲话，所以我没有办法得知他具体的意见，但我从他的那种反应中看出来了，他还是很看重你正在写的这本书，也因而我想我很担心，在他本人不能口述完整他的生平事迹的情况下，你会从别人那里听到他的什么情况，也就是说别人会怎么来讲述他的人生。

当然我能说的很有限，你也听出来了，我既没有能力也没有习惯，按照别人都能理解的那种方式来讲述我爸爸的人生，现在我恐怕还是要先告诉你为什么我成了他的养女吧。我母亲和我父亲当时是土匪，是在青山，就是在黔东北，靠近湖南的那一带吧。我的亲生父亲的情况基本上现在历史上都有定论，就是一个很顽固的土匪；而我母亲在历史上有不同的说法，可以讲情况比较复杂，但我想讲清他们的情况对于你了解我爸爸刘行远是有意义的。

刘行远到黔东北去剿匪的时候，正是他们从四川、重庆那一带挺进大西南正式收复了重庆之后，他所在的部队就进了贵州。当时的情况，现在的很多资料都已经公开了，剿匪是中共在西南开展的一项很重要的工作。那时的国民党已经败退台湾，蒋介石的残余力量已经很明朗了，但是对于那些国民党的残部来说，在中国大陆依仗西南的地形，进行负隅顽抗，也是不争的事实。但我亲生父亲不是那种完全听从国民党残部指令的人，他是一个很有自己主见的地方武装的头子。

我爸爸刘行远那时也只是一个兵，这么说吧，你已经了解了不少我爸爸刘行远的人生内容，你知道他这个人自始至终都是一个兵，所以你想如果他不是一个有很多想法的人，他的人生就不会那么丰富，很多事情就会跟他扯不上关系，但他却又是那样一个有自己的一套法则的人。再说，不瞒你讲，很多人之所以对我爸爸刘行远另眼相看，也在于他这个人总能让别人看到他与众不同的一面。我这样讲，你就听出来了，我亲生父亲冯晏飞和我养父刘行远都不是一般人，但在他们的人生中，他们之所以能相遇，并且衍生了那些事，还是因为时势使然；倘若没有解放军全面解放大西南，没有蒋介石残部勾连地方土匪进行顽抗，那么我亲生父亲和我爸爸便不会有那些交集。

当然，你也听出来了，今天我在回忆这些事情时，我已经坦然了许多，因为历史总是不能改写，也不需任何个人去对它下结论。我父亲冯晏飞虽然是个土匪，但他对于历史也是有他的看法的，这个后边你会看出来。但是，我爸爸刘行远，即使在很多年以后对于像我亲生父亲那样的人，也还是有一种不屑。可以讲刘行远这个人他对谁都不会那么看上眼的，他有一种清高，你也可以把这种清高理解为一种革命英雄主义，只是他的这种革命，又不是我们普通人所理解的那种打枪放炮，而是他那种坚定的世界观。在他看来，像我亲生父亲那样的土匪，根本就不是解放军的对手，而且他在骨子里就看不上他们。

你要知道，我父亲冯晏飞那时在青山境内有几千人的武装，这对于一个土匪窝子来说，是不小的数目。武器上也很先进，并且与当时残留在西南的将军李玉明（他是国民党在大西南的一个将领）打过很多交道。李玉明退出大西南之前留下一个叫作滕安的部下，一直在黔东北一带活动，这个滕长官不仅错误地判断形势，而且是个机会主义者，总想蒋介石打回大陆是迟早的事，因而滕长官对于我亲生父亲他们的支持也是不遗余力的。我之所以跟你讲这个，是想让你知道为什么我亲生父亲在西南剿匪的那个时期，卷入事件那么深。

前边我也说了，我爸爸刘行远不过是解放军的一个士兵，但他跟当时打到黔东北的一个叫作马远山的师长关系非常好，可以讲他给这个师长出了许多主意，也才因而他被委以重任。那时的青山境内，虽然已经有了解放军进入，但对于土匪的政策始终没有落实，一是因为我亲生父亲他们的武器力量并不差，另外就是国民党的残部在川、黔、湘交界一带随时出没，这就给我爸爸刘行远他们部队剿匪带来了很大的压力。我母亲是我最爱的人，可以这么讲吧，你能想到她有多特殊她就有多特殊，但不幸的是，她生在一个动荡的年代，而且她有着与别人不一样的选择。我说了，我爸爸刘行远是随西南大军进入黔东北剿匪时，与我亲生父亲的武装展开了殊死的斗争，而我母亲，如果不是因为解放军南下，那么她或许可以在她那个土匪的压寨夫人位子上一直坐下去，她是个很自我的人。直到现在，我回忆我母亲，我仍然觉得她是一个始终没有被历史同化，没有被外界改变的人，当然她早已永远离开了我们。

4

我是最尊重我爸爸刘行远的，所以我本来没有把握能不能跟别人提起我的母亲罗娟，你要知道，这对于我爸爸来说，同样是十分重要的。我也跟你讲了，他住到医院以后，已经不能讲话了，但他能听懂别人的话，他也能对别人的话表达他的看法，也就是说他可以肯定和否定别人的话，所以我是征求过他的意见的，我想明白他是否同意我跟别人提到我母亲罗娟。他费了很大的心思来掂量这个事情，但最终我想他是同意了，他答应我可以讲。

不过我现在之所以跟你讲我母亲和我养父刘行远这两个对我最重要的人，还是因为我觉得对于那一段历史，也许个人的存在并不比历史要更为次要。历史就是历史，而个人，尤其是像我母亲那样的人，早已在历史中化为烟尘了，那她自己不也是历史了吗？我已经没有办法跟我爸爸刘行远来一起回忆我母亲，但我知道她对他仍然是重要的，这个我很清楚。所以当我得知我爸爸刘行远同意我跟别人讲述过去的事情，并且是他和我母亲的那些事时。我想我爸爸刘行远对你这本书应该是抱有希望的，否则我想他是不会同意别人来讲那一段事情的。

你应该知道我母亲是土匪的压寨夫人，当然这是后面的说法，其实我亲生父亲冯晏飞的武装力量一直很强，并非人们后边说的那样是散兵游勇。他有很强的地方势力，一直处于一种人见人怕的地位，可以讲即使是西南的那一块的土军阀一直对他十分敬重；而且我父亲的兵有滇军的传统，也有川军的混编，在历史上有复杂的背景。而那时，他之所以成了土匪，还是因为长期以来，他并没有真正取得当时蒋介石政权的信任，而在桂系军阀那方面，李宗仁他们，对他很有意见，所以在全国快要解放的时候，他本来是有矛盾的，但他不可能轻易地就归顺解放军，并且他对当时的土匪政策也是迟疑的。而我母亲那时跟我父亲的观点应该不同，她是一个读过书的人，她对于我父亲的出路是有考虑的，但她左右不了我父亲。

我父亲起初是有动摇的，但后来看到马远山的部队在武进县那里举行了公审土匪的大会，枪毙人的场面十分血腥。我父亲倒不是怕，而且一下子便对解放军有了看法。可以讲我父亲倒仍然是个自信满满的军阀，而在我后来的印象中，我父亲那时很少杀人，作为一支武装，他一直在被人利用，仅仅是作为一支力量存在。所以对于解放军挺进大西南那种压倒一切的姿态，也是有抵触情绪的。

我之所以讲这个，是想让你明白，像我父母那样的人也并非是那么不堪的，他们在政治上、在前途上很迷茫，但也并非是没有考虑的，而之所以我后来的身世中有了刘行远这样的养父，你要知道，那是因为历史在我们个人身上发生了一些神秘的作用，把我父母和我养父之间紧密地联系起来了。当然，你也可能找到一些公开的资料，你知道那时候刘行远是被我父亲他们那些土匪给抓起来了，如果没有我养父刘行远被俘的经历，那么我个人后来的命运也就不会是那个样子。

但真正决定人生的倒也不是我养父被俘，而是历史上大事件的进展，就是解放军解放大西南，剿匪确保共产党政权的建立和稳固，是大势所趋。所以像我父亲那样的人的灭亡是历史决定的，这倒是毋庸置疑的。不过我想告诉你的是在这些大事件中，那些小的事情是怎么发生的，以及它们是如何改变了我的人生命运，真是难以讲尽。虽然我讲的是我爸爸刘行远的故事，但怎么就那么强烈地扯到我个人身上了呢？看来如果不从自己讲起，我是连一点历史的影子都抓不到的。我讲到刘行远被俘了吧，那是后边的事情了，不过如果他被俘，被我父亲那样的土匪杀掉的话，那么事情也就不是这个样子。事实是，刘行远并没有被杀。我说了，那时大势已经明朗，我父亲他们的失败已经注定了，所以后来死的不是刘行远，而是我父亲，但我父亲之死却是一个大的话题了，我要把整个经过尽可能翔实地跟你讲出来。

5

我还是一直习惯称刘行远为爸爸，我跟你讲他的事情时是这样，我自己在心里边想到他时，也是这样称呼的。你自己也是广城畈人对吧？我就是觉得称他为爸爸，符合我心里边想的。你知道我不是你们老家那个地方的人，我是大西南人；当然我亲生父亲冯晏飞是西南人，是云南人；而我母亲罗娟身世就复杂一些，她出生在上海，但她母亲，也就是我的外祖母却是江苏常州人。所以我自己并不觉得自己身上有太多西南人的影子。

我跟你讲，我对我亲生父亲没有什么印象了，因为那时我还很小，况且我后边都是由刘行远把我抚养大的，直至现在我跟那个记忆中的亲生父亲没有任何亲近感，尽管我自己也知道，作为土匪那是他自己的事情，但从个人情感上说，我对他也没有什么特别的。我有时甚至也苦恼这个，这么说也不是要故意突出刘行远对我的抚养之恩，对我有什么决定性的影响。我这样说，恐怕也就是因为我自己也有一些迷惑。我之前跟你说了，我母亲罗娟不是一个一般人，但这不是问题的关键，我敢说，我始终没有完全弄明白刘行远是怎么看待我母亲的。即使在他病倒了，我看出他已经时日不多了，我想从他那里听出一点他对我母亲的看法，或者是一点情感的流露，但很遗憾，他捂得很紧，他始终没有跟我讲他对我母亲罗娟是个什么态度，也许你也可以称之为隐私吧。而那时，我母亲确实跟父亲不一样，她对时势和政治，是有她的一套看法的。在政治上，她其实是有十分准确的看法的，这不是说，解放军进入大西南，她就看到时势在解放军这一方了，而是她本来就厌恶我父亲的那一套，也许她对地方武装本来就是有看法的。

所以我母亲本来是有可能把关押在青山后台那儿的刘行远处决掉的，但她没有这么做，可以说是她给刘行远留了一条活路。当然，在别人看来，事情又不是这么简单，因为关于刘行远是如何从青山后台那里活着走出去的，一直有好几个版本。即使是今天，我自己也仍然不能确定到底是哪种原因使得我爸爸刘行远能够从青山那里逃出去。不过，你现在假如在《青山史》里寻找，有的记载说的是刘行远自己的部队，也就是马远山的六师六团，就是那个柳团长带了突击队，到青山后台那里把整个后台给打通了，当然也就解放了那个关押着征粮队、农运组织干事和青山地下县委的同志的监牢，所以刘行远在那个专史里是被柳团长给救出去的。至于这一点我向我爸爸刘行远求证过，不过他没有表态，也许在他病得那么严重的时候他自己的记忆力或许不那么可靠了也没准，但在我自己，我倒倾向于他怎么出去的也许并不重要，因为只要他活着，他就能从青山出去，而问题的关键在于他被俘后，他却能在那里活那么久而没有被枪杀，这几乎就是我母亲的事了。

因为那时我父亲冯晏飞已经从青山往晋江方向去，他在那里结集部队跟那个姓滕的司令在一起谋划跟涪镇地区的马远山的主力部队周旋。那时他信心满满，以为自己不是一般的土匪武装，而是负载了一种复兴蒋介石政权的希望，可笑的是，他以前并没对蒋介石政权有什么好感，否则他也不可能一直是带地方武装的。跟你说吧，这些年来，我自己也一直在寻找我亲生父亲冯晏飞那时的往事，也许我可以在心里边跟他走得更近一点，时间过去了这么久，历史的烟尘终归是要散去的。

所以我父亲在晋江一带结集，而我母亲在青山时，却有了她自己的打算。

不过，我从来没能跟我爸爸刘行远计较这个问题，对于我们来说，这是一个禁区，因为他是一个过于有主见的人，对于他自己的历史，他很少去讲，即使对于组织上，如果没有别人来找他，他也决不会主动去找，他就是这么一个人。

我前边讲了关于刘行远是怎么从青山那里出去的有好几个版本，之前有柳团长打的那个版本，还有就是他刘行远自己从青山监牢里逃了出去，关于这个经历，我从别人那里听到了一部分，但同样我没有办法从我爸爸那里得到证实。别人告诉我说，你爸爸刘行远本事很大，硬是从监牢里用一根竹竿，从悬崖上滑下去，然后还要从桔江那里渡江，再之后，又杀了大概十几个土匪，才从青山逃出去，到了晋江之后，又从县城死里逃生。关于他这个出生入死的经历，刘行远自己没有说，我也无法确信，但他之所以能逃出去，也还是因为我母亲，那个压寨夫人没有杀他，放了他才使得他有机会逃出去。

我这么说，你看出来了，不论是什么情况，反正都离不掉我母亲对他网开一面没有杀他。也许你也会有疑问，为什么我母亲没有杀掉他呢？当然这个我也是在追问的。关于刘行远怎么逃出青山的还有一个版本，那就是他是被别人用滑竿给抬出去的。这个版本听起来很神秘，但其真实性同样在得不到证实的时候也是存疑的。但有人跟我讲过，说你爸爸刘行远就是有人安排用滑竿从青山抬了出去。你想想，一个俘虏，本来应该在青山后台那里被杀掉以壮土匪的声势，但在我父亲冯晏飞去晋江与滕长官合作抗剿时，俘虏却在后台那里被人用大轿子抬出了山腰，这不仅是个振动人心的消息，同时，你也可以想想这一般人是如何能做得到呢。但不管怎么说，人家还是要把话题绕到我母亲身上，因为我父亲到晋江去找国民党残军会集的时候，青山的事情就都交给了我母亲处理，而我母亲又是如何能让刘行远从眼皮底下被人用轿子抬走呢？问题是，除非她不仅知道这个事情，而且这个事情是她本人也同意的，这样的话，刘行远也才能办到。这么说，其实刘行远能活着，当然就全赖我母亲了。不过事情终究是什么样的呢？

6

他住在省立医院的时候,你也去看过他对吧?我还记得那次你去,还带了笔记本,但我爸爸刘行远已经没有办法跟你讲任何话了,当然那时你并不知道,可以通过自己提出问题,向他征求肯定或否定的答复,这样多少也能取得一点他的意见。然而,说实话,我不晓得我爸爸那时到底是怎么看待你这本书了,他这个人倒在病床上,但他思维还是清楚的,只是他不能讲话了而已。我想我对于我母亲罗娟的事情,终究是要在他活着的时候,从他那里听到一些真实的情况,虽然我得知他同意我来跟你讲述我母亲罗娟的往事,让我多少有些开怀,但至于我能不能讲明白我母亲,我是没有底的。

所以我是希望我爸爸能够尽量明白地给我一些确定的答案,他也许知道,我迟早会把这些情况转述给你这个写书人的。但是,作为躺在病床上的爸爸,他的精力是有限的,往往问不了多久,他就会满头大汗,这样我就不得不停下来。我想我爸爸刘行远是个坚强的人,他这个人,你知道在离开战争岁月以后,复员到地方,只是做了个农民,他是个有底线的人,他是个明白人,你可以相信,他永远是个地道的广城畈人。他这人一点也不复杂,你没有必要去挖掘他的内心,以及他的什么大格局、大气魄。其实这些东西可能对他都不合适,他就是在每一件事情上都清清楚楚的人。因为他和我母亲罗娟特殊的关系,所以我没有在之前在这方面和他有任何谈论,我前边说了这个话题对我们是个禁区,而他病倒以后,他自己也知道,是到了把这些问题讲明白的时候了。但问题是,他已经不能讲话了,所以我自己是抓紧时间赶快去征求他的意见。前边我跟你说了,我爸爸刘行远是怎么在青山跟我母亲结识以及他是怎么从青山监牢里逃出去的,有好几种版本。

不过你也要知道如果不是我母亲,他肯定是被杀了。那时我爸爸刘行远跟马远山部队到大西南剿匪,如果没有特殊原因,一旦土匪抓到像刘行远这样的南下剿匪部队的人,一定是当场就杀掉了,而之所以能被关在牢里,还待以时日,完全是因为我母亲那时在想,留这个人是有用的。

所以，不论刘行远是用哪种途径从青山逃出去的，其实这都只是一个幌子，因为我母亲跟我父亲是不一样的，我母亲是有她自己考虑的人，所以我之前跟你讲的，那几个关于刘行远从青山逃出去的版本，是我在我爸爸病倒以前，从不同的人那里打听来的。关于柳团长打到青山才把刘行远给救出来这个版本，是从青山一个老人那里听来的。当然青山地方志也是这么记载的。关于我爸爸刘行远自己撬开监牢的牢房，杀了守卫逃出山崖，用竹竿逃出来的这个版本，是从我爸爸刘行远的另一个熟人那里打听来的。可以讲这些年我还是在一直打听我爸爸和我母亲的事，不过后来我得知，其实我爸爸的这个朋友，也还不是他自己的朋友，而仍然是我母亲那边的人；就是说，那人讲这话，多半也是出于对我母亲的敬重，因为在那个人看来，我母亲罗娟是不会自己放走一个对山寨有威胁的剿匪军人的。不过，我并不完全相信。

而我说的最后一个版本，就是说我爸爸刘行远是从青山那里被人用轿子抬出来的。我是从一个叫作宋公江的人那里听来的，我自己并不愿意相信这个人。这个人在多年前就已经去世了，但我觉得像宋公江这样的人，或许往往掌握的是实情，但对于他们在解放初，那段剿匪岁月的事情，我自己是一头雾水的。所以这一次我是跟我爸爸刘行远认真地征求意见，我想他应该向我明示，关于他是如何从青山那里逃出来的，他应该让我明白，总该有一个说法是准确的。这不是对历史负责，但至少是要对我母亲负责吧。庆幸的是，那次在病床上，我爸爸刘行远没有再回避这个问题，他肯定了第三个说法。我想他是很艰难的，因为我相信，我爸爸他也可以对这几种说法不做出什么选择，因为时间太久了，他有权保持沉默。

但我爸爸刘行远还是肯定了第三种说法，也就是说他承认他是被别人用轿子抬出了青山。其实，现在你应该明白了，当时他之所以能够从青山监牢里被人用轿子抬下山，而不是别的九死一生的逃法，这至少说明了那时他跟我母亲罗娟就不是一般的关系了。否则以他一个剿匪战士的身份，他是如何能从匪窝里被人用轿子抬出来呢？我有我自己的猜测，但猜测是不管用的，我爸爸那时已经不可能自己口述他从青山那里出来的经历给我听。不过，我想我听过宋公江对我的口述，他那时把事情讲得虽然有那么一点玄妙，但毕竟他是一个经历过大西南剿匪的人，他跟我父亲都是马远山部队里的人，又同是从广城畈出去的。不过，宋公江之所以能到马远山的西南剿匪部队，也是我爸爸刘行远向马远山下边的一个姓权的旅长推荐的，这让宋公江从另一支部队进了马远山的剿匪六师。我之所以要跟你讲到这个宋公江，是因为我想历史就是这样，总要有人来讲述，这样我们才能把过去的事情看清楚。

7

我还是要先把宋公江这个人跟你交代一下，你想当我爸爸在病床上，我跟他提起我母亲罗娟的往事，我爸爸刘行远肯定了我，让我能有机会在他生命的最后阶段，跟他来谈一谈母亲。他自己也知道不能跟你这个写书人来谈他的过去了，而他女儿，也就是我，也许保留有这样的机会可以在适当的时候，当然他会理解成我会以我的方式来讲述他刘行远的生平。不过，你要知道，我之所以说我要让我爸爸知道我是从我母亲罗娟那个角度来谈的，那是因为那不仅仅是谈论他和我母亲，我想他应该明白这也是我生命中重要的内容。而我也说过，这一点在以前我和我爸爸的谈话中，差不多一直是一个禁区。我为什么要讲我母亲罗娟会让我爸爸有这么大的反应呢？我想可能还是因为刘行远他本人对于他即使是个人的历史，也是有他一以贯之的某种特别的态度的，可以说你也看出来了，他是个太有个性的人。

所以我跟你说，我是从宋公江那里得知，他认为我爸爸刘行远从青山监牢里逃出来的历史是第三个版本。我向我爸爸求证，我爸爸刘行远是很诧异的。如果那时他不是在病床上的话，我不知道他会不会发火，会不会制止我去打听这些历史旧账，但那时他确实病得很重，他只能以是或者不是，以点头、摇头，以肯定或是否定的眼神，来对我提出的问题进行表态了。但我发现我提起宋公江，还是让我爸爸刘行远很有情绪，但是为了核实历史，我不得不如实地告诉我爸爸刘行远，我必须跟宋公江来讨论他对历史上我爸爸和我母亲的那些事的看法，显然我爸爸刘行远是非常震惊的，这个我看得出来。

所以我现在转述宋公江跟我讲的，他对我爸爸刘行远往事的看法时，我倒要先跟你讲讲宋公江这个人。现在你也见不到这个叫宋公江的人了，他在前几年就已经过世了。他这个人你可以说也很神，但问题是，他这个人，像我这样即使对他多少有些了解的人，也是难以把握的。我想要是让你突然面对这么个人，你也会没有办法明白他是个什么样的心理。当然，他是个特别玄乎的人，这个在广城畈一带恐怕知道的人不多，因为相对于我爸爸刘行远，他倒是更为特别，因为他在解放后，基本上就已经不在广城畈了，他在外地。所以当地人除了老人，对他就没有多少了解了。

所以像你这样一个写书的人，我想你对他没有任何了解，我是完全理解。确实他是另一个路子上的人。对于老人，你说得对，我们最好别做什么判断，因为那样是不恭敬的。但因为我在了解我爸爸的历史时，又找过他，所以我就不得不稍稍尝试着去理解宋公江这样一个老人。当然他跟我爸爸刘行远完全是不一样的人，可以说我爸爸知道我去找宋公江他很震惊，这基本上就表明了他认为我根本没有能力去把握一个像宋公江这样的人。倒不是说他是老人，而是因为像他那样性格古怪的人，我爸爸是深有领教的。所以现在我跟你介绍宋公江提到的我爸爸和我母亲的往事时，为了便于你了解，我先讲宋公江，这让我必须先要让你和我一样，正视宋公江这个人。但是，宋公江说的那些话，因为我已经在病床前跟我爸爸刘行远做了核实，所以你可以放心大胆地引用，我只是告诫你不要以为这些材料是孤立的，相反，它们在今天的存在实际上仍然是由它们的持有人的记忆所决定的，因此我是感谢宋公江老人的。如果没有他耐心而不乏自我解嘲式的讲述，也许有些历史又要在烟尘里被淹没了。但重要的是，我从我爸爸刘行远的肯定里发现了，爸爸刘行远对于历史，尤其是对于他和我母亲的关系的记忆是如此鲜明。

8

宋公江也是广城畈人,这个你也知道,但他这个人说起来跟我爸爸在广城畈那就完全是不一样了,可以说他解放后不在广城畈了。如果他还在广城畈,估计别人对他的看法也不会有什么改变。我的意思是,他是一个很古怪的人,当然现在这样来说一个已经辞世的老先生有那么一点不敬了。但是,就事论事,或许这样我们能把人和事都能掰得更清楚些。我记得你跟我说了,你在采访别人时,别人也跟你提到过宋公江这个人,当然这是非常有意思的,你已经对这个人有了一点印象了,对吧?但那是在很早以前了吧,是在霍山打游击时,对吧?可以讲宋公江也是一个老革命了,他也是一个从广城畈走出去的老兵了,霍山打游击那一阵子,他跟刘行远是打过交道的,但他们没有并肩战斗太久,刘行远就开始往江西那个方向走,这个你自己也知道,别人在讲我爸爸这段历史时,也说了。

我爸爸刘行远闹革命虽然九死一生,但他一直是比较主动的,也就是说他总是有选择的,是个很有头脑的革命者,对吧?也就是最初在舒城、霍山那一带打游击时,我爸爸刘行远和宋公江有过一段密切的战友情谊,然而那时候,革命形势非常严峻,是红军岁月中相当困难的时期。他们那时候也许结下了很深的友谊,但在后来他们的人生态度是不太一样的,或者说性格决定了他们有不同的表现。我爸爸刘行远当然是比较主动的,所以他的路子要更宽一些,更别说,他在不同的阶段都参与在相对重要的事件中,包括他后边让人很注目的婚姻以及个人事件,这些都是有目共睹的。

现在我要讲,在大西南剿匪时,我爸爸刘行远怎么就和宋公江有了这么深刻的关联。我不讲清楚这一点,你也没有办法相信为什么宋公江他能够对我爸爸和母亲的那段故事拥有发言权。我前边也提到了我爸爸介绍宋公江到权旅长那边去,才让宋公江加入了进军大西南的部队。当时的宋公江在没有进大西南之前,在另一支部队里,他是一个很普通的士兵,可以讲不是那么上进的。他这人性格就如此,即使是在晚年,我在向他打听我爸爸和我母亲的事情时,你仍能从他的谈吐中看出他是那种比较悠闲、比较无所谓，同时又比较注重个人表现的人。我这么说没有不尊敬老人的意思啊。

那时，也就是1949年前后的宋公江在部队里没有什么特殊表现，因为他所在的支队离我爸爸刘行远的进入大西南的二野的六纵比较近，部队之间常有来往。而宋公江是一个在支队里大概是做维修的工兵，主要是营房和后勤这一块儿的。因为在广城畈老家，他就干过瓦匠，所以在营房那块，他主要是维修工。像他这样的人，因为部队需要，所以基本上是驻扎在后方，一直在后方基地，照他自己的说法，也可以说是在混，不是那么积极的。

我爸爸部队打下了南京之后，准备南下，也就是向成都、重庆一带开拔时，一次偶然的机会，我爸爸刘行远碰到了在部队工地上的宋公江。宋公江非要我爸爸刘行远帮他在领导那里讲好话，他说他也想到南方去打仗，当然他是怎么理解这一点的，我爸爸也没有追问。因为宋公江晓得我爸爸刘行远跟当时的师长马远山很熟，所以他就要求我爸爸，我爸爸自然也没有跟师长讲宋公江的事，而是跟权旅长说了宋公江的情况。这个权旅长碍于我爸爸跟师长的关系才答应了让宋公江从另一个部队转到了六纵他那边的那个旅，这就是宋公江进入剿匪部队的原因。我说这个是想告诉你，其实宋公江这个人自己还是要求进步的，可能他对部队的热爱跟别人是不太相同的。

当然我自己理解的是，他长期没有真的在一线打仗，所以作为军人，他多少是有些感觉的，也因此，他到了权旅长的部队后，对自己要求本来是严格的。这个宋公江自己在跟我讲那段事情时，始终没有忘记跟我表达他对战斗的渴望，以及在进入西南剿匪时，他对于影响全国解放大好形势的西南土匪的强烈憎恨。但这些，都是宋公江在刚进入剿匪部队时的情况，后来部队先是在成都打了硬仗，之后是驻重庆，驻重庆之后才是部队进入贵湘川交界进行大西南剿匪的时期。也就是在重庆那段时间，这个宋公江却发生了一些变化。我想我爸爸刘行远对宋公江的这一点，在一开始是缺乏了解的，他只不过是把宋公江介绍进入了部队，他对于宋公江的表现并不太清楚，而且，他们又不是在同一个团，驻扎的地点始终不在一块儿，而权旅长又是一个特别粗心的人，所以直到很靠后边的时候，我爸爸刘行远才知道宋公江这个人在革命形势如此紧迫的情况下，却干出了一些糟糕的事情。

9

　　我现在也不能对宋公江这个人提什么看法，或者说我来提对他的看法是有点不恰当的：一是因为他已经辞世；二是他发生的事情，我们后人并不是当事人。而即使是当时和他处在同一个年代的人，比如我爸爸刘行远，除了总是表示震惊之外，他没有在我印象中说过任何对他有不敬的话，尽管我想在内心的态度上，我爸爸刘行远当然和这个宋公江是不一样的，他们是两种人。尽管这样，我还是感到很庆幸，在宋公江晚年的时候，他能跟我讲述他的那些事情。不过我要听的倒不是他宋公江的事，我是想知道我爸爸刘行远和我母亲罗娟之间的事情，怎么和他宋公江之间就有了那么多的联系，可以讲他们之间本来也没有必要有那么大的关联的。但是宋公江在讲述革命年代发生的那些事情时，他的心态是轻松的，他不是那种特别一本正经的人，尽管他讲述的事情，对于个人来说，都是相当重大的，但他就是那么一个人。

　　我忘了告诉你，其实宋公江在解放后虽然也有很多曲折，这个以后可以再讲，但到他生命的最后阶段，也就是说到了20世纪80年代以后，他的情况就大不相同了。他的革命经历是复杂的，但同时他又是享受到了组织上对他的照顾，这一点跟我爸爸刘行远有点不同。我跟你讲过我爸爸刘行远是个不求人的人，不仅不求人，而且因为他那种性格，他几乎不愿意向组织上伸手。他这一生，基本上把保持他个人的独立人格，保持他那种按自己想法去处理人情世故的习惯，作为他人生的一大法宝。所以你要知道，即使在住院期间，为了改善他的治疗条件，你要帮他打个报告，他都是要否定的。他几乎就是要在病床上消耗着，但你从他眼神里知道，无论是对于医疗还是对于他自己的身体，他都是充满主见的。

　　而我在那几年见宋公江跟他问起这些历史上的事情时，他心情很好，这人心态就不一样了，并且他很会讨人喜欢。这个发现让我很诧异，一个老同志，同样是一个老红军，但他好像更容易跟别人接近。你看我帮你把刘行远和宋公江做了个比较，你大致明白了，即使在新环境下，老人们的性格仍然是以前的，也就是说每个人都是被他的性格基因决定的。我这样讲，大概也是为了让你卸除那些顾虑吧。你千万不要把像宋公江这样的人理解成他在革命道路上有什么成色上的问题，这倒是一点也没有。革命是无比具体的，每个人都有一笔账，记在他们自己头上。而我听到宋公江跟我讲他是怎么在涪镇犯下那个如此严重的错误时，我几乎有点哭笑不得，但我相信，正是因为如此具体的人生经历和革命历程，才使得像宋公江这样的战士无比亲切，同样他们也不再仅仅是那种高高在上的形象，会让你看到一个不一样的革命者，一个个有自己阴暗的想法的人，或者说思绪会在战争年代天花乱坠地胡飞。你会看到他们这样的人在选择革命的同时，也在选择释放自己的人生，而这一点就让人很感兴趣了。

我前边讲这么多，就是给你打预防针，因为也许你听过了太多的正面的历史信息，你掌握的都是他们讲述的那些正面的有意义的事情，但那些事情在教育人的同时，也让你感到你无法不仰视、不敬重这些革命者。但假如，有人像宋公江这样跟你讲的不是那么回事，而是在他身上发生的问题呢？那么你就要换一个角度来看了，不是在今天换个角度，而是在历史的当时，在那个现场，在战火纷飞时，你也要换个角度去看。好了，我就不那么卖关子了，我之所以讲这么多，我也是希望你明白我爸爸刘行远那么震惊于我去找宋公江谈，大约他这一生，他都宁愿别人不要提到宋公江的这一摊子事。

好了，我又想起，我爸爸刘行远虽然是个有想法，有主见，并且不合群的人，但终归，在他的人生里，他始终是把那种干净、那种纯粹、那种独自完成他内心的愿望，渴求他独自的生活方式，作为他人生的目标，这是不容置疑的。所以如果他发现他生活中出现的人与自己人生有那么一点不协调时，他当然是会有反应的，所以我想他认定我跟你讲我母亲罗娟的事是重要的，但同时，如果让罗娟和他之间，提及那个宋公江的话，他是很不愉快的。尽管这样，我们也无法绕开宋公江，因为在那个青山剿匪的年代，他自己是揭不开那个疤的，那就是宋公江是他介绍给权旅长的，而宋公江在涪镇那里给他惹了很大的麻烦。这个麻烦是如此之大，以至于影响到他，必须亲自去为宋公江擦这个屁股，这个我想我爸爸即使在多少年以后想起来，他都是有些愤怒的。

10

宋公江是个头脑很实在的人，这是肯定的，他身上恐怕有一般广城畈人没有的那种灵活。当然这完全来自于我到广城畈之后作为一个外乡人的感受。你知道作为刘行远的养女，多少年以来，我一直感觉我爸爸是把我带到了一个本来就属于我的地方，也就是说我一直相信自己本来就是这个地方的人。所以我在广城畈这个地方看到的是我自己的大量影子，我想令我感动的是那些乡亲也确实如我的亲人一样，因为他们大部分都跟我爸爸刘行远一样，是那种十分自然，不去侵犯别人，不去轻易地扰乱别人的人，我想这个地方的民风就是如此的。我不是说宋公江这个人不一样，而是在他身上体现了另外的一种江湖气，也难怪解放后，他是不在家乡工作生活的，他是有他自己的人生看法的，所以我讲宋公江这个人通过他跟我讲他历史上的事情，也让我看到了广城畈人不一样的一面，或者又幸亏在他身上，有另外的一面，让我看到我终究不是土生土长的广城畈人，所以我对这个地方的了解又是有限的。

那么这个宋公江在涪镇到底都发生了什么事呢？其实也不是什么大事，那就是当二野的六纵到了大西南之后，部队首先打成都，当然打得比较顺利，但伤亡也很大。成都的守备部队，还是有正规军的，而且那时蒋介石虽然准备彻底放弃中国大陆，但仍然在给部队鼓励。可以想想，六纵在这个时候是和敌人打了几场硬仗的，后来部队开进重庆，形势基本上就比较明朗了。虽然国民党部队也还在抵抗，但声势上基本上下去了。并且部队以前很少以这种方式来打下大城市，以往打东边的城市都是合围，大战役；往往在外围打，而不是这样进入城区打。所以打重庆时，战士们就有不一样的感觉了，接触了许多以往没有接触过的东西。比如一些城市设施啊，还有城市风光啊什么的，这对于战士的眼界也是一个刺激。同时，最重要的是，这些战士从没有经历过城市生活，那种市民气息对他们来讲，是完全陌生的、很难适应的，似乎一下子进入了另一个世界。虽然部队也在做思想工作，但大部分战士一时都转不过弯来，这里边闹出一些笑话。部队进入城区后面临了新的任务，那就是如何接管一个城市。不过像我爸爸刘行远他们的部队在重庆也没有驻守太久，那时刘邓大军开进大西南的主要任务很快就转为剿匪，那么刚刚接触的城市生活像一道风景在战士的身上掠过一下之后，便又成为烟云了。直到部队打进了黔东北，这时战士们又开始要遇见城市，当然土匪们主要是占据在山区，部队在城市建了一些地方政府与之相互配合之后，如何去山区剿匪以及如何在城区应对土匪的侵犯，是两个特别棘手的问题。部队在打青山土匪之前在涪镇驻扎过一段时间，涪镇其实已经解放，地方政府和征粮队的运作都很正常。涪镇是个比较富裕的地区，物产丰富，盛产烟草，可以讲涪镇虽然不大，但由于它在生活习俗上跟重庆、成都、昆明比较接近，所以这座小城却有一个"小香港"的别称。很多当地人生活都很优越，而且在涪镇也有不少外地的生意人，在做烟草贸易。在刚解放那段时间，这些生意人不敢立即做烟草贸易，但大多放一些业务员在涪镇坚守，以待贸易恢复。就是在这种情况下，解放初的涪镇呈现了别样的繁华。这种繁华对于那些解放军战士来说，有另外的吸引力：他们一方面有保卫这个城市的责任；另一方面，他们也对新生活充满了复杂的心理。

  就是在这种情况下，宋公江干出了一件让人觉得很奇怪的事情，他从街上带回了一个妇女，并且他声称这是他从四川亲戚家写信喊来的他的媳妇。因为当时宋公江驻扎的地点在涪镇东门、水库下边的烟机厂一带，而我爸爸刘行远他们驻扎在涪镇西门外的团练厂（爸爸跟师部始终在一起，属于一个直属特别连），所以平时我爸爸刘行远跟宋公江很少见到面，一开始根本不晓得这个宋公江居然从街上拉回了一个媳妇。我听宋公江跟我讲这一段时，他是绘声绘色地几乎是当一个故事讲的。

  当然，他心里有数，为这件事，他在后来的人生之路上付出无数的代价。但在当时，你想人们多淳朴啊，特别是在剿匪南下的战士中，突然宋公江从街上带回了媳妇，当时的连长报告给权旅长，权旅长也没有多问，他就吩咐连长，让连部给宋公江家属开了个欢迎会。因为当时驻扎涪镇时，部队洋溢着一种全国大解放的热情，加之在重庆时战士们看到了革命在城市里的胜利果实，所以在那样的气氛下，谁都认为这是一件好事，都认为宋公江是个有能耐的人，居然到了大西南还依托在四川的亲戚，把自己媳妇从外边弄到了驻地。不过也就是因为宋公江是个兵，至于那些稍稍高一点级别的指战员，他们平时也总会调自己的家属来部队，所以一个战士调了自己的媳妇来部队，给了其他战士一种鼓励。并且权旅长还让连部安排了一个欢迎会，那么宋公江便把这个所谓的媳妇安排在身边一起生活了。

连部还专门给他弄了个房子，距离连部也不远，因为那时正在制订去青山剿匪的计划，部队处于休整和训练时期，可以讲一派和平景象。这个宋公江常常带这个叫作裕玲的媳妇到涪镇街上去玩，战士们还跟他们开玩笑，说他们夫妻正在享受难得的战争间隙的和平时光，这时宋公江硬是在连部里让别人都以为他是一个有头脑、有作为的人。而部队战士一开始都很欣赏，后来就觉得奇怪，但毕竟那些战士没有宋公江那样的头脑，他们无论如何，都不会去想宋公江是不是真的接来了他的媳妇。

11

我在病房里跟爸爸在核实宋公江所讲的他在涪镇那里惹下的这个事时，我发现我爸爸刘行远先是震惊，接着就从他眼睛的深处浮现出一种无奈，而这无奈中似乎又包含了一种无所谓。我想作为从同一个地方出来的战友，他对宋公江这个人是有看法的，但同样，在他早年的时候，他是不会以为宋公江有这样的表现会出乎他的意料，但在我爸爸刘行远那里，对于像宋公江做出的那些出格的事情，他是很看不上的。他是一个有自己独立观点的人，对于任何人、任何事，即使早年没有从广城畈被什么六丫头从在田里引出来去参加起义，他也是一个非常有主见的人。

而宋公江确实是在涪镇出了很大的事情,他从街上带回来的那个女人裕玲,一开始来的时候,因为部队战士们多么淳朴啊,他们根本没有往别的方面想,只以为这个宋公江很能干,况且又是权旅长亲自批下来进入连队的,而宋公江又是维修营房的好手,瓦匠活儿干得不错,还带了几个兵当徒弟。于是他这个手艺人在连队里也很吃得开,只是这个叫裕玲的媳妇来了,宋公江干活儿就少了,并且有些插瓦放梁的事,自己不干,就让他带的几个新徒弟来干。这些人虽然也乐于学,但时间过了半把个月,大家就以为宋公江摆了谱,自己带着媳妇经常在工地上露一下面之后,就躲到房中去了。而那个裕玲一开始虽然不太说话,但时间一长,总会有人要跟她交流,战士们不大看得出来,后来就有卫生员来跟她聊天,听她讲话口气不大对。不过那时仍然没有起疑心,因为宋公江这个人很能干,人又特殊,所以旅部机关里只是听说下边连队里有人媳妇来了,都当是一个特别的事儿,没有跟旅长讲起。

但后来,还是来了一个湖北的兵,这个女兵来连队里找老乡,听出这个裕玲的口音不像是她说的那种安徽口音,这个湖北女兵耳朵很好使,她硬是跟裕玲讲,她打赌裕玲老家是江浙昆山一带的。这个说法让裕玲很不自然,可以说裕玲虽然掩盖,但终归她有点慌张,而这个湖北女兵倒没有猜疑她的身份,只是不解为什么这个来部队的媳妇要隐瞒她的家乡。所以连队里就有人要来试,说连队里知道昆山口音的人有不少,听出她是什么地方的人应该不是什么问题。但是连队里要来听口音的人还没来,这个裕玲就跟宋公江到河边去了,裕玲自然是紧张的,不过宋公江不大害怕,他以为他就是能瞒天过海。南下剿匪的部队,里边的战士来自五湖四海,但从大别山那里出来的兵多,大部分人对江浙口音是没有什么辨别力的。再说了,裕玲有江浙口音,这说明以前在外边生活过,这个也没有什么,不然他宋公江怎么会跟旅部汇报说,自己是托四川亲戚找到媳妇来涪镇的呢,本来他就说媳妇家人有亲戚在川东、湖北一带。

但这个裕玲跟宋公江不太一样,她倒没有那么大的底气,赶快回去收拾东西。但即使这样,连里的崔指导员还是赶来了,很快就对宋公江和裕玲进行了隔离审查。果然是一出闹剧,原来这个裕玲根本不是什么宋公江的媳妇，只是宋公江在涪镇街上碰到的，然后两人就谈话，很合得来，照宋公江自己的话，这个裕玲头脑是有点问题的。不过裕玲那边审下来的情况是，她承认她是收了宋公江的一点钱，还有一只镯子，所以才答应跟他到部队里住，而宋公江还跟她吹嘘，等在大西南剿匪成功，自己到北方当官了，就把她安排到北方去。裕玲说的可能是实话，但宋公江也没有错，他基本上是当这个裕玲头脑有那么一点问题的。指导员当然觉得问题很严重，马上给旅部汇报这边已经把宋公江押起来了，而裕玲也就当是群众。这方面，指导员还是清楚的，虽然他也很谨慎，但他没有对裕玲采取什么措施，就以为是宋公江用了一点小手段把一个糊里糊涂的妇女给拐到部队里了。不过在宋公江被押在连部里时，这个裕玲接着收拾衣物，然后乘中午战士们休息的时候，自己一个人包着头，好像后来有人回忆，她还戴了一顶草帽，从营房后边溜了出去。因为她陪宋公江修过营房，所以她知道在山脚那边有条小道，可以从涪镇水库的坝底那儿逃出去。

到了下午两点钟的时候，权旅长听了崔指导员的汇报，他倒没有发作，一方面是现在正在制订围剿青山的计划；另外，这种作风问题是个丑闻，如果全连队、全旅部公开，并不好，大家会以为旅部在把关时没有头脑，而且还为这样的妇女接过风。并且指导员形容了这个裕玲有点宋公江所说的智障的情况之后，也就只好尽量淡化这件事，所以只准备去处分宋公江，而给什么处分却还没有定下来。事情是在傍晚时，突然严峻起来，因为马远山师长的一顿暴脾气，政委也知道这个事，师里的政委是个做政治工作的高手，他不会像权旅长他们那样很轻地看问题。现在解放军进大西南，对地方上的情况掌握得很有限，更别说蒋介石集团在整个大西南留下了大量的特务和暗哨，即使就是一个平常人，在部队里活活住了一个月，这岂不是笑话？而且谁知道她真正身份是什么呢？政委立刻提审了这个宋公江，宋公江这才明白问题有多严重。政委也来不及说处分他的事，只是马上安排要尽快派人追这个妇女，一定要把事情弄清楚，核实好她的身份，看她对剿匪工作是不是构成了严重的威胁，也就是在审问宋公江以及商讨去追击这个裕玲时，政委和师长赶快找到了当初介绍宋公江来部队的我爸爸。我爸爸刘行远到师部里得知宋公江犯下了这种荒唐的错误时，顿时气得哭笑不得。

12

宋公江确是个胆大包天的人，但这个人也可以说是个认理的人，开始部队是把他关押了，但师部找到我爸爸刘行远之后，我爸爸对宋公江的老底是比较清楚的。他们都是从广城畈出来，在霍山一起打过游击，红军出身，根子上是红的，是正的，而且为革命九死一生。宋公江平时在作风上也没见有什么问题，所以我爸爸刘行远基本上也认同旅部里的人讲的话，说宋公江讲裕玲是个智障的女人。这样一来，权旅长跟马远山师长汇报之后，就先把宋公江从禁闭的屋子里给放出来了，这之间只有个把钟头，我爸爸刘行远的意思是，再把宋公江押在那个单独的房子里，旅部里不明所以的人会很有压力，认为当初公开招待一个接来的媳妇，反倒成了一个丑闻。而剿匪任务刚刚开始，部队驻扎在涪镇，此地离匪窝青山不远，城里鱼龙混杂，要想一下子把事情弄明白不是那么容易的。我爸爸肯定是出于好心，也是为了大事化小，把事情先给缓和下来。而政委开始不知道马师长已经和权旅长把宋公江给放出来了，不过就在政委听到这个消息，从厨房那边赶过来时，宋公江已经从水库那边追这个裕玲去了。他给他连里的熟人留了口信，叫人转告刘行远，他自己有裕玲这个人的线索，他会把裕玲给找到。

我爸爸自然是十分愤怒，因为整个师里马上意识到这个问题很严重了，宋公江一意孤行倒是次要的，但这样一来，如果宋公江没有对裕玲的绝对把握，不知道后边会发生什么险情。好在，我爸爸刘行远从连队拨给宋公江住的那个小单间里找到了裕玲还没有拿走的换下来的一件衣服，从这件衣服里，他发现了一只符牌，正是青山下边的一个叫作姚海的小镇上的一位叫冷先生的人制作的。刘行远没有把这道符牌交给师部，他向政委汇报他可以把宋公江找回来。政委起初不答应，认为刘行远这样冒险再去追堵宋公江，假如宋公江是被别人诱引抓去了，刘行远再被抓去，情况会更糟。

但我爸爸刘行远跟师长立下军令状,说自己跟宋公江是喝同一条丰乐河水长大的同乡,他摸得准宋公江的脾气,自己跟在后边追,只要当心不被别人抓去就行。

而在刘行远追出去之前,他已隐约感到问题的复杂性,而马师长是看在刘行远是个能人,并是个有原则的人的分上,才同意刘行远孤身一人,去把宋公江给找回来。而那时政委基本上已经给事情定性了,只是碍于师长的脾气,他没有跟我爸爸发作。我爸爸刘行远正是在马师长的支持下,决心赶快追宋公江,心想只要顺着这道符牌,到姚海镇那里,能把宋公江找回来。至于后边部队怎么处分宋公江,又或者是把宋公江从六纵再调出去,那都是后边的事,当务之急,是把这个宋公江给追回来。

现在我告诉你吧,无论是宋公江在跟我讲述这段追截他的往事,还是我向我爸爸求证这个事的真假,我发现其实他们都有一点喜剧感。虽然那是战争岁月,在大西南处境极端险恶,但在他们回忆起来,或许这就是人生必然要面对的事情。不过宋公江不仅有一点喜剧感,他多少也有点胡闹,他那不是有什么主见,而是一种自私吧。他就是不把这样的事情当成什么险情,他甚至也真的以为像裕玲那样的人是有点智障,不然她怎么会相信他说的全国解放之后自己到北京做大官会把她带到北京去呢?而我爸爸刘行远在我向他核实这件事时,他虽然不能讲话,但他那感觉,基本上是把像宋公江这样的人当成小丑的。他对于宋公江这样的人是有点不屑的,他一辈子恐怕都不喜欢像宋公江那样不正经的人,这不是说刘行远自己一定是个正经的人,但他确实不大喜欢这种不正经的人,干下这种让人厌恶羞耻的事情。但是,令人想不到的是,我爸爸刘行远就是因为去追截这个宋公江而出了后边那件被俘的事情。

这样情况确实一下子严重了,这让部队上下都不明白了。原来这个裕玲不是一个简单人,不然她又怎么会干出这种跟宋公江到部队里冒充媳妇的离奇举动呢?现在我可以告诉你了,这个裕玲,不是别人,正是我母亲罗娟原来的丫鬟,是跟我母亲一起到山上的。现在你明白了吧?为什么那个湖北女兵听出了裕玲有江浙昆山一带的口音,她本来就是那个地方的人。我母亲罗娟就是常州人,这个裕玲最早是她的丫鬟,陪她一起读书,后来一直跟她生活在一起。我母亲罗娟虽然跟了我父亲冯晏飞，做了青山匪窝的压寨夫人，但在这之前，她一直是一个很体面的人。她是在重庆期间，跟这个冯晏飞认识的，我父亲冯晏飞的另一个兄长冯晏初在重庆做事，是一个要害部门做宣传的，也就是在那个场合，我母亲罗娟被介绍给冯晏飞。而那时，我母亲罗娟不知道冯晏飞是在青山做土匪。实际上，他只是说他在黔东北有一片烟草地，跟很多公司有来往，为了保烟草，才有一支武装。而我母亲跟冯晏飞在重庆认识后，被冯晏飞带到青山才知道冯晏飞不仅仅拥有一支保护烟草生意的武装，而且他在当地正儿八经有一支地方部队，并且在云贵交界处很有势力。

我母亲本来在重庆期间准备组建一支昆剧团，所以来青山之后她很失望。而我父亲向她保证，自己一定尽快和政府的人谈好，要把武装交给桂系的白崇禧，然后自己入编，做个文职。我母亲在和我父亲刚到青山那几年，她还是很信任他的，但后来看到蒋介石节节败退，而白总长也没有真的要收编我父亲部队的想法，我母亲才感到其实我父亲在骨子里就是个军阀，他的野心是要在西南独自称王，并且他在一次酒醉后，还跟我母亲讲过，他迟早要把白崇禧那个老家伙的势力都给赶出去。可以讲我母亲并不适应在青山当压寨夫人的角色，而那时，她已经跟我父亲结婚，所以我父亲对她很严厉，并且我父亲前边还有一任太太住在贵阳，据说也是被我父亲常年殴打，二人关系极为紧张。

我母亲本来是想建剧团，想回上海去的，但因为解放军进驻大西南，我父亲忙于和滕安长官合作抵抗解放军，我母亲在青山本部静观时局，但那时她真正的想法是，希望我父亲把部队交给解放军，谋求和平解决青山匪患，至少以中共方面答应不去追究冯晏飞的过往武装所犯下的反共罪行为条件。但我父亲是不同意这一点的，他在晋江正和滕安一起合练武装，准备在涌海和晋江之间，桔江一线，和六纵六师的冯远山部决战，可以讲我父亲的武装已经不仅仅是那种散兵游勇的土匪了，而是要和国民党残部联合，拼死一搏。

我告诉你这些，是想让你明白，这个逃回去的裕玲确是我母亲的一个丫鬟，但她到涪镇去也并非有什么军事目的，她是跟着我母亲一起到的青山，可以讲她自己是一直想逃出去。但我母亲罗娟是个有性格的人，她是个要做剧团的演员啊，她对我父亲这样的武夫其实还是有自己看法的，也总认为可以劝说我父亲在合适的时候向剿匪的六师投降。她相信只要双方一交火，力量悬殊，那么我父亲必然会放下武器。裕玲跟着我母亲罗娟，无论是在上海还是在重庆，她都是一个疯头疯脑的人，所以这几年被我母亲带到青山上，你想想，她有多么狂躁啊，也因此她是急疯了，才到涪镇去玩，才跟这个宋公江误打误撞认识的。

忘了告诉你，宋公江跟我爸爸刘行远一样，差不多都算广城畈一带出来的标致的美男子吧，所以这个裕玲马上动了心，也算跟宋公江在剿匪部队里待了一个月，过了一个月的夫妻生活。像她这样的人一看部队里在查她了，马上就跑，但她自己恐怕也没有想到，像宋公江这样的人居然还会在后边追她。她自己呢，倒是对这样的男人没有什么好惦念的，只不过陪她玩了一场而已。但宋公江这边也自然是要把她给追到，因为宋公江清楚，这个和他住了一个月的女子一定不是个普通的人，并且一旦这个人有问题，那他自己在部队里的前途就完蛋了。他这个倒明白：只有追到她，弄清她的身份，把有可能的危险化解掉，这件事才算解决掉了。而我爸爸刘行远自然就更加明白了，他想如果这个宋公江冒冒失失地追过去，假如这个裕玲是一个反特，那后果不堪设想，对我军的威胁将是不可估量的。并且，在政治上，不仅是个丑闻，还是个难以估量的错误。就是这样，每人都有很大的压力，但真真让大家想不到的是，正是这个裕玲，让我母亲罗娟和我爸爸刘行远之间建立起了本来不可能存在的联系。

13

我爸爸刘行远自然是因为那块出自青山脚下姚海镇的符牌才找到青山去的，而根据我爸爸他们部队的情报，马远山师长他们已经知道敌人的匪窝就在青山，但并不知道在青山的具体分布情况，可以讲作为匪首冯晏飞，也就是我父亲的住所和指挥部,在三座主峰的具体哪一座,我爸爸他们的剿匪部队是不清楚的。所以我爸爸刘行远追到姚海镇,找到做那块符牌的兴宣店,也就是冷先生接待的他。我爸爸刘行远自然是明白,这个冷先生跟当地人打交道,对于匪首冯晏飞自然是非常了解。只是在刘行远看来,并不需要从冷先生那里要情报,他无非是想从冷先生那里知道这符牌的意思,以及什么人用这样的符牌。冷先生没有跟刘行远详说,因为冷先生有冷先生的规矩,他大概也看出来刘行远的身份非同一般,但即使这样,刘行远至少知道了这块符牌。不只是给这个持牌人一个人的,也就是说冷先生差不多是送出了一大堆这样的符牌,只不过冷先生没有跟刘行远说,这块符牌,正是匪首冯晏飞为部队士兵从冷先生那里求的,以为可以逢凶化吉。至于见识过大场面,做过烟草大买卖的我父亲冯晏飞,为什么会相信这些符牌,这就是另一个问题了。反正我爸爸刘行远虽然没有从冷先生那里听到什么确切的消息,但他至少明白了这块符牌的主人就在山上,并且冷先生基本上暗示了符牌的去处主要是那个诸尖峰,也就是整个青山最靠里的一座山峰。

我爸爸刘行远没有多想,他知道现在再不去诸尖峰,堵在宋公江前边,如果宋公江落入了匪窝,情况就非常危急了。那时我爸爸刘行远基本上料定这个裕玲可能是匪窝里的人,而至于她是不是奉命下山到部队里刺探,我爸爸没有确定。只是到后来,我想我爸爸也没有对裕玲这个人有太多的理解,在他那么一个主观、有主见的人看来,像裕玲这样的人和宋公江,在他心目中一样,都是不大正经、提不到台面上的人。现在我告诉你吧,历史的烟尘在遥远的过去泛起,但历史就是历史,事实就是事实,我爸爸刘行远之所以要到诸尖峰去,他并非不知道情况危险、前景未卜,但他还是必须要去。那么宋公江呢?如果我告诉你他在那年跟我讲述事情经过时的那种轻松心态,你就会明白,像他这样的人,看起来真是一个比较无所谓的人,而且已经不是什么主观了,可以讲有那么一点无聊吧。他没有把任何事真的当回事,他是一个基本上头脑里不装别人的人。

所以讲,我爸爸刘行远担心宋公江会出事,他这完全是顺自己的思路在往前走,加之,他对裕玲这个人,也太小题大做了。真实的裕玲和宋公江,都不是他所以为的那个样子,又或者说,他们不过是一对男女,但我爸爸刘行远确实是追到诸尖峰，也就是在诸尖峰，他被青山土匪抓获。自然，把他抓起来的命令是我母亲罗娟下达的，我母亲罗娟那时候见到刘行远，没有像我父亲手下那些人所主张的，要把刘行远立刻就杀掉，可以讲我母亲罗娟本来也并不是一个杀人的土匪，但促使她把刘行远区别对待、单独关押的主要理由在于我母亲罗娟从看到我爸爸刘行远第一眼起，她就很信任这个人，并且那时候她还没有掌握刘行远是剿匪军人的信息。

宋公江比我爸爸先到的青山，他可不是一个省油的灯，他自己在讲述这个经过时，我说了，他有一种喜剧感，并且有那么一点滑稽。他自然是来追裕玲的，不过等他见到裕玲，他们两个人都没有把什么土匪，或是解放军的身份放在第一位，他们马上就住到了一起。起初宋公江上山没有被发现，是裕玲把他偷偷地藏在厢房里。我母亲一开始也没有在意裕玲回来有什么不同，裕玲也表现得很正常，她说她自己到涪镇去玩了一趟，中间还去了一趟武汉，反正她表现得很轻松。但后来山上人还是发现这个裕玲回来之后躲在厢房里经常发出很奇怪的响动，因为裕玲和我母亲关系非同一般，所以山上那些土匪基本上不太敢接近她。但后来还是有人向我母亲罗娟报告，说这个裕玲回到诸尖峰以后，山下又追来一个男人。我母亲也并没有太当回事，就认为这个裕玲反正是那种比较散漫的性格，而且她跟着自己多年了，也是个大女人了，她自己还一直没有一门亲事。我母亲也知道裕玲在这方面有那么一点压抑，更重要的是，我母亲一直以为裕玲在待人接物方面始终是有些问题的，所以她也没有多想，她以为裕玲自己会忍不住把事情告诉她的。但等我母亲抓获并关押了我爸爸刘行远，她才发现也许事情不那么简单，但尽管这样，宋公江还是敏觉的，他一听说裕玲跟我母亲，也就是山上的压寨夫人见了面，他马上感到不对。不过，他是个有头脑的人，他想，现在他脱身为上策，因为只有自己脱身了，至少能把山上的情况报告给部队。那时裕玲已经跟宋公江讲了，山上又抓到一个解放军。宋公江马上反应过来，这个追到山上的人一定就是刘行远。宋公江甚至连个寒噤都没打，因为他自己也料定现在他必须马上离开这里，所以他就跟裕玲告别，好在，他们在山上已经同居了几晚。

宋公江在晚年跟我讲述这件事的口气，仍有一种满足感，他说这个裕玲真是个好女人，一个很痴的女人，而且年龄不小了，但身体和心态都像个小姑娘似的。总之，她跟宋公江很是合得来，宋公江对她说自己要走，并嘱咐她一定不要讲她在山下住到涪镇部队里的事情。这个裕玲对宋公江也很依赖，她才不把什么土匪还是解放军当回事呢。在临行前，宋公江还和她又在卧室里缠绵了一次，宋公江是个要生活的人，他不是那种滑头鬼，他讲他留下来只会加重刘行远的负担，他想他自己走掉，只要裕玲头脑能搁得住事，也许刘行远也不会暴露，而他自己赶快回到涪镇也可以找人来营救刘行远。反正宋公江总认为自己做的是对的，所以也就在我母亲罗娟发现异常派人来抓这个宋公江时，宋公江已经从诸尖峰跑下山了。

这时我母亲又找裕玲来问，裕玲当然是没有说宋公江在部队什么的事情，但罗娟跟裕玲毕竟一直是主仆，她对裕玲的心思还是了解的，所以看了卧室里宋公江不慎留下的衬衣，马上就验证了这个男人应该是从涪镇的剿匪部队里来的。而此时，裕玲终于抵不住我母亲的盘问，才说出了她自己到涪镇去与这个宋公江同居，冒充他媳妇的事情。罗娟知道这个情况之后，基本上掌握了我爸爸刘行远上山的目的，所以，他们俩基本上都明白了对方的身份，但重要的是，我母亲罗娟早就有劝我父亲投降的主张，所以她倒要看看这个刘行远到底对于大西南剿匪是怎么看的，也就是在这种情形下，我母亲罗娟和我爸爸刘行远在青山土匪窝的监牢里，有了几次密谈。

14

如果可能，我是愿意把我母亲罗娟和我爸爸刘行远在青山匪窝监牢里的那些密谈的内容都讲给你听，也许这个会有助于你写这本书，也有利于别人来了解我爸爸刘行远是怎么看待我母亲罗娟的。但是，我不能向你讲得那么明白，因为我自己也并没有掌握太多这方面的资料，但你可能要问为什么在那些年里我爸爸刘行远不能告诉我。毕竟我是他养女，他抚养我长大成人，并且我还是罗娟的亲生女儿呢。但我前边也跟你讲了，关于我母亲罗娟和他之间的事,对于他来说,差不多是谈不得的,也就是说,除非他心情好,或是他以为可以讲的时候,否则我是很少能提及我母亲罗娟的。

也许你也看到了,这是他心中永恒的痛,请原谅我用了这样的字眼,但即使我不能向你复述我母亲和我爸爸在监牢中的谈话,但结果却是明摆着的,就像宋公江讲的,我爸爸刘行远从青山出去,是那三种讲法中的第三种,也就是说是用滑竿把他给抬下山的,这当然是一种君子做法了。这么做自然也完全是因为我母亲,她那时只要稍稍抬一下手指,就可以立即要了他的命,但她没有;非但没有,而且她跟他谈话。我从我母亲遗留的东西中没有找到什么这方面的物证,而那些对她熟悉的人,对于这段历史也讲不出什么,因为那时她的身份是冯晏飞的妻子,是青山的压寨夫人,不过后边她发生的那些变化,自然是与过去决裂的。现在我讲这个的意思是,我母亲罗娟可能是跟刘行远很能谈得来,所以刘行远会以他的方式跟她讲了剿匪政策以及对于未来中国的看法。

而你想想,我母亲本来就是劝冯晏飞去投降的,她早就看出了这个解放初的政治形势,而且真正的心思是放在她的剧团上。无论在上海、武汉、重庆她都没有忘掉她是个演员,对于她来讲,能够演出是第一位的。那时如果我父亲冯晏飞不是跟解放军作对,以他的能力以及他在西南的影响,他完全可以在烟草经济中一统西南,成为大资本家,即使后来公私合营,他也还是有出路的。但我父亲做梦都要在蒋介石和桂系之间找到平衡,以使自己能够立足大西南,他是对解放军进入大西南打破这种局势没有政治上的准备的,所以他才会跟滕安的部队在晋江那块合练,布置防线,依他的意思,他是要和国民党残部把解放军打掉,然后才做西南王,把白崇禧的势力也赶走。但是,形势很复杂,我父亲冯晏飞完全是自说自话,自以为是。

我母亲自然是不同了,她是个有想法的人,她虽然在骨子里并不反感我父亲这个人,但在政治上她是看出了整个大西南的那种落后面貌,所以,以她的本性,她是一定会保住刘行远的命的。因为她明白,如果杀了这个人,那等于是她自己了断了跟共产党的联系,并且她深知这帮土匪是不可能抵得住共产党的南下大军的。现在,我虽然不能向你讲述我母亲罗娟跟我爸爸刘行远在监牢里都商谈了什么,但有一点,你应该明白,那就是我母亲硬是压住了在山上关押了刘行远的消息,也就是说我父亲冯晏飞并不知晓,山上居然关押了一个剿匪军人,并且这个军人在六纵六师里是个跟师长和政委都熟悉的人物。

而宋公江逃出青山回到部队,马上向权旅长汇报了刘行远在山上被俘的消息,所以师部也在考虑如何营救刘行远,当然也做好了刘行远可能会被土匪处决的准备。因为当时剿匪的敌我力量悬殊,解放军基本上不考虑被土匪关押对解放军会有什么情报上的损失,因为对比过于明显,所以除了师长马远山震怒之外,政委倒还是很平静,那时师长就说一定要等刘行远回来再处分这个宋公江。而宋公江在回到部队后被单独关押,师长恨不得扒了他的皮。但很快师长发现被关押的刘行远非但没有被处死,而且还和部队建立了联系。现在你明白了吧,这说明我母亲罗娟已经很明确地表明了她的身份,她不仅没有杀刘行远,而且她是希望通过这个方式和剿匪的解放军建立联系,非但不会与解放军为敌,还要秘密地为解决冯晏飞这个匪患提供解决办法,关于这一点,剿匪的军史资料是都有部分涉及的。

15

我父亲冯晏飞的部队,如果按照正规军来算的话,差不多也就一个师的规模,在南下解放军剿匪的强大攻势下,如果不是他胆子大,他是撑不下去的。但我说了,我父亲冯晏飞早年一直就怀揣要在蒋介石和白崇禧、李宗仁之间寻找一点空当,从而在云贵高原立足的理想,否则他就不会和滕安合作,那时的李将军也已经从中国大陆撤出去了。我还是跟你讲吧,你也知道我父亲冯晏飞的部队跟六纵的六师,也就是马远山的部队是打了几仗的。不过前边一仗打得就很蹊跷,当然我父亲是没有发现问题出在哪儿,因为他是和滕安的部队联合,去袭击位于涌海的解放军的一个据点。这无非是在政治上造成一点影响,但不知为什么,部队开拔到一半,也就是沿桔江西线,过孤山那个渡口时,反而中了解放军的埋伏,这个实在很难理解。

非但没有偷袭成功，而且自己的部队损失了上千人，这让冯晏飞很是气恼。但是冯晏飞那时还不明白为什么解放军会在孤山渡口有埋伏，他自然也没有多想，但更让人愤怒的是滕安的一支残部，也就是以前曾在保山那边活动的一支部队，居然在讲好的接应点也没有出现。这让我父亲非常失望，他知道这些所谓要留在中国大陆跟中共作战的国民党残部已经有心无力，并且在政治上也已经极端地没有想法，可以说他们完全是扶不起来的。

好在，我父亲冯晏飞也不过是在利用李将军的残部而已，但这次偷袭涌海西边据点的失败，让我父亲冯晏飞痛下决心，要自己整理部队，做好单独跟解放军作战的准备。就在孤山渡口失败后的第七日，我父亲的部队向塔镇，也就是狮子山下边的剿匪部队的一个驻地发起猛攻。那时刚刚成立一个区政府，下边征粮和登记户口的工作正在展开，解放军大概也没有想到我父亲的部队居然会连这样的区政府所在地也敢打，所以这个驻地的一个团，如果不是有另一支在狮子山侧面的部队来侧应，那就很危险了。

但父亲想不通的是，为什么他这一次用兵，解放军又会有如神助，从狮子山的另一面调军来包抄。不过，你听我讲这么多，你就知道，其实我父亲的失败是必然的，因为就在他在晋江跟国民党残部合作以及他独自发动第二场进攻时，他的所有这些军事行动，其实都已经被解放军提前获悉了，这件事，还就是因为我爸爸刘行远他被关在山上。我前边说了，刘行远被关在山上，我母亲罗娟封锁了这个消息，所以匪窝里没有人晓得，而那时的我父亲冯晏飞还以为他能在晋江跟解放军周旋一段时间，殊不知他的所有行动都已经被山上的人放消息到了涪镇剿匪指挥部，也因此我父亲冯晏飞是必然要失败的。

后边你也知道，我父亲的部队，在第三次发动主力进攻，也就是向涌海团结湖那儿发动总攻时，六纵的六师就一下子把他的部队打趴下了。我父亲仅有的一支部队，基本上被解放军吃掉了。这时也许他晓得了问题还是出在青山上，但他怎么也不会想到，其实一直在向解放军传递消息的正是我母亲罗娟。当然我母亲罗娟对于这件事，当时是有日记的，她也准备好了，日后把这些跟中共接触的经历讲给我父亲听。她是在山上跟刘行远谈好了，就是把所有的军事秘密都传给涪镇的指挥部，并且我母亲也是想当然地以为，她是最终能够劝说我父亲冯晏飞放下武器向解放军投降的。

我父亲的部队基本上在涌海被解放军打完了之后，他逃回到青山，还带着一支亲信部队，有不少机枪和重武器，他是想回到青山老山里边跟解放军再抵抗下去。但是，当他快到青山的笋尖峰底下时，遇到从山上下来的一个人，这人告诉我父亲，山上情况有变。那人说得也不细，但那意思是压寨夫人已经变了脸，不是以前那个样。我父亲马上就明白了，但他万万想不到，我母亲在这件事上会做得那么绝，而我母亲也想不到我父亲会如此固执，当然这在政治上，主要是因为他们完全是不一样的人。可以讲我母亲是个很能看清大势的人，而我父亲就要固执得多。从他那个角度讲，他能在大西南跟解放军周旋下去，他还要做他那个土霸王，所以我父亲知道我母亲已经跟解放军有了联系之后，一方面他深受打击，另外一方面，他可能也预感到自己恐怕没有任何前途可言了。所以在这种情况下，他也就不向笋尖峰去了，而是转向后山，回匪窝诸尖峰。

我是说我父亲那路人，虽然在政治上只有自己那一点眼光，但他是个认死理的人，不论怎么样，他也不怕我母亲。他这种人，已经见识了太多东西，所以他想即使解放军要结果了他，他也要回到他的大本营去，而那时他甚至以为也许解放军已经占了诸尖峰也说不定。反正我父亲冯晏飞是带着一支亲信部队向诸尖峰挺进，不过跟我父亲预计的情况有所出入的是，那时解放军并没有占领诸尖峰，因为看到土匪部队已经被打得落花流水，所以紧急考虑要尽快把刘行远弄回来，并且要和这个匪窝里一直跟解放军联系的压寨夫人罗娟见上面，可以说这个女人为解放大西南剿灭匪患立下了重要的战功。可以想象，我父亲虽然回到了诸尖峰，但山寨里已经没有了之前的荣光，即使没有解放军在上边，他也感到一种失败的寒意，而且他知道大势已去。

其实也就是在我父亲上山的上半天，也就是上午，我爸爸刘行远被人用滑竿从诸尖峰峰顶向南抬了下去。这边是刘行远在下山，那边是匪首冯晏飞在上山，历史就是这样，对比起来就很悬殊了。至于我母亲，她是被解放军秘密安排，提前一天就被转移下了山。当然，这个说法也有一些出入，因为据宋公江讲，我母亲罗娟并不愿意提前一天下山，但部队的安排就是这样，要让她先下山，第二天才安排刘行远下山。我母亲罗娟即使不同意也没有办法，因为那时的形势也不允许个人有过多的考虑，按宋公江的说法，如果迟安排了一天，那我母亲罗娟很可能就会被山上的人秘密地干掉。当然这都是后话了。

我现在要告诉你的是，我亲生父亲冯晏飞确实不是个凡人，他是回去了，也看到了山上有解放军的痕迹，但又见不到解放军，他就明白，解放军已经不把他当个人物，虽然他手上还有几十号人，也还有机枪，但那又有什么用呢？我父亲在山上也就是坐了几个钟头，后来解放军就上了山，我父亲没让手下的人去打，反正都已经是这个样子了。我要说的是，我父亲也确实是个有性格的人，解放军抓到他之后，并没有像他预想的那样要把他在涪镇的大西门广场示众枪毙。相反，我父亲见到了马远山师长。马师长对人很客气，因为政委跟我父亲的大哥，也就是我大伯冯晏初还认识，所以讲解放军这边没有把他当成个糊涂人，这让我父亲有点意外。我父亲是跟马远山师长讲了，你们立即枪毙我吧。马师长只是笑，讲，我枪毙不了你，我们的领导对你有政策。我父亲也不搭理。据宋公江讲，反正马师长讲，可以安排他和我母亲罗娟见个面。但我父亲拒绝了。马师长又讲把他大太太，也就是在贵阳的沈太太也接到涪镇，安排见面，但我父亲也拒绝了。可见他当时心里有多冷。不过马师长跟政委都没有强求他，但政委还是跟我父亲冯晏飞有一次谈话，政委在谈话中自然是热切地表扬了我母亲罗娟，说要不是罗娟几次在山上和解放军联系，其实他的部队损失会更大，所以虽然打了几仗，但他的部队伤亡也不大，人都成了俘虏，以后改造好还可以为新中国服务。他手下这些土匪其实就是没有政治头脑，要是像他太太一样迎接解放军，也不至于落到这个下场。

但我父亲拒绝跟我母亲见面，而且他对于解放军的不杀之恩，似乎也不领情，好像他仍然在做那个游走在蒋介石和桂系之间的梦。据宋公江讲，我父亲冯晏飞和我爸爸刘行远在涪镇的师部里是见过一面的，只是他俩谁也不搭理谁，我父亲始终不知道这个仪表堂堂的军人就是被俘在山上和我母亲密谈的人。当然刘行远知道这个土匪头子，只是没有正脸看他，同样，我爸爸刘行远一直认为冯晏飞是个夸夸其谈没有正经的人，否则，他也不会这么不经打。总之他俩没说上什么话。

关于我父亲冯晏飞，我没有亲口向我爸爸刘行远提起过，因为我知道他是不愿意对前人多说一句废话的。我讲了，我父亲冯晏飞并没有被处决，解放军的高层当然是考虑到对解放大西南铲除土匪的政治攻势的配合，非但没有枪毙冯晏飞，还把冯晏飞给放了，就让他还住在青山下——就在山下，让他常住。本来解放军的想法是，冯晏飞可以为解放军继续剿匪做点贡献，但冯晏飞住在山下之后，很快就情绪低落，他没能为解放军做什么事。后来，人们也都知道，他几乎没有什么事，仅仅就在山下住着，以前跟着他的人，后来因为解放军的政策，也都相继离开了他。但有一点我父亲一直是坚持的，那就是他绝不答应跟我母亲罗娟见面。不过这也只是他这一方面的担心，因为我母亲罗娟在青山土匪被剿灭之后，很快就跟我父亲解除了婚姻关系，她过上一种她自己一直憧憬的新生活。所以她也就再也没有跟我父亲冯晏飞见过面，他们成了陌路人。他没有过问过孩子，连贵阳大太太的两个孩子他也没有过问，虽然解放军特赦了他，但他自己后来是想从云南往缅甸去，据县志考，他是带了一支亲信，有十多人，后来也散了。他死于1951年初，是在高黎贡山那里翻山时，被一支武装给意外地杀掉的，头颅被割，挂在路边的树丫上。这就是我父亲冯晏飞最后的结局。

16

如果你现在细心地去找，你自己也许都可以找到我母亲罗娟在部队的演出资料。对了，你应该记住，我对你说过，我母亲本来就是想成立剧团，她是个非常热情的人，而且她的想法不像一般的女人那么柔弱，也不像别的演员那样总要去依仗别人，她是个敢作敢为的人。否则你想想，她一个女人怎么可能能独自把身为匪首的我父亲给背叛了，这足以说明她对形势、对革命、对政治都是极其清楚的。她没有什么好怀疑的，她一切都很清楚，所以我母亲罗娟在帮助剿匪部队收服了青山这支在云贵交界最厉害的一股匪患之后，马上就加入了文工团，并且是西南军区直属领导的，可以讲整个部队都很照顾她。而解放军之所以特赦了这个土匪头子冯晏飞，很大程度上也是源于我母亲罗娟以及我爸爸刘行远，他们的意见对马远山师长以及整个西南局都很有影响，毕竟解放军在收服这支土匪时，没有付出多大代价，而且在政治上也很有影响。

当然我母亲罗娟之所以跟冯晏飞离婚，也跟自己在解放初所感受到的那种全新的生活面貌有关，她是真正预见了中国变了天，新生活在向她招手。

我没有办法向我爸爸刘行远去核实在20世纪50年代初，他和我母亲的个人关系。这个关系一直是非常不清楚的，但我也总能听到人家在说，说我母亲罗娟对我爸爸刘行远是有感情的，但因为他俩在剿匪过程中结识，并且他们在山上有密谈，这足以决定了那场剿匪斗争的走向。但作为当事人的我爸爸刘行远，始终不肯开口跟我讲我母亲，对于他来说，不对前人的事情向子女们说这说那，是他的规矩。

自然，我之前说了这是一个谈话的禁区，我甚至向晚年的宋公江问过，只是我问得比较隐晦，但宋公江还是明白我的意思。他说，那还用讲吗？如果不是刘行远的存在，你以为你母亲罗娟真的会把那么一支部队交给解放军？你要知道，几次强攻，冯晏飞之所以败下来，那都是罗娟向解放军传递的信息，但罗娟真的是因为刘行远才这么做的吗？宋公江没有明讲，但他就是在反问，他说要是没有罗娟对刘行远的个人感情因素在其中，你以为她会那么决绝地干出出卖青山的事情吗？毕竟那是她丈夫的部队。当然，晚年的宋公江讲话始终是有那么一点感性的，但他的话也确实是他的风格。我知道的是，我母亲加入文工团，马上成为在部队里非常有影响的人物，她不是一般人，她是一个具有政治影响力的人，一个从旧社会、从匪窝里走出来的新人。而且她的演艺事业确实是新中国才能给她的。

据宋公江讲，他看过她的演出，而那时她刚刚进文工团，在贵阳边上的山区为剿匪胜利做专场演出。解放军和群众人山人海，她的演出确实吸引了无数人，她也成为那时活跃在西南战地歌舞团中的一颗明星。不过，你现在写书，也许你最关注的仍然是她对刘行远是什么态度。作为子女，我不敢乱讲，但至少从我小时候起，我就觉得他们之间的关系非同一般，尽管我这样讲,你不要误会,因为小时候我就是和我爸爸刘行远生活在一起,他收养了我。我时时在想,他是怎么看待我母亲罗娟的呢?自然我是没有办法知道的,而宋公江的意思多少有那么一点代表性,我在别人那里也零星听到一些,就是我母亲罗娟是被刘行远吸引住的,否则她怎么可能在和我父亲离婚,进入新生活之后,并没有跟别人结婚呢?

宋公江告诉我,他自己因为裕玲和他之间在部队里冒充夫妻同居的丑闻而受到了处分,多少影响了他后边的前途。他还认为像我母亲罗娟那样的人,是个在心中有一根特别神经的人。他的意思就是,我母亲罗娟一定是被刘行远身上什么特殊的东西给吸引了,否则她不可能在加入文工团之后,并没有按部队领导的授意去嫁人。至于我母亲为何没有在离婚后嫁人,我想事情已经过去了那么多年,很难讲清,但宋公江能提示我的是,当时在西南部队里有几位高级干部,当然年龄也并不太大,向我母亲表达过好感,但我母亲都拒绝了。她的说辞是她是一个从土匪窝里出来的人,怕自己给别人带来麻烦。而实际情况是,部队里一直认为她不仅红,而且根子很正,为解放大西南消除匪患立有战功,是个在政治上极其过硬的人。所以我母亲的说辞别人也都明白,无非是她自己不愿意嫁给这些军官而已。但至于我母亲是不是要和刘行远结合,宋公江也没有明说,他也没有办法拿出任何证据来表明我母亲会选择刘行远,所以那时他们的关系有那么一点点朦胧,但可以肯定的是,我爸爸刘行远一直是非常敬重和怀念我母亲的,这从他多年对我的抚养中,我可以体会到。

17

有时候年龄是个硬东西,对吧?虽然我这是跟你讲,你是写书的人,而且你毕竟比这些人都要年轻太多,但你要知道,或许人上了年纪之后讲的话,即使不是那么精确,但至少它们包含了比你要多一些的历史。之所以我要跟你讲宋公江跟我讲的那么多话,并且我还到我爸爸刘行远的病床前去求证,是因为我相信，他们不仅仅是活了那么长，主要是他们背的那些事对我们来说是历史，对他们自己来说，就是生活。我认为宋公江虽然是很有性格的，并且不那么正经，但他终究是过来人，所以我想他的话反而有了另外一种光泽。你听他说的，从我母亲罗娟来讲，也许她确实是喜欢我爸爸刘行远，这可能就是一个女人对一个男人的喜欢。

但作为一个男人来说，我爸爸刘行远多少有那么一点怪吧，至少别人是这么看的，否则为什么面对我母亲那样的人，他没有迈出那一步呢？现在，你听听宋公江又是怎么说的，他说他并不欣赏我母亲那种性格，当然他对她不是很感冒；而另一位，就是那个和他偷偷摸摸在部队里同居的裕玲，他倒是一直记在心里，并且告诉我，他认为那个女人身上有一股野性，有一种美，也有一种别人不具有的魅力。只可惜那个女人后来自然是很惨，从我母亲罗娟参加文工团以后，裕玲就一直很惨，我母亲也跟部队汇报过，希望部队也能接受她，但部队比较迟疑，认为她是个犯过错误的女人。即使这样，部队愿意在地方上也就是在涪镇给她安排一个工作。我母亲一直是为她努力的，但这个裕玲提不起劲，她一直是跟着我母亲的，这已经成为习惯了，所以她并不能适应在涪镇的工作，而我母亲所在的文工团是不可能接收她的。这样，大概在几个月后，她就流落到街头。宋公江一直是惦记她的，但部队管理很严，宋公江后来有段时间也跟她失去了联系。

后来宋公江知道，那个叫裕玲的女人去了重庆，她去找我的伯父冯晏初，自然这是我母亲的安排。我母亲罗娟最早认识的就是我的伯父冯晏初，就是他后来介绍她给我父亲冯晏飞，所以我母亲想既然裕玲在贵州很难适应，加之我母亲自己在部队里成了明星，所以也想把裕玲弄到外地去，以免别人总是会提及她的过去。而正是裕玲到我伯父冯晏初那里去，让刘行远大为不悦，因为像我爸爸刘行远那样的人，是个在性格上很独立的人，他不太喜欢我母亲罗娟跟与她前夫冯晏飞有关的任何人有来往，虽然冯晏初那时在重庆已经成为民主人士，捐出了他的所有产业，并且公私合营，做了一个资本家，同时和政府有合作，进了政协。

但在我爸爸刘行远看来，这个裕玲去投靠冯晏初始终是由于我母亲没有真正斩决和过去的联系，反正宋公江是这么说的，大概那时他俩聊过这个事。

宋公江是无所谓的，他觉得裕玲只是找一个靠山，并非是二人有什么瓜葛，但我爸爸刘行远以为我母亲罗娟终归是个复杂的人，况且那时她是个演出明星，所以我爸爸刘行远就对我母亲始终隔了一层，他不认为他们是能够真正走到一起的人。宋公江这么说的意思就是我爸爸刘行远是个有他自己的看法，并且对很多事都非常在意的人。

宋公江后来还是没能和这个裕玲再见上，这一点宋公江是很难过的，真奇怪，他这个人难过，也有那么一些滑稽。所以你很难理解这样一位老者。而我想我爸爸刘行远始终要简单得多，他无非就是不能从内心里接受我母亲这种人而已。但宋公江就不同了，虽然他跟裕玲最早是有那么一点乱来，但他因裕玲受到部队很严厉的处分之后，他却没有什么抱怨，似乎有那么一点游戏的态度，或许他这人性格就是如此吧。但裕玲后来怎么样呢？按宋公江讲，裕玲是疯了，也难怪，解放后那些年，那么多运动，像裕玲这样身世有点复杂的女人怎么可能熬得过那些运动呢？当然，事情主要还是因为我伯父冯晏初，他在解放后红火过一段，但毕竟他是一个在陪都期间为国民党宣传部门做过事的人，而且有许多史料可考。因此，虽然他解放后成了民主人士，但毕竟没有挨过运动，后来就因病去世了。这样裕玲又再次沦落街头，宋公江的说法是有重庆人在街上见过她，她衣衫褴褛，蓬头垢面，成了一个疯子，可谓凄惨。但宋公江没有告诉我的是，我自己在另外的资料里得知裕玲在贵州去重庆之前有过一段时间，因为被另一伙土匪挟持，做了几天匪窝里的人，并且在那里染上了毒瘾。当然宋公江之所以没有说这个，大概是不想把这个女人说得那么不堪吧。总之，这是个头脑简单的女人，但生活没少让她受罪。再后来，她大约是死在街头，宋公江说。

18

你看，我早就跟你说过了吧，让我来讲我爸爸刘行远的事情，不是那么合适的。当然，我还是讲了，不过，我也在开始时就告诉过你，我讲话不是那种太有条理的人，更何况，为了把事情讲清楚，为了把过去的那些人讲清楚，我是遇到什么就讲什么。并且，你知道我爸爸刘行远是个在这方面几乎和我没有交流的人，因而我讲的都是我自己听来的，或者我打听来的，而那些我转述的别人的话，我都在病床前向我爸爸做了核实，我可以向你保证。你可以放心地把我讲述的事情用在你的书里面，我唯一担心的是，也许有些东西在时间顺序上，有些在个人逻辑上，或许不那么合理，或者说不那么容易直接就被接受，但这些都不要紧，历史最重要的是真实，对吧？

不过，对于你要写的刘行远而言，我想由于他生了病，他不能跟你讲下去。至于他和我母亲的情感，这一块尤其模糊，这也是许多年以来一直困扰我的问题，但好在，我想诸如像宋公江这样的老人，其实从另一个角度讲述了他们的故事。而且，你也听到了，我爸爸刘行远始终没有把宋公江当回事，那是因为他很少认为有什么人像他一样是个正经人，并且他是一个相当自负的从广城畈走出来的革命者。

不过，从我自己作为一个女儿来看，他完全有这个本事，因为他是一个不求人；不求组织的人。他是一个从不给别人增加负担的人，他是一个没有特别要求的人，似乎从他最早开始他就是这样一个独立而且主观，并且有自己独立见解，做事从来有自己章法的人。可以讲，即使到生病，到最后，他都是一个坚强的人，不知为什么我甚至以为他到最后有那么一点幽默。你知道吗？他这种幽默使我伤心，但他又让我感到他不会同意我伤心，因为他抚育我，就让我成了一个到了最后，发现在这个世上，人是要真正有自我的人。可以讲他的幽默是另一种自我认定，也许是自嘲，其实我看不是的，他从来没有作践过自己，他总是拿他一生当一回事，就是说他本来就是要这么过的，所以我感到即使我没有问，他也知道关于我母亲和他之间，我一直是想听他亲口谈上一谈的。

然而，世界没有给我们这样的机会，后来他不仅生病，而且年事已高，他已经很少能做什么决定了，也因而我想这个遗憾就只能作为历史的一部分了。好在，即使他没有说，我也知道他是个什么态度。对于爱情、对于家庭、对于事业，乃至对于革命、对于人生、对于子女，他是同一个态度，这个态度就是他始终保持着他的那个自我。就是他始终是刘行远，假如你要说人家说男人都想做个硬汉的话，我爸爸刘行远差不多也算是这样一个硬汉吧。只怕他自己从来没想过什么硬汉，或者说他会嘲笑做个硬汉什么的，他是一个坦荡荡的革命者，一个兵。然而，他是多么好的一个兵。请原谅我，我有点激动了，但我说了这么多，你就允许我激动一点吧，其实这激动不仅仅因为我说到了父亲在生命的最后，他的那种坚韧和坚持，更是因为在他生命的最后，我不得不更多地想到我母亲，想到我母亲把我托付给他，我成为他的养女，我母亲是多么不容易。而我爸爸刘行远又是多么不容易，他是怎么做到在几十年的时间，一直亲手把我抚养长大，并且让我看到了他生活的全部。然而，我母亲和他的关系、他们的感情、他们的爱与晦暗，还有我母亲的影子，一直深刻地盘桓在我们这个家里。请原谅，因为我说到了这里，我无法控制，我要哭，是的。我真的要哭了，我不得不哭，这是多么重要的历史，无论是对于我自己，还是对于我母亲，而我不敢保证这个历史对于刘行远意味着什么。对于像我爸爸这样一个人，你对他的一切估计也许都是有落差的，因为你没有办法掌握他内心的全部。

19

我就跟你说我母亲罗娟是怎么把我托付给刘行远的吧，这个事情不仅宋公江在最后是跟我亲口讲过的，其实前些年，包括早年，我自己也向当时部队里其他人求证过，而且贵州那边我还亲自去过，你知道，我始终认为我母亲是定格在她离开的那个时候。那是在1951年的后边了吧，我母亲是在毕节那里，跟随剿匪部队的一个特别师，在那里肃清残余土匪势力。她是战地文工团的，本来她是可以被抽调到重庆去的，但她并没有去，因为那时她正处于革命之情最火热的阶段，她有使不完的劲，而且在部队深受欢迎。不过，照宋公江的说法，我母亲罗娟那时候去毕节的主要原因，还是因为我爸爸刘行远所在的那个六师也是打到毕节去驻军的，只是作为文工团演员的我母亲对部队的动向不是太清楚，所以她在毕节剿匪师部里的时候，其实我爸爸刘行远的部队已经紧急向贵阳集结，只是她并不知道。

那时我爸爸刘行远虽然和我母亲还经常见面，但两人的关系一直没有确定下来，加之，我母亲那时候在演出上大出风头，更让我爸爸刘行远看不上。他这个人就是这样，总认为像这样出风头的事情，在部队上有那么一点轻狂。你写书，你也知道刘行远的性格就是这样；他对于这些有点虚的东西总是不那么感冒的，更何况，从内心里，我觉得宋公江说的是对的，他是从来没有真的对我母亲动过心。假如有那么一点的话，也很可能被他自己摁灭在某种特别的自大上，他是有点看不上像我母亲那样的人。

我现在跟你讲这些，都是历史上的人和事了，但务求一点真实。虽然是我母亲，但我跟你说了，她一直定格在她离开时的那个样子，所以我才能平静地谈起她。为什么我说我母亲是这样一个人呢？其实她确实是一个被革命激荡起来的人，她用歌声征服了大西南的解放军，但她就是无法用她的歌声来征服一个像我爸爸刘行远这样具体的一个人。事情的矛盾就在这个地方，包括部队首长在内，很多人都很看好我母亲，要为她介绍对象，但我母亲就是看不上，她在心里就是认准了刘行远。我觉得宋公江说得对，也许我母亲喜欢上的正是刘行远的这一点盲目的自大和不明所以。但宋公江这话也就是在我这个罗娟的女儿面前说起而已，而刘行远本人也许根本就不屑于跟别人来讨论这一点。

我跟你说了，我爸爸刘行远的部队已经集结在贵阳，这时我母亲才意识到她必须去贵阳，她要到贵阳去看他，她就给贵阳的马师长打电话。后来我爸爸刘行远不同意我母亲来看他，我爸爸刘行远是个很认死理的人，他认为没有这个必要。不过师长跟政委出了个主意，说是可以请我母亲罗娟来给部队做个小型的演出，一个告别演出，一个慰问。就是这样，反正我母亲在毕节那里还组织了一支小型的文艺队，由那边的师部派了一支队伍跟随，从毕节向贵阳出发来为我爸爸刘行远他们送别。而那时，也许我母亲罗娟已经得知我父亲的部队是要开赴东北，被直接派往朝鲜，参加抗美援朝，所以我母亲是很看重这次送别的，但我跟你讲，人就是这样，人不可知的地方既多又少，但相对于历史来讲，人又是这样的轻微。

我母亲罗娟就是在从毕节到贵阳的路上受的伤,并且她就是被一支土匪武装在盘山公路上包围,然后她所在的队伍跟残余土匪激战了好几个钟头。我母亲虽然受保护,但身负重伤,后来这支小分队从盘山公路上突围出去,到山下重新找车。我母亲伤势很重,在山下边,县委的人让她留下来,但她坚持要到贵阳去。小分队的队长姓胡,这位胡队长知道我母亲的心事,但以他多年作战的经验,他知道我母亲也许熬不到贵阳就会死去,她的伤势太重了,一直在出血。我母亲还是到了贵阳,车子直接开到了车站,因为部队就驻扎在车站,随时准备向东北开调。我知道的情况是,我母亲那时还有意识,胡队长和马师长都站在边上,刘行远是坐在我母亲的担架旁,因为那是我母亲要求他那么做的。他们说了不少话,但我后来了解到的是,我母亲把我托付给了刘行远,我母亲说的大致的话是,我就要不行了,我有个孩子,叫洋洋,你就收养她吧,把她接到你身边。在你不打仗的时候你就带她,打仗的时候你就把她放在你自己的家里。你总是要有个家的,我母亲就是这么跟他说的。

当时在场的有胡队长还有马师长,这个胡队长我后来还见过,他说到这一点时,泪流满面。当然,我爸爸刘行远是个沉默的人,他没有像一般人那样声情并茂,所以后来宋公江跟我讲到这个地方时,总会说刘行远是个太闷的人。当然作为他的女儿,我是知道刘行远的,我想他就是这样一个人,他就是这个样子,他做到了,他确实收养了我,并亲手抚养我长大。我母亲就死在贵阳车站,她死的时候,刘行远也没有拉她的手。他是个很干脆的人,他也没有泪,可以讲,他有那么一点让人不好捉摸。但我想,他在心里边是清楚的,也许,如果我母亲伤得不是那么重,她或许会为他唱一首歌,会为他一个人唱一首歌,然而她没能做到,她牺牲在晚上九点钟,鲜血染红了担架。然而,她可以放心的是,她把女儿托付给了一个可靠的人,这是她应该放心的。